長編推理小説

誘拐山脈

太田蘭三

荻生徂徠

大窪愼三

岩波文庫

目次

プロローグ

——昭和五十×年五月九日。

午後四時十八分ごろ、埼玉《さいたま》県の航空自衛隊入間《いるま》基地を飛び立った西部航空方面隊所属のT33Aジェット練習機が、入間基地の北約四キロの同県狭山《さやま》市上富《かみとみ》の住宅地に墜落して炎上、乗員二名が死亡、付近の住宅、アパート二棟が全半焼した。住民一人が死亡、二人が重傷を負った。

墜落機は、同日朝、春日《かすが》基地（福岡県春日市）から入間基地へ連絡にきての帰りで、離陸してまもなく入間基地へ、「緊急事態発生、基地へ降下したい」と連絡、機首を同基地に向けた直後の事故だった。目撃者の話では、エンジンの音が止まったあと、きりもみ状態となり、ほとんど垂直に落ちて、大音響とともに地上に激突、火柱があがった、という。

現場は、住宅密集地から数百メートル、国道からわずか六十メートルほど離れた新興住宅地で、近くに小学校もあり、すこしはずれたら大惨事となるところであった。

住民の死傷者は、会社員、綾部友彦《あやべともひこ》さん（四八）の妻、紀久子《きくこ》さん（四〇）が死亡。長女の知子《ともこ》さん（一四）と次女の恭子《きょうこ》さん（九）は全身に火傷《やけど》を負って重傷。

T33Aジェット練習機は、綾部さん方の前方二十メートルたらずの畑に墜落したもので、まず電柱に激突してから、地面に突っこんで燃料タンクが引火、爆発、飛び散った燃料が燃えて、綾部さん方木造二階建て住宅約百十平方メートルが全焼、隣の鉄筋二階建てのアパート約百三十平方メートルも半焼して、同日午後五時過ぎに鎮火した。

綾部紀久子さんは逃げ遅れて焼死、知子さんと恭子さんは、墜落に気づいて駆けつけた付近の人たちが助け出したものである。アパートは全員が留守で、ここの住民には被害はなかった。

墜落と同時に、狭山市消防署や入間基地救援隊員などあわせて三百人が駆けつけて、消火にあたり、現場近くの国道は約二時間にわたって通行止めとなり、混乱した。

墜落機は尾翼を残しただけで、機首部分は地中にめりこみ、メチャメチャにこわれた主翼やエンジンが、周囲二十メートルにわたって黒こげになり、飛び散ってスクラップのようになった。

1　単独行の女

1

女はまっ赤なヘアバンドの額《ひたい》のあたりに汗を滲《にじ》ませていた。頰《ほお》を赤く上気させている。長くて黒い艶《つや》やかな髪が風になびいて、ときどきその頰を撫《な》でた。日灼《ひや》けした顔には化粧っ気がなかった。面長《おもなが》で、鼻すじは通っている。二重まぶたの切れ長の目が大きかった。その黒い瞳《ひとみ》に艶があった。生き生きとしている。唇はちんまりとしている。その唇の端がこころもちあがっていた。

背の高さは百六十センチほどである。赤と黒の格子縞《こうしじま》の山シャツに黒のニッカーズボン、そして赤いニッカーホースを穿《は》いている。背中の赤い中型のアタックザックも山靴も、いくらか古びて、ぴったりと身についている。

爪先《つまさき》で蹴《け》るような歩き方ではなく、地面を押さえるようにして一歩一歩着実に足を運んでいる。山慣れのした歩きようであった。柔軟な身のこなしようであったし、いかにも自信ありげな足どりだった。

単独行であった。

女は足を止めた。首にかけた白いタオルで額と首すじの汗を拭《ふ》く。

左手にササヤブと灌木《かんぼく》の斜面が落ちていた。その緑の斜面の中に、立ち枯れて枝や太い幹をむき出しにした巨木が屹立《きつりつ》している。カラスの声とチ、チチチ……と、小鳥の声がかしましい。

女は、ゆっくりと振りむいた。冷たい風がまともに顔に当たる。髪の毛が項《うなじ》に貼《は》りつく。風は湿気を含んでいた。

雲取山《くもとりやま》の山頂はガスでおおわれている。小雲取《こくもとり》山、七《なな》ッ石《いし》山、鷹《たか》ノ巣《す》山は、暗い灰色の空を背景にそれぞれ個性のある山容をぼんやりと滲ませていた。

「いやだわ」と、女は独り言を洩《も》らした。「雨になりそうよ」

単独行者は、だれでもよく独り言を言う。やはり淋《さび》しさのせいだろうか。

「もう梅雨《つゆ》になるのかしら……」と、自分で自分に話しかけるようにそう言うと、女はまた歩きはじめた。

――昨夜、女は奥多摩《おくたま》小屋に泊まっていた。きのうの朝、峰谷《みねたに》の奥の集落から浅間《せんげん》尾根伝いに鷹ノ巣山へ登ったのである。そうして石《いし》尾根に出ると、七ッ石山を越えて、ブナ坂に降り、登り返して、この小屋に着いたのだった。小屋の管理人が宿泊者名簿を差し出すと、女はボールペンをとって、

「――綾部麻美《まみ》、二十四歳、自由業」と記入し、住所は東京都杉並《すぎなみ》区南阿佐谷《みなみあさがや》二丁目、目的地は、飛竜《ひりゅう》山、将監峠《しょうげんとうげ》を経て笠取《かさとり》山、と書き入れた。

そして今朝六時半にこの小屋を発《た》つと、雲取山へ登って三条ダルミへ降下し、狼平《おおかみだいら》の草原を通り抜け、三ツ山を越えて、ここまでやって来たのである。

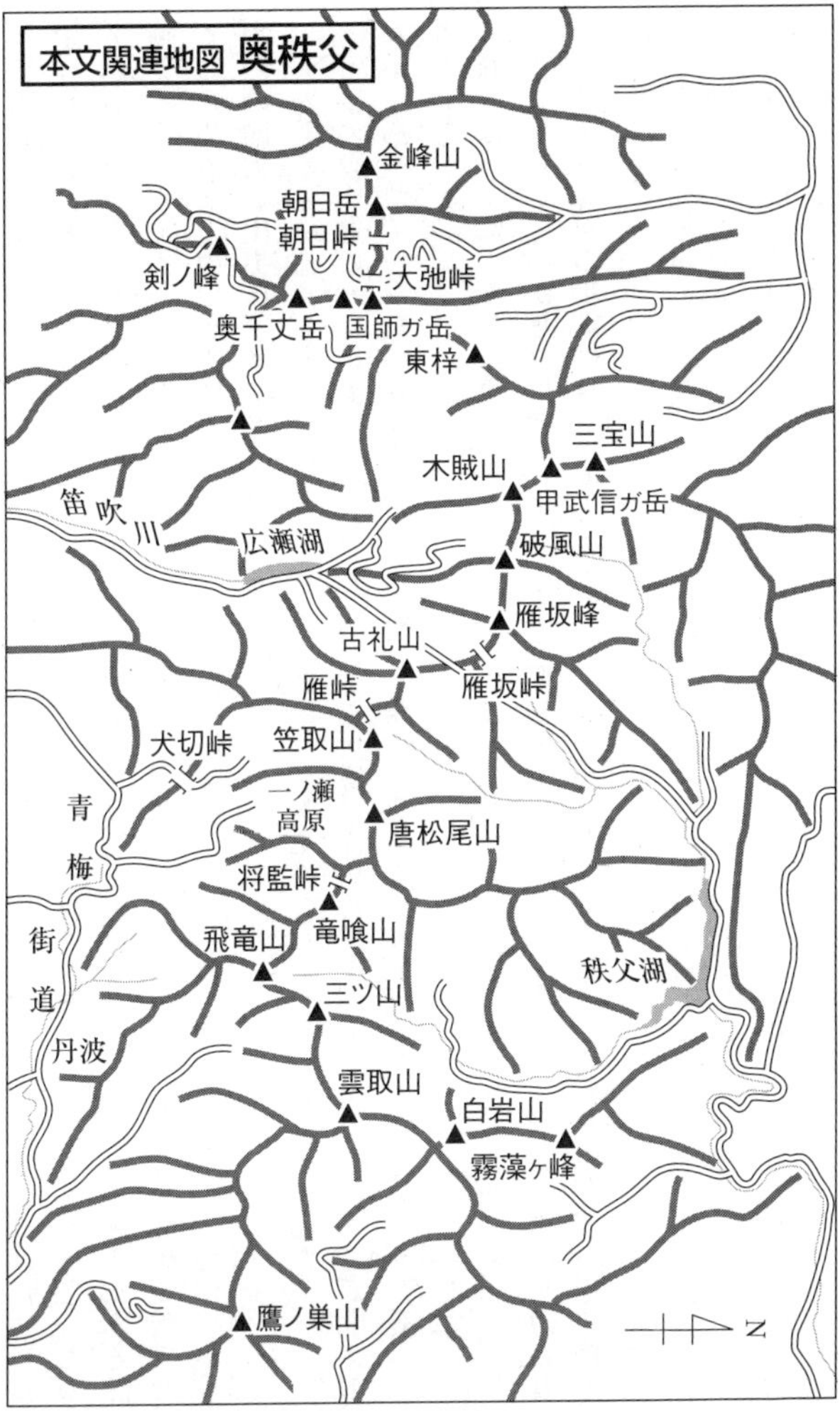
本文関連地図 奥秩父
金峰山
朝日岳
朝日峠
剣ノ峰
大弛峠
奥千丈岳
国師ガ岳
東梓
三宝山
木賊山
甲武信ガ岳
笛吹川
広瀬湖
破風山
雁坂峰
古礼山
雁坂峠
雁峠
笠取山
犬切峠
一ノ瀬
高原
唐松尾山
青梅街道
将監峠
竜喰山
飛竜山
三ツ山
秩父湖
丹波
雲取山
白岩山
霧藻ヶ峰
鷹ノ巣山
N

綾部麻美は山が好きだった。だからこそ、こうして単独行をやる。けれども、ただひたすらに山登りが好きというだけではなく、麻美には、いま一つ別の目的があった。男をもとめていたのである。だが生理的な欲望から男を欲しいわけでは、けっしてなかった。胸の奥に秘めたある計画を遂行するために、山男をもとめているのだ。六、七人のチームを指揮し、この計画を破綻《はたん》なく遂行することのできるリーダーを探しもとめているのだった。頭が切れて、逞《たくま》しくて、しかも神経の図太い山男に、麻美は出会いたかった。

しかし、あいにく、きょうはウイークデーだった。縦走路でも、だれにも行き合わない。行手の登山道のわきに黒い大きな岩がすわっている。白い指導標が覗《のぞ》いていた。そこが北天《ほくてん》のタルであった。いうまでもなく奥秩父《おくちちぶ》主脈縦走路である。ここへ北天林道が三条ノ湯から登ってきている。

麻美は、左に下るその道に一瞥《いちべつ》を投げただけで、ためらわずに縦走路をたどっていく。ここからいくらか登りになり、飛竜山をめざして山腹の南側を大きく巻く。露岩の多い道になった。が、麻美の歩調はほとんど変わらない。しっかりとした足どりで岩を踏み、ガレ場の桟道を何度も渡った。

まもなく樹林帯に入った。ツガやカラマツの巨木が多い。鬱蒼《うっそう》とし、枝をひろげて、その下はもう木《こ》の下闇《したやみ》であった。太い幹が濃い緑の厚い苔《こけ》でおおわれている。倒木にも苔が密生していた。登山道の両側はササヤブとシャクナゲだった。ところどころに露岩が覗いているが、その岩肌も厚い苔でおおわれている。深山《みやま》の気配と冷気がただよい湿っぽかった。

麻美は、ふたたび足を止めた。行手に視線をはしらせて眉《まゆ》を寄せた。

十メートルほど先に切り立った大きな岩があった。上半分は苔でおおわれているが、下半分は黒く艶やかに濡《ぬ》れて、その岩の下からわずかな湧《わ》き水をしたたらせていた。

この岩の前に八人のパーティがいた。ところが、このパーティの様子が異常だった。

「しごきだわ」

麻美は、また小さく独り言を洩らした。

どこかの山岳会か大学の山岳部らしい大型のキスリングを背負った重装備の若い男たちだった。みんな黒いシャツを着て、袖《そで》の肩口に揃《そろ》いのワッペンをつけている。おそらく雁峠《がんとうげ》あたりを出て、笠取山、将監峠と縦走して、ここまで来たものだろう。

かれらの中の一人が完全にバテていた。

二十二、三の細面《ほそおもて》で長髪の男だった。シャツが黒いせいで、はだけた薄い胸板がいっそう青白く、たよりなげに見える。グレイのニッカーホースに包まれた臑《すね》も細くて、泥まみれの山靴が不恰好《ぶかっこう》なほど大きく見えた。大型のキスリングに引っぱられて、あおむけになり、両膝《りょうひざ》を内側へ変な形に折りまげて、その大きな山靴の踵《かかと》で力なく岩肌を掻《か》いていた。もう目は空虚になっている。汗で濡れた顔も蒼白《そうはく》だった。それでもまだ立とうとしてか、両手を突っぱり、細い首を前に伸ばして、わずかに上体を起こすのだが、すぐにまた、あおむけにひっくりかえってしまう。

「おい、しっかりしろ、ミミズ、立て、立って歩くんだ、おい、立てえっ！」

リーダーとサブリーダーとおもわれる年嵩《としかさ》の、がっしりとした体軀《たいく》の二人が、手にした棒切れで、そのミミズと呼ばれる倒れた男の臀部《でんぶ》や太股《ふともも》を、ピシッ、ピシッと叩《たた》いていた。

「これぐらいのことで、バテて、どうするんだ、しっかりしろ！」

「おい、ミミズ、立て！」

またリーダーが、棒切れで、ピシッと臀部を打つ。しかし、ミミズは、もう叩かれる痛さを感じないようであった。ただ、ピクッ、ピクッと体をふるわせるだけで、こんどはもう両足を前へ投げ出してしまった。両手もだらりと伸ばしてしまう。

いま一人、黄色いタオルで鉢巻を締めた男が、大型のキスリングをササヤブの斜面にもたせて尻《しり》を落としていた。この男はまだ若く二十《はたち》ぐらいに見える。色の白い童顔で、そのふっくらとした頰を赤く染めている。リーダーが、この男に顔を向けると、

「おい、横山、おまえも立て」

居丈高《いたけだか》に声を飛ばした。

横山は両手を突っぱって、ゆっくりと立ちあがる。よろめいて足を踏ん張った。

「新人のしごきだわ」

小声でそうつぶやきながら、麻美は、かれらのそばへ歩み寄っていった。

かれらの視線がいっせいに麻美にあつまる。若い女の単独行と見て好奇の目を光らせるものもいたし、その眼差《まなざ》しに憧憬《どうけい》をこめるものもいた。麻美に気づかないのは、ミミズと呼ばれる倒れた男だけであった。

「どうかなすったの？」

わかっていたが、麻美は訊《き》いた。

「なんでもない、ちょっとバテただけだ」

麻美の前に立ちはだかって、リーダーが声を返した。二十四、五の大柄な男だ。浅黒い顔を無《ぶ》精髭《しょうひげ》で埋めている。

麻美は、倒れた男に目を落とすと、

「このひと、ミミズっていうの？」

唐突な質問であった。

「そうだ、ミミズだ」と、横山がこたえた。麻美を見て、いくらか元気を取りもどしたようだった。声にも張りが出て、「ミミズっていう名前なんだ。美しいという字を二つ重ねて、サンズイの津という字……」

「美々津ね」

と、麻美が合点《がてん》して小さくうなずく。

このとき、麻美の背後へ山靴の音が近づいてきた。麻美は振りかえって、その男をあおいだ。

2

その男も単独行であった。

身長が百八十センチほどもある大きな男だった。グレイの山シャツに包まれた肩もがっしりとしていたし、胸も厚かった。グレイのニッカーズボンに白のニッカーホースを穿いた下肢も逞しくてすらりと伸びている。紺色の大型のアタックザックの雨蓋《あまぶた》が肩の上に覗いていた。

しかし、このパーティの男たちのように若くはなかった。三十ぐらいだろうか。わずかにウェーブのかかった髪を襟首のあたりまで伸ばして、黒々と顎鬚《あごひげ》を生やしていた。日灼けした広い額にうっすらと汗を滲ませている。眉が濃く、一重まぶたの目に光があった。

男は、息の乱れも見せず、歩調も変えずに歩み寄ってくると、

「どうした?」

無精髭のリーダーにするどい目を向けた。

「なんでもありません。ちょっとバテただけです」

気圧《けお》されたようにリーダーの声がひるむ。

サブリーダーが迷惑げな表情で男をあおいだ。横山らあとの男たちはだまって突っ立ったま、その顎鬚の男を見あげている。

男の視線が、ほんのつかの間、麻美にそそがれた。麻美が意識して見返したときには、男の目はもう倒れた美々津に移っている。

男はザックをおろすと、美々津の前で腰を折った。

美々津は、焦点のぼやけた目を薄く開けていた。もう完全に意識を失っている。伸ばした手をブルブルと小刻みにふるわせていた。手に痙攣《けいれん》がきているのだ。両足を投げ出したかに見えたが、足も突っぱっているのだった。黒いシャツが水を浴びたようにぐっしょり汗で濡れて肌に貼りついている。紫色の唇を開けて白い歯を覗かせ、小さくあえいでいた。

男は、美々津の腕をザックから抜いてやると、軍手を脱いで、その手を美々津の額に当てた。それから美々津の手首をとって脈搏《みゃくはく》をみる。顔をあげて、リーダーを睨《にら》みあげると、

「このままでは、死亡事故につながるぞ」と、はっきりと言う。「手足の痙攣と呼吸困難、全身衰弱と極度の疲労、疲労による低血で、脈搏が薄くなっている。体温も低い……」

「どうすればいいですか？」

リーダーが不服そうに聞く。

「どうすればいい、だと……」と、男の声が怒気を含む。刺すような視線が、リーダーとサブリーダーの手にする棒切れにそそがれて、「こんなバテた男にヤキを入れたのか？」

リーダーとサブリーダーは声を呑《の》んでいる。男はゆっくりと腰を伸ばした。

「きみたち、リーダーやサブリーダーの荷は軽そうだな」

「ええ、まあ……」と、リーダーが言葉を濁した。

「この新人には何キロ背負わせた？」

「たいしたことないです。三十キロぐらいですから……」

男は無言でリーダーを睨みつけてから、自分のザックの雨蓋を開けると、レモンとドリンク剤の小瓶を取り出した。それを横山に手渡しながら、

「糖分とビタミンの欠乏症だ。このレモンをしぼって飲ませてやれ、このドリンクもな」

「はい」

と、横山の返事は大きかった。

「おい、きみら……」と、男は突っ立っている男たちに声をかけて、「もっと乾いた寝やすいところへ寝かせてやれ。ようく体を拭いてやってから、シャツを取りかえるんだ」

「はい」

新人らしい一人が返事をした。三人がザックをおろすと、美々津のそばに歩み寄る。美々津の脇《わき》の下に手を差し入れ、両足を持って、四、五メートル先の乾いた登山道へ運んでいった。

麻美は佇《たたず》んだままで、運ばれていく美々津を見送ってから、ふたたび視線をその顎鬚の男にもどした。

「意識が回復するまで、そっと寝かせておくんだ。意識がもどるまで動かすなよ。意識がもどっても無理は禁物だ、カラ荷で山から降ろすんだ。……ここからなら、将監小屋か、三条ノ湯へ降ろすのがいいだろう」

男は、リーダーとサブリーダーにそう言うと、美々津の背負っていた大型のキスリングに手を伸ばした。すると、リーダーが立ちはだかるようにして、

「なにするんですか」

当惑げに声をあげた。その無精髭の頬へ、いきなり男の右手が飛んだ。ピシャッと大きな音がした。平手打ちだった。が、リーダーの体は濡れた岩肌へはげしく叩きつけられていた。唇の端から血が吹き出してくる。

麻美は息を呑んだ。

だが、男はリーダーに冷たい一瞥を投げただけで、ふたたび美々津のザックに手を伸ばした。

ポケットを開ける。赤ん坊の頭ほどの石を取り出した。左右のポケットには、石がびっしりと詰まっていたのである。それを男はだまって残らず取り出す。それからこんどは紐《ひも》をほどいて、ザックを開けた。ポリタンを取り出す。大きなポリタンが四個入っていた。どれにも水がいっぱい入っている。

「きみたちは、石コロや水を詰めて、あの新人に背負わせたのか」

男は腰を伸ばして、リーダーとサブリーダーを睨みすえる。その野太い声に凄《すご》みがくわわる。リーダーは打たれた頰を押さえてしゃがみこんでいた。サブリーダーは青くなってふるえはじめている。こんどはサブリーダーに痙攣がきた。

「あまりしごくと、新人に逃げられるぞ」

男はこう言うと、軽々と紺色のザックを背負った。タオルで額の汗を拭き、そのままそれで鉢巻を締めて、軍手をはめる。目をまたリーダーとサブリーダーにもどして、

「気をつけて行けよ。雨になるぞ」

男の声はもう和んでいる。そしてその眼差しも柔和になって、麻美を見やると、

「どちらへ？」と、気軽に声をかけてくる。

「笠取小屋まで……」

ほっと息を洩らして、麻美はこたえた。

「じゃ、ぼつぼつ行こうか」

「ええ」

と、麻美はつられてうなずいてしまう。それから男の先に立って歩き出した。

3

飛竜山の登り口に、飛竜権現《ごんげん》がある。白木《しらき》の小さな祠《ほこら》だった。その前が小広い台地状になっている。ここに指導標があった。

——三条ダルミを経て雲取山へ三時間、将監峠へ二時間、笠取山へ三時間、前飛竜を経て丹波《たば》へ二時間、と記されて、それぞれのルートの方角を指している。

麻美は、この指導標の前で足を止めた。顎鬚の男も並んで立ちどまる。

指導標の文字は見えたが、ほとんど視界はきかなかった。展望の開けたところではないし、ガスが流れはじめていたからだ。ツガやカラマツなどの太い幹も、ササヤブの斜面も、乳白色の絵の具で一刷毛《ひとはけ》撫でたように滲んでいた。佇んでいると、急激に汗が引いて、冷気が肌にしみるようだった。

「雨になる前に、ここで昼飯にするか」

男は独り言のように言った。

あのしごきの場からここまで来るあいだ、男は一言も口をきかなかったのである。

——意外に無口なんだわ、麻美はそうおもった。けれども、背中に痛いほど男の視線を感じていたのだ。

「あたしも、ここで食べよう……」

そう言いながら、麻美は男の顔をあおいだ。汗とガスで顎鬚が濡れている。引き締まった精悍《せいかん》な風貌《ふうぼう》だった。首は逞しく太い。その太い首からも顎鬚からも、シャツの上のボタンをはずして、わずかに覗かせた胸毛や、その厚い胸板からも、男の体臭と汗の匂《にお》いをプンプン発散させているようであった。麻美は敏感に、それを感じとっていた。

男は、ザックから折りたたんだグランドシートを取り出すと、ひろげて麻美をすわらせた。ブタンガスのコンロに点火して、湯を沸かしはじめている。手早かったし、手際がよかった。そして熱い濃いコーヒーを入れてくれた。一口すすって、「おいしい……」と、麻美はおもわず声をあげた。男が麻美の顔を見やって目を細めた。白い歯を覗かせる。

「どちらから？」

笑顔になって麻美が聞く。

「北天林道を登ってきたんだ」

「どこまでいらっしゃるの？」

「金峰《きんぷ》まで行って、増富《ますとみ》へ降りるつもりだが、気が変わったら途中で降りるさ」

男は、フランスパンをナイフで切りながら、こう言い、顔を麻美に向けて、「きみは？」

「あたしは、笠取山から一《いち》ノ瀬《せ》へ降りるわ」

麻美は、奥多摩小屋でこしらえてくれた弁当を取り出しながらこたえる。箸《はし》をとって、

「いつも、おひとり？」

「ああ、単独行のほうが気楽だからね」と、男はフランスパンにチーズをはさみながら、「もっ

とも山仲間のいないせいもあるがね」

ふたりが食べ終わり後片付けを終えたとき、大粒の雨が叩きつけてきた。ざあーっと山が鳴りはじめる。

麻美は、ザックからエンジ色の雨ガッパを取り出すと、すばやく身につけた。男も青いカッパを着た。麻美が先に立って下りはじめる。男が後ろにぴったりとついてくる。

「木の根を踏むと、すべるぞ」

男が麻美の背中へ声をかける。

ガスが流れはじめたが、こんどは雨足で煙るようだ。針葉樹林の中を降下する。黒い露岩も濡れてすべる。麻美が足をとられて上体をのけぞらせると、背後から男が、麻美のザックをつかんでささえた。強い力だ、麻美は体全体が宙に吊《つ》り下げられるような感じがした。

竜喰山《りゅうばみやま》の山腹をほとんど平らに巻くと、将監小屋へ降りる近道が左に分かれている。ここを通過してまもなく将監峠へ出た。左手に草原の斜面が広がっている。雨はいくらか小降りになった。麻美は休まずに歩きつづける。少し登りになって、牛王院平《ごおういんだいら》を過ぎた。御殿山《ごてんやま》、唐松《からまつ》尾山《おやま》、黒槐《くろえんじ》ノ頭とつらなる尾根の南側をからむように樹林帯の中をたどっていく。南に伸びる支尾根を何度も横切った。桟道を渡る。

樹林がまばらになると、やがて小平地へ出た。

笠取小屋は、ひっそりと雨に打たれていた。小屋の前の小さな広場に並べられた木のテーブルや椅子《いす》も雨足で煙っている。ガラス戸に、――土曜日の午後登ってきます、管理人、という貼紙《はりがみ》があった。その貼紙も濡れて、黒い文字が滲んで流れていた。

麻美は、ガラス戸を開けて、雨ガッパの裾《すそ》から雫《しずく》をしたたらせながら土間に立った。つづいて男も入ってくる。

小屋の中は、ほの暗い。空気は湿っぽく冷たかった。土間のまん中に薪《まき》ストーブがあった。まわりの板の間には古びたうすべりが敷いてある。木と土の匂《にお》い、汗の臭い、そして黴臭《かびくさ》いような山小屋独特の臭いがこもっている。

男は、雨ガッパの袖をまくって腕時計に目を落とすと、

「三時か……」と、つぶやいた。「きょうはここまでだな」

「あたしも、ここで泊まります」と、麻美はザックをあがりかまちに置いて、カッパを脱ぎながら、「これから降りても、どうせ一ノ瀬泊まりだから……。落合《おちあい》から出るバスには、もう間に合わないものね」

「はやく着替えないと、風邪《かぜ》を引くぞ」

そう言いながら、男は山靴から足を抜いて、板の間へあがる。麻美も重い山靴を脱いだ。汗と、カッパで蒸れて、麻美はもう下着までぐっしょり濡らしていた。髪の毛まで濡れて、ほつれ毛が頬に貼りついていた。背中から急激に冷たくなってくる。じいーっとしていると、たちまち体の芯《しん》まで冷えてきて、ガタガタとふるえがきそうだった。ザックを開けて、ビニール袋に包まれた下着を取り出しながら、ちらっと男を見やる。

男は、もう上半身裸になっていた。広い背中をこちらに向けて、タオルをその背中にまわし、

せわしげに両手を動かしてゴシゴシこすっている。

麻美も男に背中を向けると、乾いたタオルで顔を拭き、髪をこすった。それからまた、そっと首をねじって、男に視線をはしらせる。男は右手を前にやって胸を拭いている。

——寝袋の中で着替えようかしら、
このとき、麻美は、そうおもった。けれども、濡れたままで寝袋へ入るのは嫌だった。もちろん男に肌を見られるのも嫌だったが、

「こちらを見ないでね」

背中を向けたまま、はっきりそう言うと、おもいきって、山シャツのボタンをはずしはじめた。純毛のシャツもしっとりと湿っていた。下の混紡のシャツはもう水を含んだようになっている。麻美は、それも脱いだ。

小屋の中が薄暗いせいで、麻美の白い肌は際立って見えた。汗で濡れた柔肌《やわはだ》は、歩いてきた活力をまだそのまま湛《たた》えて生き生きとし、艶やかでなまめかしく、成熟しきった女の色気がその肌から匂い立つようであった。

麻美は、背中へ両手をまわして、ブラジャーをはずした。一見、ほっそりとして、しなやかな体軀に見えるが、胸の隆起は大きかった。そのゆたかな乳房を、あわててタオルで押さえる。頰に赤みがさす。

このとき、麻美は、「ううっ」というけだものの呻《うめ》きに似た男の声を耳もとで聞いた。どきっとし、身をすくませて、いっそう強くタオルで胸を押さえる。が、そのときには、もう背後から

男の太い腕で抱きすくめられていた。

「いやっ」

麻美は、小さく悲鳴をあげてのけぞる。男の手が強引にタオルの下に差しこまれて、乳房をつかんだ。

4

集落に近い低い山歩きのハイキングなら、若い女が男におそわれて犯されたという話を、麻美は耳にしたこともあったし、また新聞の社会面で、道案内をしてやると親切ごかしに男に誘われた二人の女子学生が、その男に二人とも乱暴されたという記事も目にしたこともある。しかし、ここは奥秩父の縦走路である。二〇〇〇メートル級の稜線《りようせん》だ。いうなれば、山ヤの領分だった。こうしたところで、山男が女におそいかかるなんて、麻美は聞いたこともなかったし、おもってもみないことであった。

しかも、この顎鬚の男は、あの飛竜山の山腹を巻く登山道で、しごきの現場に行き合わせて、バテて意識不明になっていたあの美々津という男に救いの手を差し延べているのである。あのときの指図の仕方から、かなりの山歴のある男と、麻美の目にはそう映ったのだ。十分にリーダーのつとまる男と、そうおもえたほどである。

その男が、突然けだもののように唸《うな》りながらおそいかかってこようとは、麻美にとっては、あまりにも突飛な、そしてまるで考えられない出来事だった。つかの間、これが現実だとは信じられないほどであった。男に肌を見せたという不覚は麻美にもあったが、後ろから抱きすくめられた瞬間、男の気が狂ったのではないか、とっさにそうおもい、背すじを悪寒がつらぬいた。男は、「ううっ、ううっ」と、呻きながら荒い息を吐き、麻美の項《うなじ》や首すじに、その柔肌をむさぼるように唇を押しつけてくる。

「いやあっ、やめてえ、いやっ！」

麻美自身、自分の悲鳴がまるで他人の声のように甲高く聞こえた。乳房をわしづかみにした男の手から、そして濡れてぬめる男の唇から逃れようとして死物狂いで、身をよじらせ、もがき、肘《ひじ》で男を突いた。

ふいに、麻美の体が、ふわっと宙に浮いた。足が空《くう》を蹴る。男は軽々と麻美を横抱きにすると、自分もそのまま倒れこむように片膝を板の間に突いて、麻美をあおむけにし、うすべりの上に横たえた。

「ううーっ」と、麻美も呻いた。男をはねのけて起きあがろうとし、下肢をばたつかせて、両手で男の首を突き、胸を押す。このとき、はじめて男の顔を間近にあおいだ。男の顔面はまっ赤になっている。目が脂の浮いたようにギラギラと光り、血走って、瞳がすわっていた。こめかみのあたりに血管が青くふくれあがっている。

男は、麻美の上にのしかかり、体重をかけて、麻美の抵抗を封じようとする。麻美のばたつく足を、男のそれが押さえた。麻美は息が詰まりそうになる。もう寒さも感じなかったし、板の間の冷たさも意識しなかった。それどころか、汗が吹き出してくる。麻美の体臭が濃くなる。麻美も男の体臭を嗅《か》いだ。男の肌は熱かった。胸毛が麻美の腹に押しつけられる。ザラザラして気《き》色《しょく》がわるかった。

「いやあ、やめてえ、おねがい……、やめてえ……、おねがいだから……」

麻美はあえぎながら、とぎれとぎれに喉《のど》の奥から声をしぼり出す。

むき出しになった男の上半身も汗まみれになっている。筋肉質の体軀だった。麻美を押さえつけて力を入れると、腕や肩の筋肉の動きがはっきりとわかる。そして物凄《ものすご》い力だった。それでも麻美はまだ抵抗をやめなかった。身をよじり、首を横に振って、男の下から逃れようとする。男の頭髪をつかんで引っぱった。男の顔に爪《つめ》を立てる。男は両手で麻美の腕を押さえると、体を下にずらして、麻美の乳房を口に含んだ。

「ああーっ」と、麻美の悲鳴が細くなる。胸に男の顎鬚が痛かった。夢中で首を伸ばして、男の肩を嚙《か》んだ。

「うっ」と、男は小さく呻き、肩を振って顔をあげると、こんどは右手で麻美の喉を押さえつける。男の手は大きく、麻美の首は細かった。

——殺される！

このとき、麻美は、はじめて恐怖をおぼえた。

「苦しい……、苦しい……たすけてえ……」

絶え絶えにあえぎはじめる。あえぎながら体の力がしだいに抜けていく。意識が薄れかかる。が、意識のとぎれる寸前に、男の手が首からはなれた。麻美は、ふうーっと大きく息を吐くと、四肢をぐったりと投げ出した。

男の、その行為は荒々しかった。

麻美は、はげしい情欲の波間にただよう小さな木の葉のように翻弄《ほんろう》され、ゆさぶられた。男の荒い息遣いと呻き声だけしか、麻美の耳には入らなかった。板の間のきしむ音も、雨の音も聞こえなかった。そして麻美の息も荒くなった。また絶え絶えにあえいだ。ときどき、「うっ」と、嗚咽《おえつ》で喉を詰まらせた。「ああーっ」と、絶え入るような声も洩らした。

しかし、男は執拗《しつよう》ではなかった。

麻美からはなれると、立っていき、背中を見せて下着をつけた。シャツを着、ボタンをはめる。この間、男は一度も麻美に目を向けなかった。それから窓辺に立って、じいーっとガラス窓に目を据えた。窓の外には、雨とガスの暗い灰色の世界があるだけだった。

このとき、麻美はまだ四肢を投げ出して、あおむけになったままだった。身につけているのは、赤いニッカーホースだけであった。だからいっそう肌の白さが際立ち、なまめかしかった。全身をほのかに赤く上気させていた。目も閉じたままだった。目尻《めじり》に涙のあとがあった。濡れた唇を薄く開けている。けれどもその表情には、無理矢理に男に犯されたくやしさや憤りよりも、むしろ情事のあとの甘い倦怠感《けんたいかん》があるようだった。

男は、コーヒーを入れると、だまって麻美に差し出した。麻美も口をきかずにそのコップを手にすると、一口すすった。喉にしみるような熱くて濃いコーヒーだった。それから、ちらと上目で男を睨んだ。

男の顔からは、ついさっきまでの、けだものじみた猛々《たけだけ》しさは消えていた。もう情欲の翳《かげ》りすらなかった。気落ちのしたように暗く沈んだ表情になっている。

「すまない、すまなかった、おれがわるかった……」

唐突に男はこう言うと、麻美の前に膝をそろえた。「おれがわるかった、あやまる」

いま一度言って、頭を下げた。それから顔をあげると、じぃーっと麻美の目を見つめた。深い悔いで表情がゆがむようだった。

麻美も男の目を見返す。ふたりの視線がからみ合う。麻美の目には、わずかに羞恥《しゅうち》の色があった。それにも増して、憎悪の色が濃くなっている。けれども麻美には臆《おく》した気配は見られない。

「許せないわ、あたし、ぜったいに……」

麻美は、はっきりと言う。言葉をついで、「あやまって、すむことじゃないでしょ」

「きょうのおれは、どうかしていたんだ。あのリーダーを殴ったり、きみに乱暴したりして……」と、男は沈痛な目を麻美に向けて、「ほんとにすまなかった。きみの言うように、あやまってすむ問題じゃない。おれは警察へ突き出されてもかまわない、きみにはどんな償いでもする。きみの気のすむようにしてくれ。きみが、ここから出ていけと言えば、おれはいますぐにでも、この小屋を出て、雨の中を下山する」

「逃げ出すつもり？」

麻美の語気が強くなる。

「いや、逃げる気はない。おれは自分の行為に責任をとる。わるいのはおれだ。警察へ訴えられてもしょうがない、そうおもっている。おれは、きみに乱暴した。当然、罰を受けるべきだ……」

「あたしが、恥ずかしがって、警察へ訴えない、そうおもっているんでしょ？」

麻美の声音《こわね》に皮肉がこもる。

「いや、そうじゃない」と、男はきっぱりと言う。「そんな虫のいいことは考えない。きみにたいして、どんな償いでもするつもりだ。おれは本気なんだ。きみの言うことなら、なんでもきくし、なんでもやる……」

「あたし、まだ、あんたが、どこのだれだか知らないのよ。そんな男の言葉を信じることはできないわ」

「おれは、九鬼研八《くきけんぱち》」と、男ははじめて名乗った。「年は三十だ」

それから九鬼研八は立っていって、ザックの雨蓋を開け、メモ帳とボールペンを取り出した。

ふたたび麻美の前にすわると、メモ帳に自分の住所と電話番号を書き、そのページを一枚はがして、麻美に手渡し、

「そこに住んでいる」

「でたらめじゃないわね、この住所？」

と、麻美が紙面の文字に目を落として念を押す。

「ウソは書かない」

「職業は？」

「オーバードクターだ」

「オーバードクターって？」

麻美が、おうむ返しに訊く。

「大学院の博士課程で三年以上修学して、その後定職がなくて、大学の研究室でブラブラしているもののことだ」

「おどろいた。……それじゃ、あなたは学者じゃないの」

「学者か……」

九鬼は自嘲《じちょう》で顔をゆがめて、

「たしかに勉強はした。大学の教師になろうとおもった。しかし、教授、助教授、講師、助手と頭がつっかえていて、研究室に残ってはみたものの、助手にもなれない。いつまでたっても研究生だ。だからといって、民間の企業じゃ、雇ってもくれない。年は食っているし、あるのは学歴だけだからね。……オーバードクター、略してODというんだが、あわれなもんだ。宙ぶらりんでね。だから、おれの胸の底には、いつも鬱積《うっせき》したものがあるんだろう。イライラしたり、ムシャクシャすると、山を歩きまわるんだが、その鬱積したものが、きみに向かって爆発したのかもしれない。しかし、女にたいして、あんな気持ちになったのは、生まれてはじめてだ。きみはあまりにも美しすぎる。生き生きとして魅惑的だ。おまけにきみは、おれに肌を見せた……。おれはもう気が狂ったように夢中になってしまった……」

「そんなこと言って、ごまかさないでよ」

麻美は真顔《まがお》になって九鬼を睨んで、

「何を勉強したの？」

「物理だ。東京K大学の理学部物理学科の研究室に在籍している。素粒子論をやっている。問い合わせてもらえばわかるが……。だけど、いまのおれは、首吊りの力学でも研究したい心境だよ」

麻美の目が、はじめて笑った。この男にたいする憎悪はたしかにある。が、不思議に嫌悪感はなかった。

「きみの名前は？」

こんどは九鬼が問う。

麻美も名乗った。

「綾部麻美か……」と、九鬼はうなずいて、「はなやかで、なんとなく妖婦《ようふ》じみてはいるが、いい名前だ――」

「あたし、妖婦じゃないわ」

「すまない。あやまる。ほんとにおれがわるかった。とにかくきみの気のすむようにしてくれ。警察へ突き出されてもかまわない。おれはいさぎよく罰を受ける」

「ほんとに、心底から、そうおもっているのね？」

「ああ、本気だとも」

「あなたは、さっき、――どんな償いでもする、あたしの言うことなら、なんでもきくし、なんでもやる……そう言ったわね？」

「うん、男に二言はない。どんな償いでもする」

「それじゃ、あたしがお金が欲しいと言ったら？」

「おれにできるだけの都合はする。しかし、おれには金はないがね」

「盗んでくれって、あたしがたのんだら？」

「盗むさ。きみに警察へ訴え出られたら、どうせ刑務所行きだからね」

「それじゃ、誘拐は？」

「誘拐？」と、九鬼はちょっと怪訝《いぶかし》げな目になって、「誘拐でもなんでもやるさ。人殺しだけは嫌だがね」

「ほんとに、あたしのためなら、なんでもしてくれるのね」

九鬼の目を覗きこむようにじぃーっと見つめて、麻美が念を押す。九鬼は顎鬚を引いてうなずき、

「やるさ、なんでも。きみのためなら……」

2　チンピラ誘拐団

1

綾部麻美は、西武国分寺線《せいぶこくぶんじ》の恋《こい》ヶ窪《くぼ》で下車した。

麻美は、小広い駅前に出ると、白革のハンドバッグから地図を取り出した。「立川《たちかわ》」の二万五千分の一の地形図である。ひろげると、陽射《ひざ》しを浴びた紙面の白い部分がまぶしいほどだった。ちらっと紙面に目を落としてから、またバッグに手を差し入れると、こんどはトンボメガネを取り出す。それをかけて薄茶色のレンズ越しに、ふたたび地図に視線を落とした。——国分寺市恋ヶ窪三丁目六番地の所在をたしかめる。

——あの雨の日、笠取小屋で、九鬼研八が書いて手渡してくれたのが、この住所であった。タンポポ荘となっている。

麻美は、これからそのタンポポ荘に九鬼研八をたずねるつもりだった。

ともあれ、九鬼は、あの暴行のあとで、この住居と電話番号を書いているのだ。自分の罪の一時凌《しの》ぎや責任逃れから、あの場で出鱈目《でたらめ》を書いて、麻美に手渡したということは大いにありうることだった。

――この住所は、ほんとかしら？　と麻美は疑念をいだいていた。そうしてまた、東京Ｋ大学の理学部物理学科のオーバードクターと告げた九鬼の身分についても、やはり疑問におもっていたのである。だからこの際どうしても九鬼研八の住居をこの目で見、身元をたしかめておきたかったのだ。そして、もしこの九鬼の住所や身分に偽りがなければ、あの男を、自分の秘めた計画の遂行に一役買わせてもよいと考えていた。

あの日から、ちょうど一週間経《た》つ。

つぎの日の朝、笠取小屋の前の台地で、麻美は九鬼と別れたのだった。麻美は、一休坂《いっきゅうざか》から一ノ瀬に下り、犬切峠《いぬきりとうげ》を越えて落合へ出、落合の集落からバスで塩山《えんざん》に至り、中央本線で東京へもどったのだった。九鬼は、金峰山まで縦走をつづけると言って、雁《がん》峠へ向かって発《た》っていった。あれから雁坂《かりさか》峠を越えて、甲武信《こぶし》ガ岳《だけ》、東梓《ひがしあずさ》、国師《こくし》ガ岳、大弛《おおだるみ》、金峰山と縦走して、増富へ降りたとしても、九鬼はもう帰宅しているはずであった。

きょうは六月八日。恋ケ窪駅を出たときには、もう午後四時を過ぎていた。

麻美は、地図を折りたたんでハンドバッグに入れると、車の行交《ゆきか》いのはげしい通りへ出た。左へ折れて、すぐ踏切を渡る。

セミロングの髪が肩に揺れる。襟ぐりの大きな半袖《はんそで》のオレンジ色のワンピースを着ていた。縦に白い縞《しま》が入っている。こんがりと日灼《ひや》けした肌に、そのオレンジ色がよく似合っている。トンボメガネのせいで、ちんまりとした唇がいっそう魅惑的に見える。ほっそりとした首すじの線も美しかった。その首に、九ミリ玉ほどの真珠を一粒、金のネックレスで吊《つ》るしていた。

麻美は、するどい目をし、顎鬚《あごひげ》を生やした九鬼の精悍《せいかん》な浅黒い顔を、ふっと脳裡《のうり》にうかばせた。九鬼にたいする憎悪は、いまもたしかにある。けれども、どうしたわけかその憎悪は胸の小さな一部分を占めているだけで、そして奇妙に嫌悪感はなかった。

——ほんとにあの男は、この町にいるのかしら？

疑惑と同時に、一週間ぶりで九鬼に会うという期待感もあった。

通りを右に曲がる。一方通行のせまい舗装路である。きゅうに家並《やなみ》がまばらになる。緑が多くなった。新築の小さな住宅が目につく。茶畑やサツマイモの畑が家並のあいだに点在している。

五分ほど歩くと、左手に雑草で埋められた小さな空地《あきち》があった。そこに黄色い小型乗用車が一台止まっていた。しかし、麻美は、その車を目の隅でとらえただけで、べつに気にもしないで、その前を通り過ぎた。

右手に雑木林が見えてくる。ナラやクリの葉の緑が陽射しを浴びて、あざやかに生き生きと映えている。その向こうに三階建ての白い大きな建物があった。雑木林の梢《こずえ》のあいだに、鴨下《かもした》医院という白い看板が覗《のぞ》いている。

この雑木林の前を通り抜けたとき、麻美は、背中に車のエンジンの音を聞いた。ちらっと振りむく。さっき空地に駐車していた黄色い小型乗用車であった。麻美はまた気にもとめずに、背後からしだいに距離を詰めてくるその車に一瞥《いちべつ》を投げただけで、舗装路の右側の端によけて、そのまま足をすすめた。

黄色い車が、麻美のわきで止まった。後ろのドアが大きくあくと、二人の男が飛び降りて、麻美の前に立ちはだかる。

麻美が、二人の男と対峙《たいじ》したのは、ほんのつかの間だった。大柄なひとりが、さっと麻美の背中へまわると、両手を脇《わき》の下に差し入れて、羽交締《はがいじ》めをするような恰好《かっこう》になり、いきなり口を押さえたからだ。

「ああっ」

麻美が小さく声をあげてのけぞる。だが、そのときにはもう、あとひとりの痩《や》せた男が、麻美の腰に飛びついて、かかえあげていた。麻美が、ハンドバッグを振りまわし、足をばたつかせる。オレンジ色の裾《すそ》がまくれて、肌色のパンティ・ストッキングに包まれた太股《ふともも》が陽射しを浴びた。

「なにするのよ、やめてぇ……」

麻美は大声で叫んだ。が、男に口を強く押さえつけられているから、言葉にならない。身をよじり、足をばたつかせて、死物狂いでもがいた。自分の体が横になって宙に浮くのを感じると、かあっと頭の芯《しん》が熱くなる。

「バタつくんじゃねえよ、世話のやける女《スケ》だぜ……」

大柄な男が、麻美の耳もとで荒い息を吐きながら、しゃにむに麻美を車の中に引きずりこんだ。痩せた男は無言で、しっかりと麻美の下肢を抱いて、車の中へ押しこもうとする。ハイヒールの踵《かかと》が、車のドアを蹴《け》った。そして麻美は、大柄な男ともつれあうようにして、リア・シートに倒れた。痩せた男が、麻美の下肢を押さえつけながら乗りこんでくる。

ドアが締まったのは、車が十メートルほど走り出してからであった。

2

自転車に乗った初老の男は、オレンジ色のワンピースを着た娘が、若い男二人に車の中へ引きずりこまれるのを目撃した。麻美が抵抗し、足をばたつかせたとき、太股が陽射しを浴びて、白い下着が覗いた。初老の男の目に、その白い下着がなまめかしく焼きついた。

しかし男には、麻美と同じ年ごろの娘があった。スピードをあげて走り去る車を見送りながら、男は他人事《ひとごと》ではないとおもった。

男はペダルを踏んでせまい舗装路をもどると、通りへ出た。角の煙草屋《たばこや》の店先に赤い公衆電話があった。男は、一一〇番へダイヤルをまわした。

「国分寺市の恋ヶ窪で、通りがかりの娘が、チンピラ風の若い男二人に車の中へ引きずりこまれて連れ去られた……」と、その男は通報した。「娘はオレンジ色のワンピースを着ていました。車は、シビック、色は黄色です。たしか、練馬《ねりま》ナンバーでしたね。数字までおぼえていませんが……」

このあたりには、多摩《たま》ナンバーの車が多い。だから男は、練馬という文字に目をとめていたのである。

「運転していた男もいましたから、男は三人です。もしかすると、誘拐じゃないですかね」

と、男は言葉をそえて受話器を置いた。

この通報を受けたのは、警視庁多摩分室の指令室であった。指令室は、重要事犯に発展するおそれがあると判断して、これを管内の警察署へ連絡した。各警察署では、各派出所、駐在所に手配した。パトカーにも無線通信で連絡をとった。

このころ、麻美を乗せた練馬ナンバーの黄色いシビックは、府中《ふちゆう》街道から甲州《こうしゆう》街道へ出、右折して立川へ向かっていた。

「じたばたするんじゃない。騒ぐと痛い目にあうぜ」

大柄な男が凄《すご》んで、ジャックナイフの刃の腹を麻美の左の頰《ほお》に当ててピタピタ叩《たた》いた。右側には痩せた男が、ぴったりと体を寄せてすわっている。

「あたしをどうするつもりなの？」

頰に冷たい鋼《はがね》の感触をおぼえながら、麻美はそっと首をねじって大柄な男に目をそそいだ。

二十四、五に見える。目が細く、ちょっと顎がしゃくれていた。モミアゲを長く伸ばしている。ブルーのダボシャツの前をはだけて、腹にまっ白い晒《さらし》を覗かせていた。足もとを見やると、素足に蛇革の鼻緒の雪駄《せつた》を履いている。

麻美は、またそっと首をねじると、こんどは右側の痩せた男に目をはしらせた。

この男は若かった。二十《はたち》ぐらいだろう。目がギョロッとして大きかった。肉の薄い頰を赤くしている。その頰に垂れかかる長い髪を細い指先でかきあげながら、ときどき横目を麻美にそそいでいる。赤い地に白い花柄のアロハシャツを着ていた。

「騒がないから、そのナイフをどけてよ」

そう言いながら麻美は、運転席の男に目をやった。

この男だけ頭髪が短かった。小肥《こぶと》りの男だ。首が太くて、黄色いTシャツに包まれた肩に丸みがあった。

「おとなしくしてろよ」

大柄な男は、凄みを利かせた低い声でそう言うと、ナイフの刃を麻美の頬からはなした。「どうせ逃げられやしないんだからな」と、ナイフをたたんで、腹の晒に差す。

「どうするつもりなの、あたしを？」

いま一度、麻美は訊《き》いた。

「誘拐したんだ」

痩せた男が声を出す。興奮しているのか、語尾がふるえている。

「誘拐ですって！」と、麻美は頓狂《とんきょう》な声をあげて、大柄な男に視線をそそぎ、「あたしなんか誘拐したって、お金にならないわよ。あんたたちどうかしてるんじゃないの」

「意外と度胸のいい女《スケ》だな」

と、運転席の男が行手に目をそそいだままで言った。

黄色い車は、日野《ひの》のロータリーへ出た。信号で止まる。ななめ向かい方の角に交番があった。

警官が一人その前に立っている。

「声をあげるなよ、怪我《けが》をするぜ」

大柄な男が、警官にじいーっと視線を据えながら言う。

甲州街道はここから左折して、日野橋を渡る。が、車は左に曲がらないで、信号が変わると、そのまままっすぐにバイパスに入った。

大柄な男は、ほっと息を洩《も》らして、

「金になるさ。おまえは、あの病院、鴨下病院のひとり娘じゃないか。かわいいひとり娘が誘拐されたんだから、院長はいくらでも金を出すに決まっている」

「医者は金持ちだからな。しこたま現金《ゲンナマ》がおがめるぜ」

と、痩せた男は息をはずませている。

麻美は、あの雑木林の梢《こずえ》のあいだに覗いていた鴨下病院という看板と、三階建ての白い建物をおもい出しながら、

「あたしは、あの病院のひとり娘じゃないわ。人ちがいよ」

「とぼけたって無駄だぜ」

「ほんとよ、あたしは病院の娘じゃないわ。ウソなんかつかないわよ」

「とぼけるのはよせよ。おまえは、あの病院の鴨下万里子《まりこ》だ。年は二十五、東京I大学の医学部の学生だ。ちゃあんと調べはついているんだからな」

「ほんとにあんたたち、あたしを鴨下万里子だとおもっているの？」

「鴨下万里子じゃなかったら、おまえはだれだ？」

大柄な男は、麻美の顔に視線を当てて反問する。麻美もその男の目をじいっと見返しながら、ちょっと間を置いて、

「あたしは綾部麻美、ほんとよ」

「わらわせるなよ」と運転席の男が口をはさんで、「でたらめの名前をぬかしやがってよ」

「じゃ、そのトンボメガネを取ってみろよ」

と、大柄な男が首をねじって乗り出し、麻美の顔を覗きこむ。麻美はメガネをはずした。艶《つや》のある黒い瞳《ひとみ》におびえた色は見られない。

「おい」と、大柄な男は、痩せた男に声をかけて、「この女《スケ》にまちがいはねえだろうな?」

痩せた男も間近に麻美の顔を覗きこんで、

「まちがいないよ、この女《スケ》だ」

しかしその言葉つきは自信なさげであった。

車はバイパスを抜けて、奥多摩街道に入った。路面が西陽《にしび》を照り返している。黄色いボンネットの先にダンプカーの大きな荷台があった。

「暑いわ」と、麻美が言った。「もっと窓を開けてよ」

痩せた男が右手をまわして窓をいっぱいに開ける。

「おい、しっかりしろよ」と、大柄な男はいま一度、痩せた男に声をかけて、「この女《スケ》はまちがいなく鴨下万里子なんだろうな。ツラをよく知っているのは、おまえだけなんだからな」

「まちがいないよ、この女《スケ》だ」

痩せた男は、麻美の横顔に目を当てたまま、おなじ言葉を繰りかえした。

「あたしは、病院の娘じゃないわ」

麻美は腹立たしげにきっぱりと言う。

「顔のわりに気が強いな」

と、運転席の男が目をあげてバックミラーを見た。その小さな鏡の中で、はじめて麻美はこの男と視線を合わせた。目尻《めじり》のさがった丸い目をしている。

「人ちがいしてんのよ、あんたたち……」

「人ちがいかどうかは、あの病院へ電話をすればわかる」

ぶすっとした顔で大柄な男がいった。

3

黄色い小型乗用車は、左折して多摩川を渡り、五日市《いつかいち》街道へ入った。五日市の町並を抜けると、こんどは秋川《あきがわ》を渡って、右岸ぞいに上っていく。

山腹の緑が濃くなる。ときどき覗く秋川渓谷は、もう陽が翳《かげ》りはじめている。

「あたしをどこへ連れていくの？」

麻美は、大柄な男に訊いた。

男はだまっている。いらだたしげな眼差《まなざ》しを行手に据えていた。痩せた男もこたえない。ギョロッと横目を麻美にはしらせて、煙草を吹かしている。

窓から流れこんでくる風が、さわやかになった。

麻美は窓の外に視線をやる。

三頭山《みとう》へ登ったり、馬頭刈山《まずかり》から大岳山《おおたけ》へ登ったり、笹尾根《ささ》や浅間尾根を歩いたりして、麻美はこの道を何度もバスで通っていたから、よく知っていた。日陰になった杉木立の山腹や西陽に映し出された稜線をながめていると、三人の男たちに拉致《らち》されたというのに、しだいに緊迫感が失《う》せて、胸が和んでくるのである。と同時にまた、この男たちに興味をおぼえはじめていたのだ。

荷田子《にたご》を過ぎてまもなく、突然、背後にパトカーのサイレンの咆哮《ほうこう》を聞いた。

「ヤバイぜ」

と、唸《うな》って大柄な男が振り向く。麻美も、痩せた男も同時に首をねじった。運転席の男は息を呑んで行手に視線を据えている。

パトカーはスピードをあげて距離を詰めてくる。咆哮が大きくなった。

「どうする、兄貴？」

痩せた男が、大柄な男に顔を向けて声をふるわせる。大柄な男はせわしげにダボシャツのボタンをはめながら、

「追いつかれちゃ、ヤバイ。逃げろ、もっと飛ばせ」

「だめだよ、兄貴……」と、運転席の男が声をうわずらせる。「逃げ切れないし、逃げても、車のナンバーをおぼえられたら、おしまいだ。これはおれの車だから……」

「ちくしょう」と、大柄な男が呻《うめ》いた。「しょうがねえなあ」

「ドジねえ」と、麻美の目が笑う。声音《こわね》は冷たかった。「あんたたち、つかまるわよ」

「現金《ゲンナマ》をおがまねえうちに、サツにパクられるなんて、ツイちゃいねえよ」

痩せた男の肉の薄い頬から、もう血の気が失せている。くやしげにこう言ったとき、パトカーが追いついて、黄色い車の右側に並んだ。

運転席の男がブレーキを踏む。パトカーが前にまわりこんで止まった。ドアがあいて、白いヘルメットの警官が二人降りてくる。

五日市警察署の警邏係《けいらがかり》の高田《たかだ》巡査と青木《あおき》巡査であった。

二人の巡査は、黄色い車の側面に歩み寄ると、するどい眼差しを車の中の四人にそそいだ。大柄の男は知らん顔して、前に止まっているパトカーに目を向けている。痩せた男は、気ぜわしげにショートホープの箱を胸のポケットから取り出した。だが、この二人が体をコチコチにしているのが、麻美にもわかる。けれども麻美はだまっていた。車内の空気は、張りつめた弓弦《ゆづる》がいまにも絶ち切れそうに緊迫していたが、麻美は目に笑みをうかべたまま、窓から覗きこむ高田巡査の顔を見返していた。

「運転免許証は？」

高田巡査が背をかがめて、運転席の男におだやかな声をかける。

「違反したおぼえはないんだけどなあ」

わざとらしいあかるい声音で運転席の男が言う。ちょっと尻を持ちあげて、ジーパンの後ろのポケットから運転免許証を引っぱり出すと、窓から差し出した。

高田巡査は、その運転免許証を手にしてひろげ、運転席の男の顔と紙面に貼《は》りつけられた写真

を見くらべて、

「勝又勇《かつまたいさむ》さんかね？」

「はあ、そうです」

運転席の男――、勝又勇がこたえた。

「車検証は？」

「ちゃあんと持ってますよ。おれの車だから……」

勝又はこう言いながら、フロントの小物入れの蓋《ふた》を開けて、車検証を取り出し、高田巡査に手渡す。

高田巡査は、車検証をひろげ目を落としたあと、運転免許証といっしょに勝又に返しながら、

「この先の駐在所まで来てもらいたいんだがねえ」

顎で行手を指す。

「おれは何もわるいことはしてないぜ」

「連行するんじゃない」と、やはり高田巡査はおだやかに言う。「そこまで同行してほしいんだがね」

「いいですよ」

勝又があきらめたような声を出して、大きく息を洩らした。

高田巡査と青木巡査はパトカーへもどった。二人が乗りこみ、パトカーが走り出すと、黄色い車も、パトカーの後ろについて走り出す。畔荷田《くろにた》、下元郷《しももとごう》を通過する。左手の臼杵山《うすぎ》へ突きあげ

る山腹の杉木立は、もうほの暗かった。上元郷の集落を抜けると、本宿《ほんじゆく》である。ここで秋川は北秋川と南秋川に分かれている。右手の旅館の窓には灯影《ほかげ》があった。南秋川にかかった橘橋《たちばなばし》を渡ると、すぐ右折する。そこに本宿の駐在所があった。

　黄色い車から降りると、高田巡査と青木巡査のあとについて、麻美、勝又、大柄な男、瘦せた男の順で、駐在所へ入っていった。駐在所の四十がらみの巡査が椅子《いす》から腰をあげた。

「大丈夫かね、お嬢さん？」

　机のわきに立ったまま、唐突に高田巡査が麻美に問いかけてくる。

「大丈夫かって、どういうことなのかしら？」

　麻美が、とぼけて訊き返す。

　勝又も、大柄な男も瘦せた男も、怪訝《いぶかし》げな顔になって、いっせいに麻美を見る。

「国分寺市の恋ケ窪の路上で、オレンジ色のワンピースを着た娘が、車の中へ引きずりこまれて連れ去られたという通報があったんだがね」

　高田巡査が、麻美の表情を読むようにじぃーっと目をそそいで、ゆっくりと言う。「娘を無理矢理に連れ去ったのは、黄色いシビックで、練馬ナンバー。男は三人組だ。ということは、きみたちの車ということになるね」

「そうね、あたしたちの車ということになるわね」と、麻美は高田巡査の目を見返しながら、落ちついた声音で言う。「あのとき、ふざけていたのよ、あたしたち……」

「ふざけて誘拐ごっこでもしていたのかね？」

高田巡査は腑《ふ》に落ちない顔だ。

「ごめんなさいね、お手間をかけちゃって……」

と、麻美がにこっと笑う。白い歯が覗いた。

勝又と大柄な男、痩せた男は、麻美を見つめたまま、ほっとした表情になっている。痩せた男が小さく肩で息を入れた。

「とにかく念のために、きみたちの名前と住所、それに生地、年齢や職業を訊いておこうか」

「なんのためにそんなことを訊くんだ、おれたちはなにもわるいことはしてないぜ」

大柄な男が反発する。

「名前や住所が言えないほど、やましいところがあるのかね？」

高田巡査の語気が強くなる。

「じゃ、言うよ」と、大柄な男がひらきなおって、

「おれは佐土原十吉《さどはらじゅうきち》、二十四歳。住所は、新宿《しんじゅく》区住吉《すみよし》町一〇三番地、元はトラックの運転手をしていたが、いまのところは無職だ。生地は、千葉の飯岡《いいおか》町だ……」

青木巡査が机に向かって、手帳にボールペンをはしらせる。

「きみは？」

と、高田巡査が痩せた男に目を移した。

「おれは芋田光雄《いもたみつお》、二十歳。住所は国分寺市日吉《ひよし》町五丁目。生地もおなじだ。いまのところは働いていない。ときどきアルバイトはするけどね」

「おれは、いいだろ。さっき免許証を見せたから……」

勝又が口を出す。

「たしかめるだけだからね。年齢と住所は？」

と、高田巡査。

「年は二十一。住所は、新宿区北新宿九丁目二五番地だ」

「職業と生地は？」

「代々木《よよぎ》のガソリンスタンドに勤めているんだ。生まれたところは、山梨《やまなし》の石和《いさわ》町だ」

勝又は厚い胸を張って、はっきりとこたえた。

「あたしは、いいわね」

麻美は、高田巡査にニコッと笑いかける。瞳に艶っぽい媚《こび》があるようだった。高田巡査は、まぶしそうに麻美を見返して、

「いいですよ。お嬢さんは……」

このあと、青木巡査が机の上の受話器を取ってダイヤルをまわし、佐土原十吉、勝又勇、芋田光雄の三人の居住地にたいする実在の有無を照会した。と同時に三人の逮捕歴、前歴について照会する。

麻美は、椅子にすわって待った。あかるい屈託のない顔だった。三人の男たちは、所在なさげにつっ立っていた。大柄な佐土原は、ふてくされた表情だったが、細い目の奥に不安げな翳《かげ》りが見えた。

七、八分ほど経《た》ったとき、電話のベルが鳴った。高田巡査が受話器を取る。「はあ、……はあ、はい……」と、何度もうなずき、「わかりました」と、受話器を置いて、
「べつに問題はないようだね」

そう言いながら、何気《なにげ》ない顔で佐土原を見やる。

しかしこのとき、高田巡査は、佐土原に傷害の逮捕歴のあることを聞いていたのである。

「お嬢さん、これからどちらへ？」

と、青木巡査が笑顔で麻美に問いかける。

「数馬《かずま》までドライブするつもりなの」

麻美は上目で青木巡査を見あげて、椅子から腰をあげた。

4

「兄貴分は佐土原さんで、弟分は勝又クンと芋田クンね」と、麻美は目に笑みをうかべて、順ぐりに三人の男に視線を這《は》わせながら、「あんたたちは、年や職業、住所や生地まで、あたしにおぼえられてしまったのよ。あの駐在所では、控えまでとられてしまったしね。だからもう、あたしには手出しはできないわね」

そう言って盃《さかずき》を取る。

麻美はもう完全に優位に立っていた。三人の男たちから主導権を奪い取っていたのだ。本宿の駐在所を出ると、ふたたび黄色い車に乗りこみ、南秋川の左岸ぞいの道を、南郷《なんごう》、人里《へんぼり》と経て、

この数馬まで登ってきたのである。

「おなかがすいたわ。せっかくここまで来たんだから、山菜料理でも食べましょうよ」

こう言って、この店に誘ったのも麻美であった。

数馬の集落の最奥にある山菜料理屋だった。甲州系のがっしりとした建物のカブト造りで知られた民家である。太い天井の梁《はり》も、一かかえほどもある大黒柱も、古びて黒くすすけ艶やかに光っている。障子と襖《ふすま》で仕切られた落ちついた雰囲気の広い座敷だ。もう頭上に明かりがあった。

このあたりは、東京ではいちばんの山菜の宝庫である。タラノメのてんぷら、ワラビとゼンマイの煮物、フキ、ノビル、タケノコ、シメジ、イタドリなどの小皿や、山菜漬けにワサビ漬け、ヤマメの塩焼きや鯉《こい》コクの椀《わん》などが、テーブルいっぱいに並んでいた。徳利も立っている。

「ここの麦トロはおいしいのよ」

と、麻美が言った。

「だけど、勘定《かん》はどうなるんだ？」

まっ赤な顔をした芋田が心細げな声を出す。

「メシ食うぐらいの金はある」

細い目を赤く濁らせて、怒ったように佐土原が言った。

話声がとぎれると、瀬音が聞こえてくる。すぐ裏に三頭沢の小さな峡谷があるからだった。標高七五〇メートルの地点である。都内とくらべると、気温は七、八度も低い。半袖のワンピースやTシャツでは肌寒いほどだった。けれども麻美は、もう目のまわりと頬をほのかに赤く染めていた。

「誘拐するのに、相手をまちがえるなんて、あんたたちドジだわねえ」

と、麻美が盃を置く。オレンジがかった紅《べに》をひいた唇が濡《ぬ》れてなまめかしい。

「ほんとに、あんたは、あの病院の娘じゃないのか？」

ヤマメの塩焼きに箸《はし》を伸ばしながら、佐土原はまだ納得のいかない顔だった。

「電話をかけてみたら……」

いたずらっぽく目をかがやかせて、麻美が鯉コクの椀を取る。

「かけてこいよ」と、佐土原が箸を置いて盃を持ちながら、芋田に言った。

芋田は小さくうなずいて立ち、障子を開けて廊下へ出ていったが、まもなくもどってくると、

「馬鹿みたい」と、ニヤニヤして、「電話に本人が出たよ。わたし万里子だけど、あんた、どなたって、聞きやがった……」

「馬鹿みたいじゃなくて、馬鹿じゃないの」

麻美が笑い出しながら、芋田の赤い顔を見る。

「大きな口をきくじゃないか」

と、箸をとめて、勝又が麻美を睨《にら》んだが、麻美はとりあわずに、

「人質の顔も知らないで誘拐したの？」

「芋田が鴨下万里子を知っていると言ったんでね」

と、佐土原は芋田に横目をはしらせて、しぶい顔になり、「こいつは、あの病院の近くの農家

の息子《むすこ》なんだ。オヤジは畑を売って土地成金だ。で、こいつも金遣いが荒くなってグレたんだ。病院のひとり娘を誘拐しようと言い出したのも、この芋田なんだ……」

「ここんところ、万里子って女《スケ》とたまにしか顔を合わせなかったからなあ」と、芋田が盃を宙にとめて口をはさむ。「高校のころは、ちょくちょく見かけたんだ。あのころ、おれは中学だったけどよ。だけど、あの女《スケ》、ちかごろ、きゅうにきれいになったからなあ。それに、あんたが……」と、麻美に目を向けて、「トンボメガネをかけていたから見まちがえたんだ。あわててアワ食っていたしよ」

「誘拐に、黄色い目立つ車を使ったのも失敗だわねえ」

「あれは、おれの車だ」

勝又がぶすっとした顔でまた麻美を睨んだ。

「自分の車より、盗んだ車を使ったほうがいいわね」

「しかし、どうしてサツにバレたのかな？」

佐土原が腑に落ちない表情で、盃を置く。

「目撃者がいたのよ、きっと……」と、麻美は盃を手にしたままで、「だけど、あたしをどこへ連れていくつもりだったの？」

「さっき通ってきた笛吹《うずしき》に空別荘があるんだ。電話もあるしよ。そこへ、あんたを監禁するつもりだったんだ」

と、佐土原がこたえる。

「身代金《みのしろきん》は、どうやって受け取るつもりだったの？」

「汽車の窓から投げさせることに決めていた……」

佐土原が憮然《ぶぜん》とした顔で徳利を取りあげる。手酌でグビッと喉《のど》を鳴らした。

「それじゃ、〝天国と地獄〟ね、いつか映画で見たことがあるわ。——アメリカにも、汽車の展望台から身代金を投げさせるという誘拐事件があったのよ。夜、線路端で火を焚《た》いて合図して、一番目の火を見たら準備して、二番目の火を見たとき、お金の入ったカバンを投げろってね。一九三三年のマシンガン・ケリーの事件だけれど……。石油成金のアーシェルという人が、ケリーにマシンガンを突きつけられて誘拐されたのよ。たしかオクラホマだったわね。だけど、このときも汽車から身代金を投げるというやり方は成功しなかったわね。誘拐は、お金を受け取るのが、いちばんむずかしいのよ」

「へーえ、くわしいんだねえ、誘拐のことがよ」

芋田は唸《うな》って、まじまじと麻美を見る。

「誘拐という犯罪について、いろいろ調べたし、研究もしたのよ。あたしなら、あんたたちとちがって、もっとうまくやれるわね」

「大きな口を叩くじゃないかよ」

と、勝又がつっかかるように口をはさむと、麻美は、きっと勝又を睨み返して、

「ことわっておきますけれど……」と、黒い瞳をキラキラと光らせながら、「あの本宿の駐在所で、あたしが、あんたたちに誘拐されましたって言ったら、あんたは、いまごろ逮捕されてブタ

箱入りなのよ。誘拐の罪は重いのよ。きっと刑務所へ行くことになるわね」

「…………」

気圧《けお》されたように勝又がだまりこむ。麻美はその目を佐土原に移して、

「あんたたちは、何々組とか何とか連合とかいうような組織のオニイサン方じゃなくて、未組織のチンピラグループだわね？」

「ズケズケ言うなあ」と、佐土原も気圧されたのか、苦笑をうかべながら、「おれたちは、新宿の親友会だ」

「その会の組織は何人いるの？」

「いまのところ、この三人だ」

「あたしには、もっと大きな組織がついているのよ。しっかりとしたリーダーもいるしね」

「ほんとかよ、組織がついているっていうの？」

芋田が目を丸くして、空の盃を口に持っていく。

「ウソじゃないわ」と、麻美はにこっとして、「人質がもし大の男なら、ナイフ一本じゃ心細いわねえ。あたしなら、ピストルを使うわね」

「ハジキがあるのか？」

佐土原の細い目も大きくなった。盃を置いて乗り出してくる。

「ええ、持っているわ」

「ほんとかよ。どんなハジキだ？」

芋田も盃を置く。

「二十二口径の小型だけれど、頭をねらえば十分に使えるわ。ハンドバッグに入るし便利だわね」

「へーえ」と、芋田は唸ったきり言葉もなく麻美の顔を見つめている。そのギョロッとした大きな目に、麻美にたいする憧憬《どうけい》があらわになった。佐土原は勝又と顔を見合わせ、

「そのハジキ、いま持っているのか？」

そう訊いて、麻美の膝《ひざ》のわきの白革のハンドバッグに視線をやる。

「家に置いてあるわ。こんど会うとき持ってきて見せてあげるわね」

こう言うと、麻美はまたにこっと笑って、

「あたしも、誘拐を計画しているの。あたしの計画に乗っかってみない？」

と、膝をくずして横すわりになる。膝小僧が覗いた。そんな仕草から色気がこぼれる。

「乗っかるよ、乗っけてくれ」

と、芋田がすっ頓狂な声をあげた。

5

——あくる日の午後。

綾部麻美は、国分寺市恋ケ窪に、ふたたび九鬼研八の住所をたずねた。タンポポ荘というかわいい名前のアパートは、鴨下病院から二百メートルほど先にあった。茶畑とナスビ畑にはさまれ

た閑静なところだった。まだ新しい木造モルタル造りの二階屋であった。

九鬼の住居は、二階の南端だった。しかし、九鬼は留守だった。で、隣の部屋の主婦に訊くと、九鬼は、東京K大学の理学部の研究生で、きょうも大学へ行っているという。

――住所も、身分もまちがいなかったわ。麻美は、ほっとしてそうおもった。九鬼にたいする疑念は消えた。正直な男なんだわ、信頼できる男かもしれない、そうも考えた。

けれども、九鬼の帰宅を待たずに、麻美は、西武国分寺線の恋ヶ窪駅へ引き返した。

麻美が、新宿駅二十三時四十五分発の南小谷《みなみおたり》行、急行アルプス十七号に乗車したのは、それから三日後の六月十二日であった。

車内は、やはり登山者が多かった。網棚には、色とりどりのリュックザックがずらりと並んでいた。麻美はひとり窓辺にすわった。まわりは若い男女混成の十数人のパーティで、はなやいで、あかるく、にぎやかだった。大月《おおつき》駅を過ぎても、笑声や嬌声《きょうせい》が絶えなかった。

塩山《えんざん》駅着、午前一時五十八分。

麻美は、赤いアタックザックを肩にして、ここで下車した。改札口を出ると、待合室は登山者で満員だった。寝袋をひろげて横たわっている男たちが目立つ。ラジュースをかこんで、コーヒーを飲んでいるパーティもいた。

麻美は、待合室を出ると、星空をあおいだ。暗い通りをゾロゾロと登山者が歩いている。麻美も、かれらの後について、左へ曲がり、バスの営業所まで歩いていった。ここも登山者でいっぱいだった。すわる場所もなかった。時刻表を見ると、大菩薩《だいぼさつ》登山口行の始発のバスは五時三十分である。

「まだ三時間もあるわ」

麻美は、独り言を洩らすと、ふたたび塩山の駅へもどった。タクシー乗り場にも、長い列ができていたが、麻美は並んで待った。二十分ほどして、やっとタクシーに乗る。

「裂石《さけいし》まで……」

麻美は、運転手に言った。

「お嬢さん、おひとりですか?」

三十がらみの運転手が首をねじって問いかけてくる。

「ええ、そうよ」

「ひとりじゃ、もったいないですね。四人乗ると、バス料金とおなじになりますがね」

「いいのよ、ひとりで」

麻美はこたえた。

塩山の町並は暗くひっそりとしている。街を抜けると、重川《おもかわ》ぞいに青梅《おうめ》街道を登っていく。二十分あまりで、裂石に着いた。タクシーを降りて、右に車道を登ると、すぐ右手の茶屋に明かりが見えた。この茶屋に入って、熱いコーヒーを飲んだ。数人の登山者が、夜明けを待って椅子に腰をおろしていたが、麻美はヤッケをひっかぶると、懐中電燈を取り出し、ザックを背負って外へ出た。

ゆるやかに登る幅広い舗装路は、外燈の灯で明るかった。空気が冷たく湿っぽい。

「露がおりてくるんだわ」

麻美はまた独り言を言った。

一歩一歩山靴を踏みしめて、ゆっくりと登っていく。左手に雲峰寺《うんぽうじ》の石段がまっ暗い木立の中へ伸びている。右手には、ツラヌキ沢が荒れた河原を白々と覗かせていた。まもなくミゾ沢を渡る。この橋の袂《たもと》で、山靴の紐《ひも》を締めなおした。

夜明けまでには、まだ二時間ほどある。この車道を歩いているのは、麻美ひとりきりであった。

外燈の明かりが跡絶《とだ》えた。星明かりだけになる。道が樹林のあいだに入ると、麻美は懐中電燈をともした。左手にほの白く指導標が覗いている。灯を向けると、丸川《まるかわ》峠登山口の文字が映し出される。

麻美は、そのまま車道をすすんでいく。汗ばんでくる。しばらく登ると、車道は左に大きく曲がっている。その曲がり角に、大菩薩峠登山道と記された大きな指導標があった。

ここから樹林の中のせまい道に入る。麻美は足もとを照らしながら、ゆっくりと登っていく。だが、十分ほどで、また車道にぶつかる。

茶店があった。灯影はなくひっそりとしている。風もなかった。聞こえるのは、沢の瀬音だけである。茶店のわきに石地蔵が佇《たたず》んでいる。麻美は手を合わせてから、アシクラ沢にかかる橋を渡った。対岸にも茶店があった。その前を通り抜けると、本格的な登山道に入る。ミズナラ、クリ、トチなどの広葉樹林帯の中を登っていく。懐中電燈を消すと、鼻をつままれてもわからぬ闇《やみ》であった。そのせいで、麻美には、電燈の明るさが増したようにおもわれた。道がしだいにわるくなり、勾配《こうばい》も急になってくる。右側は、ヤブと樹林の斜面がツラヌキ沢へ落ちている。

その右側の斜面で、ふいに、ガサガサとヤブをかきわける音がした。麻美の足もとから十メートルほど下であった。しかし、小さな動物の立てる物音ではなかった。ヤブや灌木《かんぼく》を大きく漕《こ》ぐ音のようだ。ビシッ、ビシッと小枝の折れる音も聞こえてくる。そして、ゆっくりと這《は》い登ってくるのだ。

麻美は、ぎくっとして立ちすくむと、そのヤブの動きの方へ、ぱっと懐中電燈の灯を向けた。

3　山の通り魔

1

綾部麻美は、手にした懐中電燈の明かりをヤブと灌木の茂みに向けたまま、凝然として目を据えていた。

登山道の右側は、急斜面がツラヌキ沢へ落ちていた。その斜面をガサガサとヤブの灌木をかきわける音が、ゆっくりと麻美の足もとへ這《は》い登ってくる。

ビシッ、ビシッと小枝の折れる音も、しだいに近づいてくる。

——熊《くま》かしら？

麻美は、ヤブを漕《こ》ぐ音を耳にしたとき、とっさにそうおもって、背すじに悪寒《おかん》をはしらせた。

単独行が多かったけれど、まだ一度も熊と遭遇していなかった。

——やっぱり熊よけの鈴ぐらいはザックにつけていたほうがよかったかしら？

背すじを冷たくしたまま、一瞬、そう考えた。

しかし、ここは大菩薩の登山道である。だれでも容易に登れるポピュラーなルートだ。熊なんか出るわけはない。そうおもいなおして、ヤブと灌木の動きにじいーっと視線を据えていた。

ヤブ漕ぎの音が足もとにせまってくる。二メートルほどに近づいたとき、小枝をつかむ手が覗《のぞ》いた。いま一つの手がササを四、五本まとめてつかんだ。それから黒い長い髪の毛が懐中電燈の明かりに照らし出された。つぎに茂みのあいだから顔が覗く。若い男だった。右の頬《ほほ》を血で赤く染めている。顔をあげて目をまたたかせると、

「おお、まぶしい……」

唸《うな》るような声を出す。

麻美は懐中電燈を左手に持ちかえると、腰を折り、軍手をはめた右手をだまって差し出した。

「すまない」と男は上目で麻美をあおぎ、差し出された手にすがって、「やれやれ……」ほっとした声を洩《も》らしながら、登山道に這いあがる。

麻美は男の手をはなすと、明かりを向けたまま、まじまじと男を見た。

色の浅黒い丸顔の二十二、三の男だった。細い目と目の間隔もひろくて、低い鼻があぐらをかいていた。

だが、そうした剽軽《ひょうきん》な感じの顔よりも、その恰好《かっこう》のほうがおかしかった。アメリカ軍の払い下げをおもわせる迷彩色の上着に白い三本線の入ったグリーンのトレパンを穿《は》き、白いズック靴を履いている。ザックは背負っていなかった。これも軍隊の雑ノウをおもわせる布製のショルダーバッグを右肩から左の腰へななめに下げている。そして迷彩色の右腕が大きく鉤裂《かぎざ》きになっていて、白いシャツを覗かせていた。

「どうなすったの？」と、麻美はヤッケのフードを後ろへはねながら、笑みをうかべて問いかけ

る。「こんなところから登ってきたの？」

「女か――」と、まぶしそうに細い目をいっそうほそめて、男は間抜けた声を出し、「登ってきたんじゃなくて、落っこちたんだ」

「落っこちたって……」と、麻美の目が大きくなって、「ここから滑落したの、ヤブの中を？」

「ここからじゃなく、もうすこし先だとおもうな。こんなにササっ葉や木が茂っていなかったから……」

「こんな登山道で落ちるなんて、ちょっと考えられないわねえ」

「懐中電燈がなかったもんだから……」

「まっ暗闇《くらやみ》の中を無茶だわねえ」

「塩山の駅からタクシーの相乗りで裂石まで来たんだ。ほかの人は茶店へ入っていったけど、あの車道は意外と明るかったから、おれひとりで歩き出したんだ。橋渡ってから登山道へ入ったら、まっ暗になったよな。だもんだから四つン這いになって登りはじめたんだけど、手さぐりの四つン這いで登るのは、意外と疲れるんだ。それに手が痛くなるしよ。面倒臭くなったから、立ちあがって歩き出したとたんに足を踏みはずしてしまったんだ。ザザーッと落ちたら、木にひっかかった……」

「あぶないわねえ。四つン這いで登るなんて、まるで猪《いのしし》か熊じゃないの」

「おれ、猪熊庄平《いのくましょうへい》っていうんだ」

「あら、ほんと、あんた猪熊さんなの」と、麻美は吹き出して、「頬《ほ》っぺたに血が出ているわよ」

猪熊庄平は指先で右の頬を押さえて、「ヒリヒリするとおもったら、すりむいたんだな」そう言いながら腰にぶらさげていた白いタオルを取って、頬を押さえた。

「消毒したほうがよさそうだわね」

と、麻美がザックをおろす。

「あれえ、やぶけている」と猪熊は右腕の鉤裂きに気づいて、その切れ先を指先でつまみ、それから手を後ろへまわして、「尻《しり》はやぶけてないよね」

「お尻は大丈夫みたいね」と、麻美はザックを開けて消毒液の入った容器を取り出しながら、

「懐中電燈を持ってよ」

「うん」と、猪熊は素直にうなずき、手渡された懐中電燈で自分の顔を照らす。

麻美は、ティッシュペーパーに消毒液を染みこませると、赤むけになった猪熊の右頬を丁寧に拭《ふ》いてやる。

「痛てえ……」と、猪熊が顔をしかめて小さく悲鳴をあげる。「痛てえなあ」

「我慢するのよ、男じゃないの、猪熊さんでしょ」

そう言って、麻美はおもわず笑い出していた。

2

猪熊庄平は、麻美の先に立って歩きはじめた。懐中電燈の明かりを浴びた背中は、ひろくてがっしりとしている。背丈は麻美とおなじほどで、下肢は太くて短かった。トレパンの上からでも

太股《ふともも》や脹脛《ふくらはぎ》の筋肉の動きがわかる。臀部《でんぶ》の肉付きもゆたかで安定性があった。

　麻美は、そんな猪熊の後ろ姿に視線を這わせながら、

　——馬力だけはありそうだわ、使いものになるかもしれない。

　そんなことを考えはじめていた。ふっと顎鬚《あごひげ》を生やした精悍《せいかん》な九鬼研八の顔が脳裡《のうり》にうかんでくる。九鬼の顔が消えると、こんどは、麻美を誘拐しようとしたあのチンピラグループの、佐土原十吉、芋田光雄、勝又勇の三人の顔がつぎつぎにうかびあがってくる。

　——これで四人だわ。この猪熊をくわえると五人になる。

　と、麻美は考える。——だけど、あと二人は欲しいな、七人の侍じゃないけれど、どうしても七人は必要だわ。あのチンピラの三人にしたって、山ですこしトレーニングしたら、使いものになるかもしれない。

　麻美は、胸の奥深くに秘めたある計画を遂行するために、六、七人の男、いや七人の男、それも山男をもとめているのである。

　けれどもいまは、この猪熊という男にひどく興味をそそられていた。

　登山道は、ツラヌキ沢ぞいに樹林の中のゆるやかな上りがつづいている。猪熊は体を左右に振りながら、ゆっくりと登っていく。右足をわずかに引きずっていた。

「腰を痛めたんじゃないの、右足が変よ」

　と、懐中電燈の灯で猪熊の足もとを照らしながら、麻美が声をかける。

「うん」と、猪熊は小さく唸って、「尻をぶっつけて腰をくじいたのかな。右足の付け根が痛い

んだ」

「無理しないほうがいいわよ、大丈夫？」

「うん。大丈夫だ。せっかく来たんだから、てっぺんまで登るよ」

「山は、はじめて？」

「高尾山《たかおさん》なら登ったことがあるんだ」

新道と旧道の分岐点へ出た。

「左よ」と、背後から麻美が指示する。

「うん」と、猪熊の返事は素直だ。

露岩の多い道をジグザグに急登する。

猪熊は腰のタオルをとって鉢巻を締めた。麻美がヤッケを脱ぐ。

登りつめて尾根に出ると、小広い台地状のところに飛び出し、第一展望台と記された立札があった。

空はようやく白みはじめている。しかし、まだ稜線《りようせん》も山腹も黒々と沈んで、その形も定かに見えない黒い山裾《やますそ》に、塩山の町の灯が燠《おき》を撒《ま》いたようにチカチカまたたいていた。

ふたたび尾根伝いに登りつめていくと、樹林の中も、しだいに白みをおびてきて、ブナの巨木が目立つようになる。麻美が、懐中電燈の明かりを消した。まもなく淡い陽光の中に飛び出し、右手にぱっと視界がひらけた。第二展望台であった。

猪熊が足を止めて、「うわあーっ」と、大形《おおぎよう》に歓声をあげる。「すげえ、きれいなもんだなあ」

足もとからななめに落ちる山腹は、日陰になって濃い緑色にまだ重く沈んでいたが、左右から張り出した低い稜線はもう陽を浴びている。塩山の町も、さわやかな陽射《ひざ》しをいっぱいに浴び、町全体が白みをおびて、重なるように並んだ家々の屋根、まわりに点在する屋根が、小さな反射鏡を無数にちりばめたようにキラキラと光っている。その町の向こうに、まぶしいほど明るい緑の低い山並があった。稜線にほの白く靄《もや》がただよっている。その靄の上に南アルプスの連山が山襞《やまひだ》に残雪を銀色にかがやかせて青くかすんで横たわっていた。

「コーヒーでも入れましょうか」と、麻美は木のベンチにザックを置いて、「コップ持ってる？」

「水筒は持ってこなかったけれど、コップだけは持ってきた。清水があるだろうとおもったもんだから……」

そう言いながら猪熊もベンチに腰をおろす。目は南アの稜線にそそがれたままで、

「いいもんだなあ、ほんとに、山の朝は……」

「水筒も持ってないって、そのバッグの中に、いったい何が入っているの？」

麻美の目が、猪熊の腰のショルダーバッグにそそがれる。

「コップとバナナ、折りたたみの傘だけ」

「たったそれだけ……」と、麻美があきれたような顔になって、「どうしてまた山へ登る気になったの？」

「何か変わったことでもやってみよう、そうおもったからさ」

「学生なの、猪熊さんは？」

と、麻美はザックからメタクッカーを取り出す。水筒の水をそそぎ入れて、メタに火をつけた。青い炎がゆらぎはじめる。

「便利なものがあるんだなあ」と、感じ入った声を出し、「学生だけど、あまり学校へ行ってないし、ここんところ授業料も払ってないんだ。卒業して、サラリーマンになってもつまらんもんね。おれの将来なんて知れている。先が見えているんだ。だからといって、毎日ブラブラしててもつまらない。ぜんぜん変化がないんだよ、代わりばえがしないんだ。それで、山にでも登ってみようとおもいついたんだけど……。何か、ぱっとしたことがやりたくてねえ」

「それじゃ、あたしといっしょに、ぱっとしたことをやってみる？」

「ああ、いいねえ、やりたいねえ、あんたといっしょなら……」

と、猪熊はまぶしそうに麻美を見る。

「また、あたしといっしょに山へ登ってみない？」

「うん、登る、登るよ」と、猪熊の声がはずんで、「どこへ登るんだ？」

「尾瀬《おぜ》がいいわねえ」と、麻美はメタの青い炎に目を落として、「いまごろはミズバショウの花盛りよ」

3

――おなじこの六月十三日。

福島県南会津《みなみあいづ》郡檜枝岐《ひのえまた》村の空も青かった。

標高九五〇メートル、周囲を二〇〇〇メートル級の山々にかこまれて、檜枝岐川ぞいに細く伸びる福島県最奥の集落である。

今朝は靄が濃かった。尾瀬でも朝靄の濃い日は、だいたい晴れると言い伝えられているが、ここでもおなじように靄が流れて、山腹にだけ残って薄くただようころには、頭上に青空がひろがりはじめた。空梅雨《からつゆ》なのか、それとも例年より入梅が遅いのか、まだ長雨を見なかった。

東京から尾瀬のミズバショウの花を見たくてやって来た若い男女の二人連れは、旅館を出ると、バス停までゆっくりと歩いていった。檜枝岐川の左岸に舗装路が延びている。二人は舗装路を渡って、渓谷を背に佇《たたず》んで、バスの来るのを待った。五分ほどでバスが来た。沼山《ぬまやま》峠行である。二人はバスに乗りこんだ。車内は、ほとんどが登山者で、座席はふさがっていた。若い男と女は、ザックを足もとに置くと、立ったまま、窓の外に目を向けた。緑の茂みのあいだに白い転石と青い流れがときどき覗く。

しばらく走ると、檜枝岐川は二股になり、実川《みかわ》と舟岐川《ふなまた》に分かれている。バスは実川ぞいに上っていった。キリンテを過ぎて橋を渡ると、こんどは実川の右岸ぞいを走る。まもなく七入《なないり》であった。

若い二人は、七入で下車した。この停留所で降りたのは、この二人だけだった。バスは御池《おいけ》を通って沼山峠休憩所前まで運行されている。尾瀬へ入るには、この終点までバスで行き、十五分ほど登って沼山峠へ至り、大江《おおえ》湿原へ降下すると、ほとんど登らずにすむから、ここで下車して歩き出すものは少なかった。

しかし、二人はザックを背負って歩き出した。実川橋にかかる。橋の袂《たもと》に黒いバイクが一台止めてあった。

このあたりの実川は、川底が平坦でザラ瀬状になっている。両岸に灌木がせまっていたが、まだ雪解けの水が流れこんできているのだろう、水量は多くて、灌木の小枝が白く泡立つ流れにゆさぶられていた。

橋を渡ると、道はすぐ右折している。右角に鄙《ひな》びて小さな茶店があった。いま右へ登っていったバスを見送っていたのだろう、店先に白髪頭《しらがあたま》の老人が一人佇んでいた。

男は先に立って、老人に歩み寄っていくと、

「実川から道行沢《みちぎざわ》ぞいの道を沼山峠まで行きたいんだけど、道はいいですか？」

と、問うた。

「わりい道じゃない」

老人は両手を後ろへまわし、腰を伸ばして、「橋もきちんとかかっているし、一本道だから迷うところはない。あぶねえところもない……」

男は老人に礼を言うと、こんどは女を先に立たせて歩きはじめる。すぐ左へ折れて、わずかに登ると、七入山荘の前の広場へ出る。山荘は青い板壁の二階屋だった。玄関のわきのブリキの煙突から白い煙が流れている。この前から山道が沼山峠へ通じていた。

昔、会津（福島）と上州（群馬）の交易に使われたという尾瀬越えの沼田街道である。馬の通った道だが、昔も悪路で、馬に積む荷の量が普通の荷駄の半分だったと伝えられている。そしていまは登山道になっているが、バスで登る人が多く、通行の少ないせいで、いくらか草深くなっ

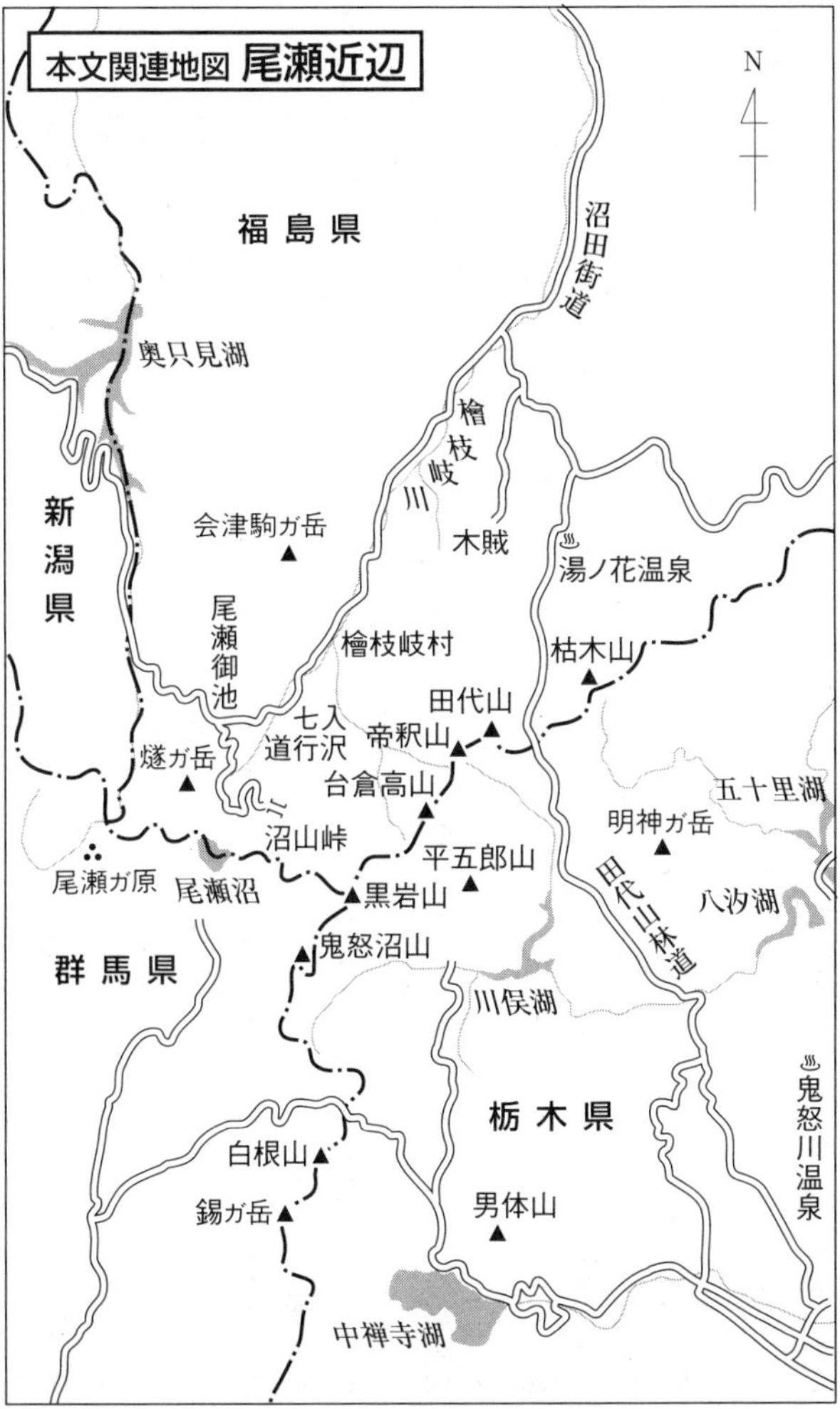
本文関連地図 尾瀬近辺
N
福島県
沼田街道
奥只見湖
檜枝岐川
木賊
会津駒ガ岳
湯ノ花温泉
新潟県
尾瀬御池
檜枝岐村
枯木山
田代山
七入
道行沢
帝釈山
燧ガ岳
台倉高山
五十里湖
明神ガ岳
沼山峠
平五郎山
尾瀬ガ原
尾瀬沼
黒岩山
八汐湖
田代山林道
鬼怒沼山
群馬県
川俣湖
鬼怒川温泉
栃木県
白根山
錫ガ岳
男体山
中禅寺湖

ていた。

ともあれ、若い二人は実川の左岸ぞいにたどっていった。しばらくはカラマツ林とササヤブの中の平坦な道がつづく。

「ゆっくり行こう」と、男が女の背中へ声をかける。

「あわてることはない」

ゆるやかな登りにかかると、ブナ、ミズナラ、ミネカエデなど広葉樹が多くなる。梢《こずえ》から小さなスポットライトのように陽光が洩れて、その光芒《こうぼう》がササヤブや雑草、灌木にチラチラと明るい斑紋《はんもん》を映し出している。左手に視界がひらけたところで、女が足を止めた。男も立ちどまって振りかえる。

実川の流れが、はるか下に望まれた。樹林のあいだに急峻《きゅうしゅん》なガレ場をひろげて、その裾を細い流れに突っこんでいた。

二人はまた登りはじめる、赤法華沢《あかぼっけざわ》にかかる木の橋を渡った。樹林がしだいに深くなって、あまい木の香りが鼻先にただよってくる。頭上いっぱいに茂ったトチやサワグルミの葉が生き生きとし、したたるようにあざやかな緑を見せている。シラカンバの白い幹に陽の斑点が明るくまたたいている。道端の茂みの中に淡い青色のシラネアオイの花が、いくつも可憐な顔を並べていた。コブシの花が匂《にお》ってくる。

道行沢ぞいにゆるやかな上りがつづく。右岸に渡る。まもなく、こんどは左岸に渡り返す。

道行沢は実川と分かれると、この道ぞいに伸び、途中で上曲沢《うわまがっ》を分けて、抱返《だきがえり》ノ滝《たき》で瀑水《ばくすい》をおどらせ、そのまま沼山峠めざして、クロクワ清水まで突きあげている。

やはり雪解けのせいで、ふだんよりは水が太かった。しかしまだ、このへんは渓谷は深くはない。灌木や樹林の枝や倒木が両岸に張り出し、そのあいだを流水が落ちている。水は木の葉の緑を映して、いくらか緑色をおびていた。岩を嚙《か》み、落ちて小さな淵《ふち》をつくり、裾をひろげて瀬になり、また転石や岩にぶつかる。白く泡立ち巻き返している。

「イワナがいそうだな」と、木の橋の上で男が足を止めて、「降りて休んでいこう」

「ええ、喉《のど》がかわいたわねえ」

女もそう言って左岸の袂に立ち止まる。こんどは男が先に立って、ヤブのあいだの踏跡をたどって沢へ降りた。黒い岩を二つ渡って大きな岩の上に腰をおろした。女もザックをおろして並んですわる。

このとき、男は何気なく視線を横に落とした。二人のすわっているのは、平らな岩であった。だが、その岩は男のわきから切れ落ちて、岩の半分が流れに洗われていた。

その岩陰に下肢を流れにひたして、男があおむけに倒れていた。

「あっ」と、男が叫んで、はじかれたように立ちあがる。

「どうしたの？」

女も岩肌に手をつき、首を伸ばして、

「ああっ」と、小さく悲鳴をあげる。

「遭難者だ……」

男はそう言って息を呑《の》んだ。

4

瞳孔《どうこう》のひらいた目が虚《うつ》ろに陽射しを浴びている。白い頭髪を職人風に刈りこんだ六十がらみの痩《や》せた男であった。細い首すじには、もう死斑《しはん》が浮き出している。作業着風のジャンパーを着、腰までの深いゴム長を履いていた。そのゴム長の下半身を、岩陰の浅い流れにひたしているのだ。上半身は石と小さな岩の上に乗っていて、突き出た石で背中を押しあげられているらしく胸をそらせて顎《あご》を突き出している。腹に締めた黒いビニールのベルトに木の餌箱《えさばこ》と竹のカゴビクがついている。餌箱は腹の前にあったが、カゴビクは石の脇腹《わきばら》の下に覗いて、ひしゃげていた。紺色の古びたナップザックが頭上の白い石の上に投げ出されている。赤い釣り帽子が、そのザックから一メートルほど上の灌木の枝にひっかかっていた。

「死んでいる」と、若い男は岩の上につっ立ったまま、男の死体にじいーっと視線を据えて、「イワナ釣りに来て遭難したんだ……」

「死んでるのね、ほんとに?」

女は男の腕にすがって、死体から目をそらしている。

「とにかく知らせよう」そう言って男は女を先に立たせて、岩を渡り踏跡を登りながら、「引っ返したほうがいいな」

ふたたび木の橋を渡る。橋からは、岩の陰になっていて死体は見えなかった。

橋を渡りきったとき、男は左手の時計に視線を落とした。十時五十分であった。それから二人は、いま来た道を下りはじめた。女の足がはやくなる。上りとは半分ほどの時間で、七入山荘に着いた。ガラス戸を開けて玄関に入るなり、

「道行沢で人が死んでいる。釣りに来て遭難したらしい」

男は小屋主の平野《ひらの》に告げた。

この山荘は渓流釣りの基地にもなっている。釣り人をこの近辺の沢へ案内することもあるから、平野は沢すじの地形にはくわしかったし、釣りの名手でもあった。日灼《ひや》けした黒い顔を向けると、死体を発見した現場の様子を聞いて、

「あそこは遭難するようなところじゃないんだが……」

腑《ふ》に落ちない表情になってそう言ったが、すぐに檜枝岐の駐在所に電話で通報した。電話を受けたのは岡本《おかもと》巡査であった。岡本は、これを奥只見《おくただみ》警察署へ電話で連絡したあと、駐在所を出ると、すぐにバイクにまたがった。

岡本巡査が、七入山荘に着いたのは、平野が電話を入れてから三十分ほどあとであった。

岡本は、まず男と女から、死体発見の情況を聴取すると、二人の名前と住所をたずねた。二人はともに東京在住で、男は長尾省一《ながおしょういち》、女は佐々木道代《ささきみちよ》であった。

このあと、岡本巡査と平野、長尾省一の三人は、カラ身で登山道をたどって現場へ急いだ。佐々木道代は山荘に残った。

山慣れのした平野は額に汗を滲《にじ》ませただけで息の乱れも見せなかったが、長尾と岡本巡査はび

っしょり汗をかき、とくに四十過ぎの岡本は大きく胸をあえがせていた。長尾を先頭に道行沢の現場へ降りると、岡本巡査は、死体の頭のほうから横へまわり、その死顔にじいーっと目を据えて、

「赤池《あかいけ》さんだ」と、大きな声を出した。「大工の赤池朝吉《あさきち》だ」

平野も岩の上から死体を見つめて、だまってうなずく。

死体は、檜枝岐村に居住する大工職赤池朝吉（五十九歳）であった。

――檜枝岐村は戸数二百戸たらず、人口千人ほどの集落である。そして村の面積の九割以上が森林で、その大部分は国有林だった。耕地は檜枝岐川ぞいのわずかなところと、出作り集落のある葭《よし》ガ平《だいら》、嫁郷《よめごう》、高屋敷《たかやしき》、広くぼ、キリンテ、七入と、只見川沿岸の開拓地だけである。しかもその耕地も水田はごくわずかであった。それゆえ作物といえば、ソバ、ヒエ、アワ、トウモロコシが大部分をしめている。

しかし、歴史の古い村である。いまから千二百年前の延暦《えんりやく》のころ、藤原《ふじわら》という人がここに移り住んだという古文書《こもんじよ》があり、また平家《へいけ》の落人《おちゆうど》部落だという伝説もある。そしてまたこの村の家々の苗字《みようじ》は、そのほとんどが、平野、星《ほし》、橘《たちばな》になっている。平《たいら》の、が平野になったものだし、星と橘姓は、紀州から移住してきたものだと伝えられている。この三つの姓のほかにも、清水《しみず》、安達《あだち》、湯田《ゆだ》、佐藤《さとう》、飯塚《いいづか》、泉谷《いずみや》の苗字もあるが、これらの姓は近年に移住してきた人々である。

また、ここには檜枝岐歌舞伎など農民芸能の伝承もあり、裁《た》ちソバ、ツメッコなどの独特の料理や、曲輪《まげわ》やワカンなどの民芸品もある。とにかく昔は、山間《やまあい》の最奥の集落でカヤ葺《ぶ》きの曲がり

屋が点在する文字どおりの寒村だった。

ところが、いまは、ダムが開発され、尾瀬が観光地化して、また温泉源の発見などもあって、湯けむりの立ちのぼる郷《さと》となり、村のまん中に舗装路が走り、カヤ葺きの民家は見られなくなって、ほとんどがきれいなトタン屋根の家に変わっているのである。

ともあれ、いずれにしても、人口の少ない、せまい集落である。いわゆる他所者《よそもの》が容易《たやす》く入りこんで住みつけるような村ではなかった。

だがこの赤池朝吉は他所者だった。

いまから二昔ほど前になるが、只見川に日本で二番目の規模をもつダムが建設された。これが、昭和三十三年から三十六年の暮れにかけておこなわれた奥只見電源開発工事である。

この工事の際、赤池朝吉は、大工職人として働き、只見川ぞいにあった飯場《はんば》で暮らしていた。飯場にいたのは二年あまりだったが、その後、この檜枝岐村へやって来て、当時、ダムの補償金などで新しい村造りがはじまり、建築がさかんになったこの村で、また大工として働くようになると、そのまま住みついてしまったのである。この村の橘某家の納屋《なや》を借りると、そこを自分の手で改造して住んでいたのだった。

赤池は自分は紀州の尾鷲《おわせ》（三重県）の出身だと言っていた。橘家も紀州からの移住者だと伝えられている。そんな縁もあって、納屋に住まわせてもらったのかもしれない。そして赤池は十五年ほど前に、妙子《たえこ》という土地の女と結婚している。そのころ、妙子は三十五歳で未亡人であった。だから妙子にしてみれば再婚ということになる。

赤池は、たのまれれば大工仕事をやり、また観光や山登りのシーズン中には、旅館や民宿へ手伝いに出かけ、降雪期になると、器用な手先を生かして、民芸品の杓子《しゃくし》や飯ベラを作って生計を立ててきたのである。人柄がよくて、だれにもかわいがられ調法されてきた男だった。

釣りも好きであった。実川の本流やこの道行沢で竿《さお》を振っている姿がときどき見られた。

岡本巡査も平野も、こうした赤池朝吉のこの村での暮らしぶりをよく知っていた。姓よりも名前で呼ばないと通じない、村人みんな親類であり、親戚《しんせき》同様の村なのである。岡本も、この村に駐在するようになってから、もう五年になるのだった。

だから、岡本と平野には、この死体の男が赤池朝吉だと、すぐにわかった。

「しかし、おかしいな」と、平野が岩から降りながら言う。「こんなおだやかな渓相のところで……」

「とにかく引きあげよう、このままじゃ、かわいそうだ」

そう言って岡本巡査が、死体の頭へまわり、腰を折って、死体の脇の下に手を入れ、かかえように起こしたとき、

「あれ？」

と、小さく声を洩らした。

死体の背中の下になっていた岩と石のあいだが、血で染まっていたのだ。血は乾いて黒く石と岩にこびりついていたが、おそらく溢《あふ》れ出した血は、この石と岩の隙間《すきま》へ染みこんでいったものにちがいない。で、岡本は、こんどは死体の背中に目をそそいだ。平野も長尾も覗きこむ。

ジャンパーの背中にも血のひろがりがあった。血はまだ生乾きで赤黒かった。だが、血塗られて、ちょうど心臓に当たる左の部分に、三センチほどの裂け目が縦に三つあった。

「刺されたらしい……」

呻《うめ》くように岡本が言った。

「殺されたのか？」

平野は、目も声も大きくなる。長尾は目を見張って声もない。

「殺人《ころし》だと、このままにしておいたほうがいいな」

岡本巡査は、死体をもとのままに横たえると、そっと手をはなした。

5

この檜枝岐村に駐在所が設置されたのは、昭和三十六年であった。それまで一つの村でありながら、駐在所がなかったのだ。この村の人の話によると、

「ここには飛び抜けた金持もいないかわりに極貧者もいない。だから権力者と被圧迫者の対立もない。ゴロツキや放蕩者《ほうとうもの》や大酒飲みもいない。自殺や心中、離婚など血生臭い事件も起こったことがない」と言う。

つまりは警察力を必要としないほど平和な桃源郷であったのだ。ところが奥只見ダムの開発工事やその後の多くの建設工事などで、大勢の労務者が村に入るようになり、また観光客や登山者も増えて、その治安のために駐在所が置かれるようになったのだった。

しかし、ここに岡本巡査が駐在するのは、観光や登山シーズン中だけであった。

こうした平和な村落だったから、これが殺人だとなると、村はじまって以来の大事件であった。

岡本巡査は、平野を現場に残して、長尾と山を降りた。七入山荘にもどると、奥只見署の係官が一人、所轄署の警察医が来るのを待っていた。岡本は、その係官に、

「背中を刺されているらしい、他殺とおもわれます。被害者は、この村に在住する大工の赤池朝吉です」と告げた。

係官は、電話に飛びつくと、これを奥只見署へ通報した。

奥只見警察署の刑事課の藤巻《ふじまき》課長、強行犯（強盗、殺人、放火、強姦《ごうかん》、誘拐）担当の千田《せんだ》係長、小野塚《おのづか》、船坂《ふなさか》刑事ら、そして鑑識課員三人が、この七入山荘に駆けつけてきたのは、これから一時間ほど経ってからであった。

小野塚は、三十になったばかりのまだ若い刑事だった。色が黒く、小柄だが、筋肉質の体軀《たいく》である。この男だけが、きりっと地下足袋《じかたび》を履き、ナップザックを肩にひっかけていた。署内で、「山の小野塚」と、呼ばれるほど山登りのベテランだった。

この小野塚刑事と千田係長、鑑識課員三人が、まず現場へ向かった。

警察医も、七入山荘へやって来た。

福島県警本部の捜査一課の乙部《おとべ》課長、久保田《くぼた》課長代理、竹村《たけむら》係長、土田《つちだ》刑事、このほか捜査員四人が到着したのは、それからまた二時間あまりあとであった。

全員がそろったところで、現場へ登りはじめた。キャラバンシューズを履いている捜査員もい

たが、ほとんどが革靴であった。しかし多少歩きにくくても、革靴でも登れる山道である。

現場の見分《けんぶん》がはじまったときには、もう山間に日が陰りはじめていた。

鑑識課員が何枚も写真を撮った。死体の頭の上にほうり出されていた紺色のナップザックの中身が取り出された。入っていたのは、握り飯の弁当、アルミの水筒、釣り道具入れのプラスチック製の小箱、地下足袋、タオル一枚——これだけだった。

腰の下でひしゃげていたカゴビクには、体長二十センチから二十五センチほどのイワナが十三尾入っていた。

現場から下《しも》の流れを地下足袋でジャブジャブ歩いて、倒木と岩のあいだにひっかかっていた釣り竿を見つけてきたのは、小野塚刑事だった。釣り竿は四・五メートルの黒塗りのグラス竿であった。

死体は水から引きあげられると、背中の傷を警察医が調べた。

「刃物で刺されていますね。心臓をねらって三度突き刺している」と警察医は言葉をついで、

「解剖の結果を待たなくては、刃物の種類も死亡推定時刻もはっきりしませんが……」

このあと、死体はビニールシートに包まれ、担架に乗せられて、沢から登山道へ登ると、木の橋を渡って、七入山荘へ運ばれていった。

山荘には、赤池朝吉の妻、妙子が待っていた。妙子は五十歳になる小柄な女だった。グレイのシャツに包まれた小さな背中が痛々しかった。

妙子は、冷たくなった夫にすがりついて、「今朝、あんなに元気で出かけていったのに……」

と、嗚咽《おえつ》の中から声を洩《も》らした。

「何時ごろ出かけましたか？」

と、小野塚刑事が問いかけた。

「四時半ごろ、まだ暗いうちにバイクに乗って……」

妙子はこう言って、涙で濡《ぬ》れた顔をあげた。

そして、実川橋の袂に止まっていた黒いバイクは、赤池朝吉のものだとわかった。

「あの橋から釣り登っていったんだな」

と、小屋主の平野が言い、小野塚がうなずいた。

これからまもなく、死体はふたたびビニールシートにくるまれて、ジープに乗せられ、奥只見署へ運ばれた。ここで検視を受けたあと、司法解剖のために、会津若松市の市内の県立T病院へ運ばれていった。

解剖の所見がわかったのは、あくる十四日の午前九時二十分であった。奥只見署の係官三名が、県立T病院に詰めていたのである。

「死因は背中の刺創《さしきず》です。三つのうち二つが心臓に達して、左の心室の中に入っており、どちらもそれ一つで十分に死亡の原因となる致命傷です。つぎに凶器ですが、刃の長さ約十三センチ、刃の幅約三センチ状のものと推定されます。たとえば登山刀のようなものです。それから死亡推定時刻ですが、解剖の時点で死後約二十四時間。ですから昨日の午前九時ごろ死亡したことになります」

と執刀医は所見を述べた。

係官は、即刻、これを電話で奥只見署へ送った。

奥只見署では、この日、「道行沢殺人事件捜査本部」が設置された。この解剖の所見を受けたあと、捜査会議が開かれた。会議が終わると、ただちに聞込み捜査が開始された。

小野塚刑事は、県警本部の土田刑事と組んで、檜枝岐村に走った。

被害者の赤池朝吉の評判はよかった。村のだれに訊《き》いても、赤池をわるく言うものはいなかった。

「怨恨《えんこん》じゃなさそうですね」と、小野塚は土田に言った。「——といって、物盗《ものと》りの犯行ではないし、いったい被害者は何のために殺されたのか？」

「まるで山の通り魔だ」

そう言って、土田が唸った。


この日、東京は午後から雨になった。

朝のうちは、重そうな灰色の雲の切れ目から、ときどき薄日が洩れていたが、その雲の切れ目がとざされると、昼過ぎからしとしとと細い雨が降り出した。

「やっと梅雨入《つゆい》りだわ」

そう小さく独り言を洩らしながら、綾部麻美は傘をひろげて、新宿駅の東口を出た。

新宿の街も濡れていた。雨で洗われた路面に色とりどりのネオンの灯が滲むように映し出されている。雨の宵でも、やはりこの街は人が多かった。

麻美は、薄茶の無地のワンピースの上に白いレースのジャケットを重ねていた。そして白い短いブーツを履いている。

昨日、あの第二展望台から猪熊庄平と二人で大菩薩峠へ登り、介山荘《かいざん》の前のベンチで、山菜ラーメンの昼食を食べたあと、正面に三頭山をながめながら、奥多摩側へ降下したのである。フルコンバで小休止をとったとき、麻美は、猪熊に住所をたずねた。猪熊は顔をほころばせて、自分の住所をおしえた。それから二人は右へ小菅へ下るルートをとり、小菅谷ぞいに登山道を降りると、車道へ出て下り、橋立《はしだて》からはバスで奥多摩駅へ帰り着いた。そして猪熊とは立川駅のホームで別れたのだった。

それなのに今宵は、もうこうして新宿のネオン街を闊歩《かっぽ》している麻美である。

麻美は、人のあいだを縫うようにし、傘をかかげて、靖国通り《やすくにどお》りを渡った。歌舞伎町《かぶきちょう》へ入ってから、しばらくすすむと、右手に「アルペン」と書かれた灯のともった看板が見えた。麻美は、白木の厚いドアを押すと、店へ入った。

店の中の柱はシラカバだった。壁には、奥穂高岳や槍《やり》ガ岳、針ノ木雪渓や剣《つるぎ》岳の岩場などの山の写真のパネルがかかっている。板壁に何十本もハーケンが打ちこまれていて、それぞれにカラビナがぶらさがって奇妙な模様を描き出していた。テーブルのガラスの下には、山の五万分の一の地形図が貼りつけられている。

山ヤたちのたむろする喫茶店である。客は十人あまりいた。みんな若い男や女たちであった。

麻美は、素朴な木の椅子に腰をおろすと、テーブルのガラスの下の地図に目を落とした。燧《ひうち》ガ岳《たけ》であった。尾瀬沼が青く塗られている。長英《ちょうえい》新道が燧ガ岳の山頂へ、そして沼田街道が北の七入へ伸びている。地図から目をあげると、麻美は、コーヒーを注文した。

熱いコーヒーを一口すすり、茶碗《ちゃわん》を置いたとき、麻美は何気なく隣の席に視線をはしらせた。

隣の席には二人の男が向かい合っていた。ひとりは二十二、三の細面で長髪の男だった。ブルーのワイシャツを着た胸が薄かった。あとのひとりは二十ぐらいで、色の白い童顔だった。白のTシャツを着、ジーパンを穿いている。

麻美は、交互にじいーっと二人の顔を見つめていたが、目に笑みをうかばせると、「こんばんは」と、あかるく声をかけた。「また会ったわねえ」

6

麻美は、十日ほど前に、奥秩父主脈縦走路の飛竜《ひりゅう》山の巻き道で、この二人を見かけているのである。あのときのしごきの模様を、いまあらためて鮮明に脳裡《のうり》にうかびあがらせていた。重荷《じゅうか》を背負わされて、完全にバテていたのがこの長髪の男で、

——たしか、美々津という名前だったわ、
と、麻美はおもい出していた。

いまひとりの童顔で色白の男は、——横山って、呼ばれていたんじゃないかしら。

だから、麻美は、「こんばんは」と、あかるく声をかけたのだった。「また会ったわねえ」

美々津と横山は、怪訝《いぶかし》げな表情で、けれども、まぶしそうに麻美を見た。

「あたしをおぼえていない？」と麻美が横山に笑いかけてから、こんどは目を美々津に移すと、

「美々津さんのほうは、バテて意識がなかったから、おぼえているわけはないわねえ」

「……………？」

美々津は、名前まで呼ばれて、ますますわけがわからないといった顔で、まじまじと麻美を見つめている。

「ああっ、そうだ」

横山がすっ頓狂《とんきょう》に声をあげて、

「奥秩父で会った単独行の、あのときの……」

「あたし、綾部麻美っていうのよ」

「ああ、そうか、そうだよな」と、横山は合点して、「美々津は、綾部麻美さんの顔を知るわけがないけど……」

「おれが、しごかれて、バテてひっくりかえったとき、このひとが、麻美さんが単独行で通りかかったというわけか？」

と、美々津がてれて、自嘲《じちょう》気味の笑いをうかべる。

「うん、そう、そう……」と、横山はうなずいて、「あのとき、美々津は、この麻美さんといっしょに通りかかった髭面《ひげづら》のでっかい山男にたすけられたってわけだ。だけど、いい気味だったよなあ、あの山男にバシッとひっぱたかれて、リーダーの大高《おおたか》さんがすっ飛んで岩に叩《たた》きつけられたときは……」

「あのとき、あんたたち、たしか八人のパーティだったわね」

「そう、新人が五人でね」

　と、美々津がこたえる。

「どこの山岳会なの？」

「奥多摩ケルンPというんだけど、おれたち、あの山岳会をやめたんだ。石ころや水入りのポリタンを背負わされて、ヤキ入れられるなんて、ばかばかしくって……」

　と、横山が言った。

「あんたたち何してるの？」

　麻美が、美々津と横山の顔を交互に見て問いかける。

「商売のことか？」

　と、美々津が問い返した。

「ええ、そうよ、学生なの？」

「学生じゃないよ」と、美々津は目を麻美に向けたままで、「おれは自衛隊にいたんだけど、三《み》月《つき》前に辞めてしまった。いまはブラブラしているんだ」

「おれは中小企業の工場に勤めていたけど、倒産してしまったんだ、二月《ふたつき》前にね」

　と、横山がこたえる。

「じゃ、あんたたちは山岳会で知り合った仲なの？」

「そうじゃなくて、おれたちは、おなじアパートにいるんだ。部屋はべつべつだけど……」

と美々津が言った。

「自衛隊を辞めたり、会社が倒産したんじゃ、食べていけないじゃないの？」

「そうなんだよな」と、横山の童顔が翳《かげ》って、

「アルバイトの口でも探そうか、そう言って、いま美々津と相談していたところなんだ。銀行強盗でもやりたいような心境だよ。だけど、おれたち、あいにく猟銃を持ってないもんね」

麻美は、冷めたコーヒーを一口飲むと、また二人に目を向ける。

——この二人も使い方によって、役に立つかもしれないわ。

そうおもいはじめていた。

——大菩薩嶺の登山道から滑落したちょっと間抜けの猪熊庄平、人ちがいであたしを誘拐した、佐土原十吉、勝又勇、芋田光雄の三人のチンピラグループ、そしてこの二人に、リーダーとしてオーバードクターの九鬼研八をくわえると、七人の侍じゃないけれど、ちょうど七人になるわ。

麻美は、それぞれの男たちの顔を頭の中に描き出しながら、そんなことを考えはじめていた。

そして、この七人をあつめることが、いまの場合、もっとも手っとりばやくて適切な方法のようにおもわれてくる。

「山岳会をやめたのなら、あたしのグループに入らない？」

麻美は、二人のほうへ体をねじって、にこっと白い歯を覗かせる。

「やっぱり山登りをやるのか？」

横山は訊いたものの、あまり興味をしめさない。

「あんたたち、さっき銀行ギャングでもやりたい、そう言ったわね」

「ああ、言ったよ。いまのところは、まだいくらか退職金が残っているけど、それがなくなると、たちまち食っていけなくなるから、せっぱつまった気持ちなんだ。銀行強盗だって、なんだって金になりゃ、やりたくなるよ」

と、美々津の表情が真剣みをおびてくる。

「山登りをして、お金になるとしたら、どうなの？……ちょっとは危険もあるけれどね。銀行ギャングより、はるかに成功率は高いわよ」

と、麻美も真顔になる。

「ヤバイ仕事か？」

と、横山が乗り出した。

「まあね」と麻美が言葉を濁す。

二人は顔を見あわせてから、

「なんでもいい、金になるのなら」

と、美々津が言った。

「麻美さんのグループに入れてもらうよ」

横山も言う。

「それじゃ、ね」と、麻美は、白革のハンドバッグからメモ帳とボールペンを取り出して、それを美々津に手渡して、「ここへ名前と年、住所と電話番号を書いて……」

「ああ、いいよ」と、美々津がボールペンをとる。横山も書いて、「電話は呼出しだけど……」

そう口をそえた。

麻美は、メモ帳を受け取って、紙面の文字に視線を落とした。そして小さくうなずくと、それをハンドバッグにおさめた。

そのとき、入口の白木のドアがあいた。

麻美が顔をあげた。目を入口に向ける。とたんに瞳が艶をおび、キラキラかがやいて、ちょっとはにかんだような表情を見せると、「ここよ」と、声をあげた。

横山も、麻美の視線の行方に気がついて、「あっ」と、小さく声を洩らすと、目を大きくした。ドアを押して、ぬうっと入ってきたのは、オーバードクターの九鬼研八であった。

7

麻美は、きょうの午前中に、東京K大学の理学部物理学科の研究室に電話をかけて、九鬼研八の在籍をたしかめ、九鬼を電話口に呼び出して、午後七時に、この「アルペン」で待合わせの約束をしていたのである。

麻美は、腕時計にちらっと目を落とした。ぴったり七時である。

——約束の時間を正確に守る男だわ。と、九鬼にたいする評価がまた高くなる。

九鬼研八は、すらりと伸びた逞《たくま》しい下肢をブルーのジーパンで包んでいた。まっ白いスポーツシャツの上にジーパンと同色のベストを重ねている。そんなラフな恰好《かっこう》が、身長百八十センチのがっしりとした体軀によく似合っている。

　わずかにウエーブのかかった髪の毛が太い首すじに垂れていた。黒々とした顎鬚《あごひげ》は、二センチほどの長さに形よく刈りこまれている。麻美と視線を合わせると、浅黒く日灼けして締まった頬が和んで、

「やあ」と、あかるい声を出した。

「しばらくだな」

　濡れた雨傘を傘立てに突っこむと、大股に麻美のテーブルに歩み寄ってくる。

　そう言って、いま一度、麻美に笑いかけたとき、九鬼は、隣の席の美々津と横山に気づいて、おや？　という表情になり、目を二人にそそいだ。

「飛竜山で会った新人のおニイさん方か」

　と九鬼の目がまた笑う。

「こんばんは」と、横山が上目で九鬼をあおいだ。ひるんだような顔になっている。それから美々津に視線を移して、「あのとき、おまえをたすけてくれた、あの……」と、言った。美々津も察したか、「あのときは、どうも」と、首をすくめるような恰好で、九鬼におじぎをした。

「三人いっしょだったのか？」

　九鬼は、テーブルをはさんで麻美と向かいあいながら訊く。

「いいえ」と、麻美は頬を上気させて、九鬼の顔に目を当て、「偶然、ここで会ったのよ」

「そうか」

九鬼は小さくうなずいてから、コーヒーを注文した。

——美々津や横山らのパーティと奥秩父縦走路で行き合ったあの日、麻美は、この男に、無人の笠取小屋で、着替えの最中に、おそいかかられて、無理矢理に犯されているのである。麻美のはげしい抵抗も、筋肉質でこの大きな体と物凄《ものすご》い力の前では虚《むな》しかった。いまでも、あのときの九鬼の男の体臭と、肌に押しつけられたザラザラした胸毛の感触が、あざやかによみがえってくる。

それなのに、いまの麻美には、この男にたいする憎悪も嫌悪感もまるでなかった。いや、むしろこうして九鬼と向かいあっていると、どうしたわけか、なつかしさが先に立ち、気分が昂揚《こうよう》してきて、動悸《どうき》が高まり、頬がほてってくるのである。たしかに羞恥《しゅうち》もあるけれど、だけど、こうした感情の動きが、麻美は自分でも不思議でならなかった。

いまも、九鬼は、白いスポーツシャツの上からでも、肩や腕の太い筋肉の動きがはっきりとわかるほどに逞しかったし、ジーパンの太股も、パンと張っている。長い下肢を組むと、黒革のブーツが覗いた。麻美は、九鬼の毛臑《けずね》をおもい出していた。そんな九鬼とくらべると、美々津と横山は、いかにも小さく貧弱に見えた。二人は、九鬼に圧倒された気配で、だまって九鬼を見つめている。

「しばらくね、リーダー」

麻美は、九鬼の名前を呼ばなかった。

「あのときは、すまないことをした……」

九鬼は、麻美の目に視線を据えて、その表情に翳りを見せる。

「いいのよ」

麻美の声が小さくなる。

「元気そうだな、安心したよ」

と、九鬼の声音《こわね》がいくらかあかるくなった。

「だけど……」と、麻美はちょっと上目で九鬼を睨《にら》んで、「リーダーの責任が消えたわけじゃないのよ」

「わかっている、責任は感じているし、罪は十分に意識しているよ」

「うん」と、麻美の目に媚《こび》がうかんで、それから、美々津と横山に、こんどは別人のようなきりっとした顔を向けると、

「あたし、今夜は、このリーダーと話があるの。あんたたちには、また連絡するわ」

と、腰をあげて、目を九鬼にもどした。

「出ましょうか、リーダー?」

「ああ」

九鬼もコーヒーの茶碗を置くと立ちあがる。

麻美と九鬼は、美々津と横山の視線に見送られて、「アルペン」を出た。

細い雨が降っている。

麻美は、自分の傘をすぼめて、九鬼の傘の中へ入った。九鬼は右手に傘を持ちかえると、左手で麻美の肩を抱いた。

「九鬼さんに、あたし……」と、麻美は媚を含んだ声で、「研さんでいいわね、ふたりきりのときは？」

「ああ、いいよ」

「研さんに大事な相談があるの。ふたりきりで、だれもいないところで……」

「いいのかね、おれとラブホテルへ行っても？」

麻美の肩にまわした手に、九鬼がちょっと力をこめる。

「いやだあ」

と、麻美があまったれた声を出す。

「じゃ、どこで話を聞こうか？」

「あしたの夕方、鷹ノ巣小屋まで登ってきてくれない？……梅雨だし、あの小屋なら、だれもいないとおもうの」

「いいだろう」と、九鬼は麻美の肩をポンとかるく叩いて、「おれは、きみのためなら、なんでもやる、そう誓ったんだからね。それに、おれは、どうしてもきみに償いをしなければならない義理があるんだから……」

「義理でしてくれるの？」

「いや、それよりも、何よりも、おれは麻美に惚《ほ》れているからさ」

「うれしいわ……」

麻美は小声で言って、頭を九鬼の肩に押しつけた。

4　犯行の動機

1

麻美はひとりで、奥多摩駅を出ると、すぐタクシーに乗りこんだ。青梅街道を奥多摩湖の左岸ぞいに走って、峰谷《みねたに》橋の手前で右折する。そのままこんどは峰谷川ぞいの舗装路をたどって、バスの停留所の先で、タクシーを降りた。

きのうの午後から雨が降りつづいている。細い雨と雨足で、ぼんやりと望まれる山腹は暗く灰色に煙っている。峰谷川の渓谷は、沢音が高かった。

麻美は、雨ガッパの左袖《ひだりそで》を、ちょっとまくって、腕時計を覗《のぞ》いた。ちょうど三時をさしている。中型の赤いアタックザックを一つゆさぶりあげてから、歩き出す。

人影はどこにも見当たらない。峰谷川の枝沢にかかったコンクリートの橋を渡る。黄土色に濁った水が、ところどころでもりあがり、巻きかえし、白い泡を噛《か》んで、右の峰谷川の本流へ落ちている。すぐ先に白い指導標が濡《ぬ》れて、鷹ノ巣山方向をさしている。

麻美は左へ折れて登りはじめた。一度車道に出て、それからまた左に曲がり、民家の庭先を通って、畑の斜面をななめに横切るようにゆるやかに登っていく。ようやく浅間尾根にとりつく。

浅間神社の鳥居をくぐった。葉をいっぱい茂らせた桜並木も、灰色の絵の具で一刷毛《ひとはけ》撫《な》でたように雨とガスに滲《にじ》んで、ポタポタ無数の雫《しずく》を落としていた。社の前の広場を抜けて、ササヤブと広葉樹林の中に入ると、しばらくは急登がつづく。

麻美は一度も休まずに浅間尾根をたどって登っていく。

まだ午後の四時になっていないのに、もうあたりは、ほの暗かった。視界はとざされている。右手に望まれるはずの榧《かや》ノ木《き》尾根は一度も見えなかったし、はるか足下に見えるはずの奥多摩湖の湖面も一度も望めなかった。

麻美は、ゆっくりと着実な足どりで、ひたすらに登っていく。

登山道から尾根の左を巻くようになり、雑木林の中に入ると、登りがゆるくなって、まもなく水場へ出た。四角いコンクリートの溜《た》めのビニール管の口から清水が溢《あふ》れ落ちている。

麻美は、ここでザックをおろすと、ポリタンとアルミの水筒に水を入れた。ふたたび登りはじめる。登山道の黒い土がぬかるんですべる。しかし、ほんの四分ほどで、鷹ノ巣小屋の前の小広い台地に飛び出した。

鷹ノ巣小屋は、ひっそりと淋《さび》しげに佇《たたず》んで、その赤いトタン屋根を雨に叩《たた》かれていた。が、四囲をコンクリートブロックでかこまれた頑丈な建物である。二つのサッシの窓と観音開きの鉄のドアがこちらを向いている。

麻美は、鉄のドアを引いて、土間へ入った。

もう五時近かった。十畳ほどの広さの土間には、雨のせいもあって、もう夕闇《ゆうやみ》がただよっている。左手にコンクリートブロックの間仕切りがあって、その向こうに十畳ほどの板の間があるのだが、その間仕切りの上から、ぼうっと明かりが射《さ》している。香ばしいコーヒーの匂《にお》いが、麻美の鼻先にむらがってきた。

——もう研さん来ているんだわ。

単独行に慣れているはずの麻美だったが、やっぱり人心地がついて、胸があたたかく和んだ。

板の間には、ガスストーブが小さく唸《うな》っていた。青い炎に九鬼研八の髭面《ひげづら》が、くっきりと照らし出されている。

「やあ、来たね」

マットの上にあぐらをかいて、コッヘルから立ちのぼる湯気の向こうから、九鬼があかるい声をかけてくる。

「早かったの、研さん？」

そう訊《き》きながら、麻美は雨ガッパのフードをはねた。

「コーヒーを一杯飲むだけ、早く着いた」

九鬼は、グレイの山シャツの袖を肘《ひじ》の上までまくりあげている。麻美は、板の間にザックを置き、雨ガッパを脱ぐ。濡れて泥まみれの山靴の紐《ひも》をほどいた。

九鬼がだまって、熱いコーヒーの入ったコップを差し出す。九鬼の飲んだコップのはずだったが、麻美は気にもしないで、にこっと笑って手を伸ばした。横すわりになって、すすりはじめる。

「下着まで濡れちゃってるの」

コーヒーを飲み終わると、媚《こび》とも受けとれるはにかむような笑いを見せて麻美が言った。

「そうか、着替えたほうがいいな」と、九鬼は自嘲に似た笑いをうかべて、腰をあげ、「また麻美に抱きついて、押し倒すようなことになっちゃ、たいへんだ……」

「いやだあ」

麻美の目があだっぽくなって、九鬼を睨《にら》む。

「きょうのおれは紳士だから……」

そう言いながら、九鬼は濡れた山靴をつっかけると、土間を歩いて、ブロックの間仕切りの向こうへ消えた。

麻美は裸になって、下着まで替えた。肌寒いほどだった。ヤッケをひっかぶると、

「もういいわよ」と、間仕切りの向こうへ声をかける。

九鬼はもどってくると、ちらっと麻美をあおぎ、板の間にあがってきて、

「スキヤキの支度をしてきたんだ」

「いいわね」と、麻美はマットを敷き、膝《ひざ》を横にくずしてすわりながら、「あたしは、カレーライスにするつもりだったけど、スキヤキのほうがいいわ」

「ゆっくり一杯やろう」

と、九鬼が湯のたぎったコッヘルをガスストーブからおろす。

背中のブロック壁に立てかけてあったフレームザックから、牛肉の入ったビニール袋と、ビニ

ール袋入りのネギを取り出した。シラタキの袋まである。ウイスキー入りのポリタンを膝のわきに置く。

「あたしが、ネギをきざんであげる」

はずんだ声でそう言って、麻美が腰をあげる。

まもなく、スキヤキのいい匂いが、小屋いっぱいにこもって、コッヘルがグツグツ音を立てはじめる。

麻美が太いローソクに灯をともした。

二人は、鷹ノ巣山の清水で割って、ウイスキーを飲みはじめる。

牛肉もネギもシラタキも、もう頬《ほ》っぺたが落っこちそうにおいしかった。

「大事な相談って、いったいなんだね？」

と、九鬼が箸《はし》を置いて、水割り入りのコップに手を伸ばした。

雨の音が、はげしくなっている。ザアーッと小屋の屋根も樹林も悲鳴をあげている。

「研さんは、ほんとに、あたしのためならなんでもしてくれる？」

と、麻美も膝の前に箸を置く。目のまわりも、頬も赤く染まっている。瞳《ひとみ》を光らせて、真剣な眼差《まなざ》しを九鬼の顔にじいーっとそそいだ。

2

「あたしのためなら、ほんとになんでもしてくれる？」

麻美はいま一度、念を押すようにおなじ言葉を繰りかえした。

九鬼と視線をからませて、こんどはすがりつくような眼差しになっている。

「男に二言はないさ」と、九鬼の目も真剣みをおびて光ってくる。「きみのためなら、おれにできるかぎりのことはする。ただ人殺しだけはことわる」

「あたしのやりたいのは、誘拐なの……」

麻美は、すわりなおして、はっきりと言う。

「だれを誘拐するんだ？」

九鬼の目がするどくなる。

「それは計画を打ちあけるときにお話しするわ」

「本気か？」

「もちろん、本気よ」

「金がいるのか？」

「ええ、大金がね。そして、ほんとに本気なの、あたし、真剣なの、命がけなのよ」

麻美はそう言って、ザックを引き寄せた。雨蓋《あまぶた》をはねると、手を突っこみ、雨ガッパの袋のような赤いナイロンの袋を取り出した。袋の中の紐をゆるめて、白い布の包みを取り出す。そして、その包みを九鬼の膝の前に置いた。それは白いハンケチで包まれていた。

九鬼はだまって、好奇の目をその白い包みにそそいでいる。

「おどろいちゃ、だめよ」

と、麻美はちらっと上目を九鬼にはしらせてから、指先で大事そうに、そっとそのハンケチをひろげた。

「ほう」と、九鬼が小さく声を洩《も》らす。

ひろげられた白いハンケチの上に乗っているのは、小型の拳銃《けんじゅう》であった。銃身も、その先端にわずかに突起している照星も、引き金も、丸い小さな撃鉄も、鉄鋼の黒くにぶい光を放っている。銃把《じゅうは》だけは、こまかい粒状の模様があって、茶褐色をしている。

「モデルガンじゃなさそうだね」

と、九鬼が手に取った。ブローニング型の小型自動拳銃だが、やはりずっしりと鉄鋼の重みが掌にくる。

「ほうー」と、九鬼が唸って、銃口を覗くと、

「安全装置をはずして、引き金を引くと、ほんとに弾が飛び出すわよ」と、麻美は落ちついた声音《こわね》で、「ワルサーPPKというピストルなの。長さは十五センチ、重さ五百六十グラムだから、かわいいでしょう。でも七連発よ。弾は七発入っているわ。持ち運びに便利で、ハンドバッグの中にも入るから、あたしにも使えるの」

「これをどこで手に入れた？」

そう言って、九鬼は、ワルサーPPKをハンケチの上にもどした。が、その声音は、麻美となじように落ちついていたし、表情にも動揺の色は見られない。

「それは言えないわ」

麻美が、きっぱりと言う。それから手を伸ばして、拳銃を取りあげる。右手で銃把をにぎって、左手の指先で銃把の上の安全装置をおろすと、銃口を土間の黒い土に向けて、

「二十二口径だけれど、殺傷力は十分なのよ。撃ってみましょうか」

と、人差指を引き金にかけた。

「雨の音で銃声は消えるだろうが、わざわざ撃って見せることはない。きみの本気なことはよくわかった……」と、九鬼はしずかに言った。それから物理学者らしい冷徹な目をその拳銃にそそいで、「しまっておきなさい」

「ええ」

麻美が素直にうなずいて、安全装置をかけると、ハンケチで丁寧に包んで、赤いナイロンの袋におさめ、ザックの中に入れた。

「今夜、おれがきみにおそいかかると、ズドンと一発撃たれそうだね」

「まさか――」と、麻美の目が媚を含んで九鬼を睨み、「でも、撃たれたいの、研さん？」

「まあ、麻美に撃たれるのは本望だがね」

と、九鬼は歯を覗かせて、ウイスキーのコップをとると、一口飲んだ。箸を持ち、コッヘルの中に突っこんで、

「ところで、おれはまだ、きみの名前を聞いただけで、綾部麻美が、どこに住んでいて、どういう商売をしているのか、年はいくつなのか、なんにも知らないんだがね」

「そうだったわねえ」と、麻美が真顔になって、「隠してもしょうがないから、研さんには正直

に言うわ。――年は二十六、でも女の年だから、二つぐらいサバよんでるかもね。住所は、杉並区南阿佐谷二丁目の葵《あおい》マンション、三〇八号室。電話番号は、あとで書いて差しあげる。職業は、イラストレイター、あちらこちらの雑誌に書いているわ。だけど、これだけじゃなくて、宝飾品のデザイナーもやっているの。指輪やネックレス、ペンダント、ブローチ、ブレスレットなんかのね」

「ほう、すると、芸術家というわけか」

「芸術家のはしくれね。でも、自由業だから、自由に動ける自由だけはあるわ」

「それじゃ、つぎに大金を必要とする、その理由を聞かせてもらおうか」

「ええ、お話しするわ」

麻美は、ザックの雨蓋のジッパーを開けると、中から地図のビニールケースを取り出した。こんどはそのケースのボタンをはずして、新聞の切抜きを引っぱり出す。それを九鬼の前に差し出して、

「これを読んでちょうだい」

九鬼は、その紙片を手にすると、ひろげてローソクの炎に近づける。

朝刊の一面から切り抜いたものだった。八段組の大きな記事である。

「――自衛隊機、住宅地に墜落、狭山。燃料爆発、二棟焼く。住人一人が死亡、二人が重傷、乗員二名死亡。密集地から数百メートル」

という見出しが、大きな活字で組まれていた。そして右上には、ヘリコプターから撮ったとお

もわれる焼け落ちた二棟の屋根、まわりにあつまる消防署員や救援隊、野次馬の群れの写っている写真が、これも大きくかかげられている。その下に墜落現場の地図がそえられていた。

九鬼が、記事を読みはじめる。

「――昭和五十×年五月九日。午後四時十八分ごろ、埼玉県の航空自衛隊入間基地を飛び立った西部航空方面隊所属のT33Aジェット練習機が、入間基地の北約四キロの同県狭山市上富の住宅地に墜落して炎上、乗員二名が死亡、付近の住宅、アパート二棟が全半焼した。住民一人が死亡、二人が重傷を負った。……」

ここまで読んで顔をあげると、

「去年の記事だね」

「ええ、そうよ」と、麻美の表情が沈痛になって、「住民の死傷者のところを読んで……」

「――住民の死傷者は、会社員、綾部友彦さん（四八）の妻、紀久子さん（四〇）が死亡。長女の知子さん（一四）と次女の恭子さん（九）は全身に火傷《やけど》を負って重傷。……」と、九鬼は声を出して読んでから、顔をあげ、目を麻美の沈痛な顔にそそいで、

「この被害者の綾部さん、この人たちは、きみと同姓だが、親戚《しんせき》かね？」

「綾部友彦は、あたしの兄です」

と、綾部麻美がこたえる。「死亡した紀久子さんは、あたしの義理の姉だし、知子と恭子は、あたしの姪《めい》なの」

「うーん」と、九鬼は唸って、「きみの兄貴の一家が不幸に見舞われたのは、この記事でよくわ

かるが、この事件と、きみが大金を必要とする理由は、どうつながるんだ？」

麻美は、暗い眼差しをじぃーっとローソクの炎に据えて、それからふっと気を取りなおしたかのようにその目を九鬼の顔に移した。

3

九鬼は、ガスストーブのコックのつまみに手を伸ばした。青い炎が小さくなる。ポリタンの水をコッヘルにそそぎ入れてから、顔をあげた。麻美と視線がからみ合う。

「姪の知子と恭子はひどい火傷だったの」

「うん、この記事にも全身に火傷を負って重傷と出ているからね」

「ふたりとも、とくに顔がひどいのよ。……火傷には、第一度、第二度、第三度、第四度と、そのひどさによって、この四段階に区別されているんだそうだけれど……」

「それなら、おれも知っている。まず第一度の火傷は、熱の作用で皮膚が赤くはれあがる。赤くなった部分がピリピリ痛む。第二度は、皮膚に水疱《すいほう》ができる。第三度は、熱の作用で、タンパク質が凝固して壊疽《えそ》になり、褐色の瘡蓋《かさぶた》ができる。第四度は、高熱のために、組織がすっかり焼けて炭化し、まっ黒になる……」

「さすがに物理学科のオーバードクターだけあってよくご存じね。……知子と恭子も、第三度の火傷で顔をやられてしまったの。真皮膚《しんぴそう》が冒され、瘢痕《はんこん》収縮して、顔から首にかけて、ひどい引きつれができて、ケロイド状になってしまったの。もちろん皮膚の色も変わっているわ」

「それじゃ、たいへんだね、女の子の顔は命のつぎに大事だからねえ」

「そうなのよ。はじめのうちは、とってもひどかったのよ。額まで焼けただれて髪の毛は生えなくなるし、眉毛《まゆげ》も睫《まつげ》もなくなって、目も開けられなかったわ。鼻の穴だって形が変わってしまったし、口も満足に開けられなかったの。おまけにケロイドで引きつれでしょ、それはもうお化けみたいな顔だったわ。知子も恭子もふたりともね。四谷《よつや》怪談のお岩さんよりもっとひどかった。でも、手術してどうやら目もあいたし、口もあいて、人間の顔として最低の機能だけは取りもどしたわ」

「しかし、日本の美容整形も最近はよくなって、いい医者がいるはずだがねえ。東京の警察病院には世界的水準をこえる美容整形のドクターがいると聞いたことがある……」

「まあ、聞いてよ」と、麻美の声が、ちょっと大きくなって、また炎に目を向けると、「自衛隊は、焼けた家を建てなおしてくれたし、焼け死んだ義姉《ねえ》さんの慰謝料も出したわ。だけど、知子と恭子の顔だけは、元どおりにしてくれなかった。手術をして、いちおうは顔らしい形になったわ、でも、顔の機能を取りもどしただけで、美容にまで手がおよばなかったというわけ。女の子の顔をめちゃめちゃにしておいて、完全に元どおりにしないなんて、ひどいじゃないの。だれにでも人権はあるはずよ。それなのに、戦争もしてないのに、ジェット練習機がおっこちて、娘の一生を台無しにするなんて、ほんとうにひどいわ。自衛隊、——防衛庁だけど、これ以上の美容整形は、日本のいまの医学の技術ではむずかしい、なんてことは言わないで、完全に元どおりになるまで責任を持つべきよね。そうはおもわない？」

「うん、まあね」

九鬼はあいまいに言葉を濁したが、その目はじぃーっと麻美の表情にそそがれている。

「日本の国、つまり防衛庁が、知子と恭子の顔を元どおりにしてくれないのなら、あたしが完全になおしてやろう、そうおもいはじめたの。で、美容整形のことも調べたわ。美容整形のすすんでいる国というと、やっぱりアメリカなのね。マサチューセッツ病院に、チーフ・プロフェッサーで、アーサー・キャプラという先生がいて、この先生が美容整形の世界的権威者なんですって。だから、このキャプラ教授に知子と恭子の美容整形をおねがいしようと考えたの。ところが、アメリカの病院はたいへんなお金がかかるらしいのね」

「そうだね。日本で盲腸の手術代が十万円かかるとすると、アメリカじゃ、五倍の五十万円だからねえ」

「よく知っているのね」と、麻美は、九鬼の顔に目を当てて、「とくに美容整形はお金がかかるんですって。……何度も何度も植皮をして、手術を繰りかえしやるわけね。完全に元どおりにするには、何年もかかるらしいわ。とにかく時間とお金が必要なのよ。アメリカへ行く航空運賃だって、アメリカの滞在費だってかかるわけだし、莫大《ばくだい》なお金が必要なわけよ。もちろん、自衛隊、防衛庁とかけあったわ。だけど、国じゃ、そんな大金を出してくれないのね」

「だから、きみは義憤にかられて、姪たちの顔を元どおりにしてやろうと考えたわけか」

「うん、まあ、そういうこと。だから、どうしてもお金が欲しいの。銀行強盗ぐらいじゃ、たりないわね。誘拐して、莫大な身代金《みのしろきん》を奪《と》るよりほかに方法はない、そう考えたの」

「防衛庁にジェット機を売り込んでいる大手商社の社長でも誘拐するつもりかね？」

「まあ、そんなところね」

「しかし、誘拐は成功しても、身代金を奪うのは容易じゃないぜ。この受取り方で、たいがい失敗するから、この犯罪の成功率は低いんだ」

「それも、いいアイデアがあるの。ちゃんと考えてあるわ。ぜったいにうまく身代金を奪る方法をね。だけど、あたしひとりじゃ、とてもできないわ、どうしても無理なのね。だから、研さんにおねがいしてるのよ。もし、研さんが、うんと言ってくれたら、あたしの計画をくわしく話すわ。どう、やってくれる？」

「やるよ」と、九鬼は大きくうなずくと、ウイスキーの水割りのコップに手を伸ばし、ごくっと喉《のど》を鳴らしてから、「犯行の動機が、ただ金が欲しい、物が買いたい、贅沢がしたい、というだけなら、おれはことわるが、動機はわるくないし、きみの言うことなら、なんでもきく、と誓っているからね。その誘拐に一口乗ろうじゃないか。きみの計画を話してくれ」

「ええ、いいわ」

麻美もうなずいた。それから言葉をついで、誘拐する相手、その方法、時期、身代金の受取り方とその舞台――などを九鬼に話して聞かせた。九鬼は、ときどき相槌《あいづち》を打って聞いていたが、麻美が話し終わると、

「たしかにいいアイデアだ。身代金の受取り方にオリジナリティーがある。もっとも、いまの計画を綿密に逐一にわたって検討する必要はあるが……」

「だから、頭が切れて、体力があって、度胸のいいリーダーが必要なわけ。あたしは、そのリーダーに研さんをえらんだの」

「この誘拐計画のアイデアは、きみがひとりで考えたのか?」

「もちろん、そうよ」

「きみは頭がいい、やっぱり芸術家だよ」と、九鬼は、麻美の表情を読むような眼差しになって、

「とにかく五、六人の男が必要だね」

「チームのメンバーも、だいたいそろえてあるの」

そう言うと麻美は、また地図のビニールのケースから紙片を取り出し、九鬼に手渡した。

「六人いるね」と、九鬼が目を落とした。


――三人の新宿のチンピラグループ。

佐土原十吉（二十四歳）元トラックの運転手。無職。新宿区住吉町一〇三番地。

勝又勇（二十一歳）ガソリンスタンド店員。新宿区北新宿九丁目二五番地。

芋田光雄（二十歳）無職。国分寺市日吉町五丁目。

――大菩薩で会った男。

猪熊庄平（二十三歳）大学中退。八王子市本郷町二六番地。

――山岳会から脱落した新人。

美々津末男《すえお》（二十二歳）元自衛隊員。国立市西六丁目、武蔵野アパート。

横山芳久《よしひさ》（二十歳）無職。住所は美々津と同じ。

その紙片には、こう記されていたのである。

そして、麻美は、この六人について、知っていることを、九鬼に話した。

「まあ、いいだろう」と、九鬼は合点して、「とにかくこの六人を早急にあつめることだ。六人に山を登らせて、それぞれの適性を見る……」

「わかったわ」と、麻美は、ほっとした表情で、瞳をキラキラかがやかせて、「あたし、六人に声をかけてあつめてみるわ。この六人に研さんがくわわってくれると、七人の侍というわけね」

「侍だかどうだか……」

と、九鬼は苦笑を洩らした。

5　脱落者

1

九鬼研八、綾部麻美、佐土原十吉、勝又勇、芋田光雄、美々津末男、横山芳久、猪熊庄平の八人が、立川駅の青梅線のプラットホームで落ち合ったのは、六月二十日の正午であった。

麻美が、山靴で、このホームを踏んだのは十二時十分前であった。

まもなく、猪熊が鼻の低い丸い顔を見せた。きょうも、アメリカ軍の払い下げをおもわせる迷彩色の上着に、白い三本線の入ったグリーンのトレパンを穿《は》き、布製のショルダーバッグを右肩にさげて、

「やあ」と、なつかしそうに白い歯を覗《のぞ》かせると、「このあいだは、どうも……」

猪熊は大きな声でそう言いながら、短い足でせかせかと歩み寄ってくると、細い目をいっそうほそめた。

美々津と横山が肩を並べてやって来たのは、十二時三分前であった。

この二人は、飛竜山の巻き道で、はじめて麻美と出会ったときと同じ恰好《かっこう》で、まだ新しい山靴に足が馴染《なじ》まぬ風情《ふぜい》だった。きょうは、小型のアタックザックを背負っている。

「どこへ登るの?」

と、横山が親しげに訊《き》く。

「さあ、どこかしらね」と、麻美は、にこっと笑って、「いま、リーダーが来るから……」

きょうも、麻美は、黒い艶《つや》やかな髪を、きりっとまっ赤《か》なヘアバンドでとめていた。山シャツもニッカーホースも赤くて、ニッカーズボンだけが黒だった。ウエストが締まり、下肢がすらりとして、いかにも恰好がよくて垢抜《あかぬ》けのした山女だった。美々津と猪熊が、まぶしそうな目を、麻美の胸の隆起に当てている。

「きょうは、荷が軽いから、バテることはないわね」

麻美の目が笑って、美々津にそう言うと、

「嫌なことを言うねえ」と、美々津は苦笑を洩《も》らしながら、「そういつもバテるわけじゃないさ」

と、ザックを足もとにおろした。

九鬼が、連絡通路の階段を上がってきたのは、ぴったり十二時であった。

ウイークデーである。この時刻には、青梅線のホームは乗客がまばらだった。だから、いっそう大柄で長身の九鬼は目立った。九鬼の登山姿を目にすると、麻美の瞳《ひとみ》にかがやきが増す。九鬼は、紺色の小型のアタックザックを右肩にひっかけていた。

「リーダーは、やっぱり時間が正確ねえ」

眼差《まなざ》しにわずかに媚《こび》を含ませて、麻美は九鬼をあおいだ。

九鬼は顔を和ませて、麻美に小さくうなずいて見せてから、美々津と横山に目をやって、

「よう、来たね」

と、威勢よく声をかけた。こんどは視線を猪熊に移す。猪熊は、九鬼に威圧感をおぼえたのか、太い首をすくめるようにして、

「こんにちはあ」と、小さな声で挨拶《あいさつ》した。

「リーダーよ」

麻美が、九鬼を猪熊に紹介する。しかし、このとき、麻美は、九鬼の名前を言わなかった。

「あと三人だな？」

三人の男にあらためて視線を這《は》わせたあと、目を麻美にもどして、九鬼が訊いた。

「ええ、そうよ」と、麻美は北口の改札口のほうへ目をやりながら、「新宿グループの三人だけれど、あのひとたち遅いわねえ」

その佐土原と芋田、勝又の三人が、改札口の前の階段をあがってきたのは、十二時十五分であった。

佐土原と芋田は、ジーパンに白いズックの靴を履いていたが、勝又は、ブルーのスーツに黒い革靴だった。むろん、ザックも背負っていなくて、芋田ひとりが、白いスポーツバッグをぶらさげていた。

「遅かったじゃないの」

と、麻美が遠慮のない声を出す。それから、ちらっと九鬼をあおいで、「リーダーよ」と、三人に言った。このときも、やはり九鬼の名前を告げなかった。

九鬼の表情が冷たくなり、強い眼差しが、三人にそそがれて、

「山へ登る、そう聞いているはずだがねえ」

しずかに言う。

「ああ、聞いている」と、佐土原の細い目が九鬼に向けられる。それから、ちらっと自分のズック靴に視線を落とした。

「ほんとに山へ登るのかよ？」

ふてくされたような口調で、勝又が訊いてくる。

「ああ、登る」と、九鬼の目に光が射《さ》して、「いやなら、このまま帰ってもいいぞ」

「せっかく、ここまで来たんだから、行くよ」

ちょっと間を置いてから、勝又がこたえた。

このあと、九鬼と麻美が先に立って、国電青梅線の奥多摩行に乗車した。

2

午前中は、灰色の雲が低くたれこめて、いまにも雨が落ちてきそうだったのに、この八人のパーティが奥多摩駅で下車したときには、雲が切れて、薄陽《うすび》が射しはじめていた。

「うまいぐあいに梅雨晴《つゆば》れみたいね」

麻美がこう言って、空をあおいだ。

「ガキのころの遠足をおもいだすなあ」

町並の家々の屋根の上にせまる山襞《やまひだ》を見あげて、佐土原が柄にもなく感慨深げな声を出す。

麻美が先頭で、丹波《たば》行のバスに乗りこむ。一時間ほどゆられて、お祭《まつり》で下車。

「お祭だなんて、おかしな名前の停留所だな」と、バスを降りると、バッグをぶらさげて、芋田があたりを見まわした。「名前はにぎやかだけど、家がないし、だれもいないじゃないか、ばかに静かだな」

足下に、丹波川の流れがあった。梅雨のせいか、水がいくらか黄土色をおびている。ところどころに白い泡を嚙《か》んでいた。その左岸ぞいにしばらく歩き、それから右に折れて、後山《うしろやま》新道に入る。こんどは、後山川の左岸ぞいに登りはじめる。ゆるやかな上りの車道だ。

「三時間ほど歩いてもらうよ。いそぐことはない」

足を止めて、九鬼が言った。六人の男に、ひとりひとり視線を当てていく。

「三時間も歩くのか」と、勝又が仏頂面で不服そうな声を出す。「こんな道なら、クルマで来ればよかった。歩くなんて、ばかばかしい……」

「いやなら、よせ」

九鬼の語気が強くなる。

「行こうぜ」と、佐土原が勝又に首をまわして、「どうせ暇なんだから、付き合おうじゃねえか」

「きみが先に立ってくれ、おれは、しんがりから行く」

九鬼が、麻美に声をかける。

「ええ、いいわ」

麻美が先に立って、ゆっくりと歩きはじめる。

猪熊が短い足をいそがせて、麻美と肩を並べた。そのすぐ後ろに、美々津と横山が山靴を踏んでつづく。つづいて佐土原と芋田が、肩を並べる。二人のズック靴の足どりは、意外に軽快だった。勝又は、ズボンのポケットに両手をつっこんで、口笛を吹きながら、もうやけくそのように歩きはじめる。

九鬼は、そんな六人の男たちの背中に冷静な目をそそいでいる。

深く切れ落ちた後山川の渓谷は、樹林や灌木《かんぼく》の茂みで、ほとんど望めない。その峡谷の向こうに天平尾根《でんでえろ》の支尾根が急角度に落ちてきている。陽射しがますます明るくなった。山襞の日陰の部分は、濡《ぬ》れて濃い緑だったが、陽に映し出された稜線《りようせん》と山腹の広葉樹林は、したたるようなあざやかな緑色を見せている。

片倉沢にかかると、沢音が高くなった。後山川の流れが覗く。やはり梅雨のせいで水は太く、白く泡立ち、巻きかえしながら、速い流れを踊らせていた。

革の短靴の勝又の足が遅くなりはじめる。立ち止まって、スーツの上着を脱いだ。九鬼も足を止めて待ってやる。勝又は、上着を肩にひっかけると、右足をいくらか引きずりながら歩き出した。

道は蛇行し、右に懸崖《けんがい》がせまっている。沢音が、またいちだんと高くなる。下黒滝《しもくろだき》と上《かみ》黒滝の瀑音《ばくおん》だった。まもなく黒滝橋を渡って、こんどは、後山川の右岸ぞいにだらだらと登る。登山者には、だれとも行き合わない。白い小型トラックが一台、石の多い道をガタガタと荷台をふるわせながら追い抜いていっただけだった。

勝又の足が、ますます遅くなる。佐土原と芋田の背中は、もう五十メートルほど先にあった。

九鬼は、山靴を踏みしめるようにして、ゆっくりと勝又の後ろにつづく。「がんばれ」と、勝又の背中に声をかけて、「しっかり歩け！」と、気合いを入れると、

「ちくしょう」と、勝又は息をあえがせて呻《うめ》き声を洩らし、「ちぇっ、ばかばかしい……」と、舌打ちをして、右足を引きずった。

後山橋を渡って、ふたたび左岸に出たところで、麻美ら先行の六人が、腰をおろして、勝又と九鬼を待っていた。

九鬼も、ここで、ザックをおろした。

橋の袂《たもと》が灌木にかこまれて、小広くなっていた。小道が岩伝いに沢へ降りている。ベンチ替わりの厚い板が二枚置いてあった。

猪熊と佐土原は、麻美と並んで、板の上に腰をおろしていた。この二人は、額にうっすらと汗を滲《にじ》ませているだけで、息も乱していなかった。芋田は、バッグを足もとに置き、佐土原に背中を向けて、板の端に尻《しり》をかけ、タオルで顔を拭《ふ》いている。

美々津と横山は、黒いシャツの背中にびっしょり汗を滲ませて、別の板に尻をおろしている。

美々津は小さく胸をあえがせていた。

勝又は、美々津のわきへ、どすんと尻を落とした。上着を板の上に投げ出し、肩で大きく息を入れると、

「いったい、どこまで歩かせるんだ？」

上目で九鬼を睨《にら》みあげた。

「………」

九鬼はだまって、勝又を見おろした。その眼差しが突きはなすように冷たくなっている。

「まだ先は長いのか？」

目をあげたまま、また勝又が訊く。

「ちょうど半分来たところだ。あと一時間半の登りだ」

そう言いながら、九鬼の目が、こんどは勝又の体にそそがれる。観察するような眼差しになっている。

勝又は色白で小肥りだった。ブルーのワイシャツで包まれた肩は丸みをおびて、まだ小さくあえいでいる。

「おれは、ここで降りるぜ」と、唐突に勝又が言い出した。「ガキの遠足じゃあるまいし、山登りなんか、ばかばかしくって……」

「降りるって、おまえ、ここまで来てやめるのか？」

煙草を口からはなして、佐土原が大きな声を出す。

猪熊、芋田、美々津、横山の視線が、いっせいに勝又にあつまった。

麻美が、不安げな目で九鬼をあおいだ。

しかし、勝又にそそがれた九鬼の目は冷徹であった。

この勝又だけが、ガソリンスタンドの店員という職を持っている。あとの五人は、いずれも無職だった。九鬼は、これを麻美から聞いて知っている。

「兄貴にはわるいが、おれは、ここから降りて帰らせてもらうよ」

と、勝又が佐土原に顔を向けると、

「いいだろう、降りて帰るがいい」と、九鬼の表情がきびしくなり、目の光も増して、「しかし、ことわっておくが、おれたちといっしょに、ここまで来たことは、だれにもしゃべるなよ。このおれたちのパーティのことは、この場かぎりでわすれるんだ。おれに会ったこともな。じゃないと、面倒なことになるし、おまえの兄貴分にも迷惑がかかることになるからな」

「わかったよ」と、勝又が気圧《けお》されて、ひるんだ声を出す。「よけいなことは、だれにもしゃべらねえよ」

「口のチャックをしっかりと締めておくんだ」

と、九鬼が勝又の前に立ちはだかって、念を押すように言う。その声にズンと凄《すご》みがこもって、野太くなり、「よけいなおしゃべりは、命をちぢめることになる」

佐土原も気圧されたのか、もう無言で、九鬼を振りあおいでいる。麻美が小さく吐息を洩らした。

3

車道のとぎれたところで、後山川は、青岩谷《あおいわたに》と三条沢に分かれている。青岩谷は、水無尾根《みずなし》の裾《すそ》を流れる沢だが、はるか雲取山の直下まで突きあげている奥の深い谷である。

この青岩谷にかかった橋を渡ると、登山道は、三条沢ぞいに樹林帯の中に入る。カエデ、サワグルミ、イヌブナ、カツラ、ヒノキ、ツガなどの木々が、鬱蒼《うっそう》として、茂り合った葉の隙間《すきま》からわずかに陽射しがチラチラ漏れてくるだけで、もう山道はほの暗かった。

先頭をゆっくりと一定の歩調で登っていくのは、麻美である。猪熊がすぐあとにぴったりとついている。つぎに佐土原が大股《おおまた》につづく。空身《からみ》のせいもあって、身軽な足どりだ。芋田は、スポーツバッグの二本の下げ紐《ひも》を両肩にかけて、白いタオルで鉢巻を締めている。つぎに横山と美々津が、五メートルほど遅れて山靴を踏みしめている。

しんがりの九鬼は、この五人の男たちの後ろ姿に、ときどき視線をそそぎながら、足を運んでいる。

水無尾根の裾を巻いて、しだいに高度をあげていく。山道に入ってから三十分ほどで、三条沢を渡って、三条ノ湯の下に出た。

三条ノ湯は、トタン葺《ぶ》きの平屋が三棟横につらなっていた。もう、いちばん手前の棟の窓には灯影《ほかげ》が見えている。

「へーえ、温泉じゃないか」

売店のわきの看板に目を当てて、芋田がうれしそうな声を出した。

「今夜は、ここへ泊まるのか」

と、猪熊も大きな声を出している。

売店のガラス戸があいて、若い男が顔を覗かせる。

「二食付きで泊めてもらいたい」と、九鬼がその若い男に言う。「七人だ」

それから七人は、売店のわきのガラス戸を開け、食堂に入って茶を飲んだ。九鬼が、宿泊者名簿に記入する。コースは、三条ダルミから雲取山——と書き入れた。

若い女の案内で、つぎの棟へ通された。二部屋をとる。奥の棟は湯小屋であった。

湯小屋寄りの部屋に、九鬼、麻美、猪熊の三人があがり、その隣に、佐土原、芋田、美々津、横山が入った。

この部屋割りを決めたのは、九鬼である。ほかに客はいなかった。予想したとおりだ、と九鬼は内心うなずいていた。

部屋の中には、もう夕闇が濃くただよっている。麻美が手を伸ばして電燈を点《つ》けた。発電機の唸《うな》りが聞こえる。

それから四十分ほど経《た》って、男六人は、下駄をつっかけて、湯小屋へ降りていった。三条沢の沢音も高かった。

「——いい湯だな、ハハン、いい湯だな、蛇が天井からポタリと背中に、つめてえな、ハハン、つめてえな、ここは雲取三条ノ湯……」

湯に漬《つ》かりながら、壁の貼《は》り紙の歌詞を見て、たのしそうに芋田が歌った。

麻美は、男たちがあがってから、ひとりで湯に入った。

食堂で夕飯を食べたあと、七人は、湯小屋の隣の九鬼らの部屋へあつまった。小屋主や従業員たちのいるのは、別棟である。話声の聞こえるおそれはなかった。聞こえてくるのは、やはり沢音と発電機の唸りだけである。

「さあ、リーダーの話を聞いて……」

と、麻美が口を切る。湯上がりで、頬《ほお》をほんのりと赤く上気させている。化粧っ気のないその頬から首すじにかけての肌が生き生きとして艶やかで匂い立つようだった。

だが、佐土原、芋田、猪熊、美々津、横山らの目は、いっせいに麻美の隣にあぐらをかいた九鬼にそそがれる。みんな申し合わせたように神妙な顔で息を呑む風情だった。

「あの男は大丈夫だろうな？」

刺すような九鬼の目が、佐土原に向けられる。山を降りた勝又勇のことを訊いているのだ。

「口のかたい男だ。心配ないとおもうな」

佐土原が九鬼を見返して、はっきりと言う。

「おれの話を聞くと、もう降りられないぞ、いいかね？」

九鬼は、男たちの顔を順ぐりに視線を移していって、あらためて念を押すように、

「降りたいものはいないか？」

「いない」

と、猪熊が小さい声でこたえる。佐土原が長い顎《あご》を引いた。芋田、美々津、横山も、だまってうなずいている。

「金にはなる、大金がつかめる。しかし、命がけのヤバイ仕事だ。それでも、いいか？」

九鬼が、いま一度念を押す。

「金になりゃ、なんでもするさ」

と、不敵な顔で佐土原が言った。

「うん、やるよ」と、猪熊の目も真剣になる。

「おれも、やる」と、芋田が声をはずませた。

美々津と横山は無言で小さくうなずいている。

九鬼は体をねじると、右手を伸ばして、紺色のアタックザックを引き寄せた。雨蓋《あまぶた》をはね、紐をほどいて、中から赤いナイロンの袋を取り出す。そしてその袋の口の紐をゆるめると、白い包みを取り出した。

みんなの視線は、九鬼の手もとにあつまっている。しーんとなる。いちだんと三条沢の沢音が高くなった。

その包みを、九鬼は膝《ひざ》の前に置いた。それは白いハンケチで包まれている。

九鬼は、指先で、そのハンケチをひろげた。

「へーえ、ハジキじゃないか！」

すっ頓狂《とんきよう》な声をあげて、芋田が唸った。

猪熊らも、目を丸くして、息を呑んでいる。佐土原がキラッと細い目を光らせた。

ひろげられた白いハンケチの上に乗っているのは、小型の拳銃であった。ワルサーＰＰＫである。鉄鋼の黒くにぶい光を放っている。

九鬼は、右手で銃把をにぎって、銃口をあげ、人差指を引き金にかけると、

「これはモデルガンではなくて、本物のピストルだ。小型だが、七連発で、人を殺すには十分だ。……おれの命令にそむいたもの、おれやこの仲間を裏切ったやつ、そんなやつは、容赦なく、これで撃つ」

「あんたの本気なことは、よくわかったよ」

佐土原が、こう言って煙草をくわえた。

「あんたじゃないでしょ」と、麻美が、きっと佐土原に顔を向けて言葉をはさむ。「リーダーよ。リーダーの命令には絶対服従よ」

「ああ、わかっている……」

佐土原が口から煙草をはなして、呻くように言った。

「とくに裏切ったやつは、たとえ外国へ高飛びしようとも、どこまでも追いかけていって、息の根を止めてやる。何年かかろうと、かならず探し出して、とことんまで追いつめてやる。裏切りは絶対にゆるされないからだ。……いいな？」

と、九鬼の声に凄みがこもる。そしてまた強い眼差しを、順ぐりに男たちの顔に当てていく。

「わかった」と猪熊が太い首をすくめる。「おれは裏切り者にはならないよ」

裸電球の光に照らし出された美々津の顔が蒼白《そうはく》になっている。

九鬼の視線が美々津に止まって、「やるかね？」

「やります」と、美々津が吐息といっしょにこたえた。

「それでは、これから、おれの立てた計画を話す。――誘拐をやる、営利誘拐だ……」

九鬼は、こう言って、ちょっと間を置いた。みんなの視線は、九鬼の顔に集中している。息を呑んで聞き耳を立てている。

「この計画は、天候に左右される。だから、決行の時期は、梅雨明《つゆあ》けをねらう。梅雨が明けると、十日ほどは晴天がつづくからね」

こう前置きをしてから、九鬼は、誘拐する相手、その誘拐の方法、人質を運び監禁する場所、身代金の請求とその受取り方、身代金の金額、そしてその分け方などについて、わかりやすく、くわしく話して聞かせた。

九鬼が話し終わっても、しばらくだれも声がなかった。

「すごいなあ」

まず吐息といっしょに歎声をあげたのは、猪熊であった。

「よく考えたもんだ」と、佐土原も感じ入った声を出し、腕組みをして、「リーダーは頭がいいよ。天才だ……」

麻美が、にこっとし、ちらっと九鬼を見やる。

「山へ登る意味が、やっとわかった……」

横山が唸るように言って、大きくうなずいている。美々津もいっしょになって、小さく合点した。

「みんなの役割については、おれが考えて指示する。しかし、失敗はゆるされない。それぞれに役目はしっかりと果たしてもらう」

「ドジを踏んだら、えらいことになるからなあ。サツにパクられちゃ、たまらねえ」

と、佐土原が口をはさんだ。

「もちろん、計画を決行するまえに、下準備も万全にやり、予行演習もやる。徹底的にやる。みんなには手落ちのないように、がんばってもらう、いいね？」

「はい！」

と、猪熊が気負いこんで大きな返事をしたが、だれも笑わなかった。

「がっぽりと現金《ゲンナマ》がおがめるんだから、がんばるさ」

と、細い目をかがやかせて、佐土原がまた煙草をくわえる。

「きょうのところは、これで終わりだ」と、九鬼がきっぱりと言う。「あしたは、三条ダルミから雲取へ登り、ブナ坂を通って、鴨沢へ降下する。きょうよりは、だいぶきついぞ」

「がんばってね、みんな……」

麻美があかるい声でこう言うと、また九鬼に、にこっと笑いかけた。

4

——おなじ日の夕刻。

福島県只見町の奥只見警察署では、「道行沢《みちぎざわ》殺人事件」の捜査会議が開かれていた。

この捜査会議に出席したのは、県警本部の捜査一課の乙部課長、久保田課長代理、竹村係長、土田刑事らと、奥只見署の刑事課の藤巻課長、強行犯担当の千田係長、小野塚、船坂刑事らであった。

南会津郡檜枝岐《ひのえまた》村の七入《なないり》から沼山峠を越えて尾瀬沼へ至る沼田街道の道行沢で、檜枝岐村に居住の大工職、赤池朝吉（五十九歳）が殺されてから、ちょうど一週間経つ。

それゆえ、捜査会議の空気は重かった。

所轄署の小野塚、船坂刑事らは、この一週間、何度も檜枝岐村に出向いていって聞込みに歩いた。

檜枝岐村は、戸数二百戸たらず、人口千人ほどの小さな集落である。村の人なら、だれでも赤池朝吉のことを知っている。そして、だれに訊いても被害者の赤池をわるく言うものはいなかった。釣り好きで、人のいい働き者の大工という評判ばかりで、他人の恨みを買うような男ではなかった。妙子との夫婦仲もよかった、と言う。

「犯行の動機は、怨恨《えんこん》ではない」

乙部一課長も、はっきりと言った。

「道行沢で釣りをしていて背中を刺されているんだから、物盗りの犯行ではありませんね」

と、千田係長が言った。「釣り人が金を持っているわけはない」

「いまだに犯行の動機すらわからない」藤巻課長が吐息を洩らして、「凶器も発見されていないし……」

赤池の死亡推定時刻は、六月十三日の午前九時ごろである。

東京在住の登山者、長尾省一と佐々木道代が、赤池の死体を発見したのは、おなじこの日の午前十時五十分である。これは、長尾が証言している。

すると、赤池は刺殺されてから、一時間五十分ほど後に発見されたことになる。だから死体の発見された時点では、犯人はまだ近くにいたという可能性があった。そして犯人は、七入へ下山していなかった。もし犯人が七入へ降りたのなら、七入から登ってきた長尾と佐々木に出会うはずだったし、また七入の茶店の老人も見かけているはずである。

小野塚刑事は、この茶店の老人、清水政一《しみずせいいち》に、

「沼田街道から降りてきただれかを見かけなかったかね？」と、訊いているのである。このとき、清水は、

「あの日は、朝の九時ごろから、店の前で、ずうーっと日向《ひなた》ぼっこをしていたが、見かけたのは、わしに道を訊いた若いアベックだけだった」はっきりこう言っている。

――ということは、犯人は、沼田街道を登って逃走したことになる。あの山道に靴跡を残している可能性は大きかった。ところが、捜査本部は、この靴跡を捜査していなかった。いや、これに気づいて、小野塚刑事は、あくる十四日の日に、七入から沼山峠へ登ったのだったが、あいにくこの日は雨で、登山道に雨水が流れて、犯人の足跡を発見することができなかったのだ。

――犯行の当日、たとえ夜になっても、犯人の足跡を追うべきだった、と小野塚は悔やんだ。

「被害者の赤池は、自分は三重県の尾鷲《おわせ》の出身だ、そう言っていたという。そこで県警本部の地方課から、三重県警本部へ問い合わせたところ、赤池の本籍は、たしかに尾鷲市だった。しかし、生地は、はっきりしない」

と、乙部一課長が言った。言葉をつづけて、

「赤池の身内は、妻妙子ひとりきりだ。旧姓は佐藤《さとう》妙子で、十五年前に入籍している。ところが、赤池は、妙子と結婚する以前に、いまひとりの女と同棲《どうせい》していた。奥只見ダム開発工事をしていたとき、飯場で、賄い婦をしていた酒井房子《さかいふさこ》という女だ。しかし、この房子は二十年ほど前に病死している。当時房子は三十九歳だったという。このあと、赤池は五年のヤモメ暮らしのあと、佐藤妙子と結婚したことになる。……ところが、酒井房子には、連れ子があった。亀一《かめいち》という息子《むすこ》だ。この亀一は、母親の房子が死んだあとも、赤池といっしょに暮らしていた。が、中学を卒業した年に、赤池の家を出ている……」

「しかし、この酒井亀一という男の評判はよくありませんな」と、藤巻課長が口をはさんで、

「中学のころ、窃盗の補導歴がある。二昔ほども前のことだから、何を盗ったものだか、わからないが、……とにかく、この亀一は、いまは三十五歳になる計算だ。しかし、いま、亀一は、どこにいるのか、その所在はつかめない」

「すると、赤池の身寄りというと、妻の妙子だけで、過去につながりのあったものというと、その酒井亀一だけですね」

と、千田係長が言った。

「そういうことになるね」と、藤巻課長がうなずいて、「入籍はしていなかったが、赤池は亀一の義父になる。赤池と亀一の仲は、どうだったか、……しかし、これも二昔ほど前のことだから、よくわからない」

「この酒井亀一を洗い出す必要がある。前歴でもあれば、わかるんだが。……とにかく、至急に県警本部へ照会しよう。……酒井亀一の存在をつかんだのは、まだ、きょうのことだからね」

乙部一課長がこう言って、この日の捜査会議は終わった。

――あくる日の朝。

小野塚刑事は、ひとりで、七入から沼山峠へ通じる山道を登っていった。

小雨が降っていた。小野塚は、山靴を履き、青いロングスパッツをつけていた。

現場百ぺん、という言葉がある。それほどに現場は捜査資料の宝庫なのだ。だが、山の場合は、雨がその痕跡《こんせき》を消してしまう。それでも、小野塚が、この登山道をたどるのは、これで四度目だった。

――せめて凶器だけでも発見できれば、と、小野塚は、それをねがっていた。

刃の長さ約十三センチで、刃の幅約三センチのナイフ状のもの、つまり登山刀のような刃物と、その凶器は推定されているのである。これを探して、小野塚は、道行沢を遡行《そこう》したし、この山道を沼山峠休憩所に至るまで、たんねんに捜査した。だが、いまだに見つからないのだ。――犯人は、凶器を捨ててはいない、こうもおもわれてくる。

樹林が、しだいに深くなる。雨と水滴で、ササヤブも灌木の茂みも、ぼうーっと滲んで煙るようだった。

小野塚は、赤法華《あかぼっけ》沢にかかる木の橋を渡った。

――犯人は、沼山峠から降りてきて、被害者の赤池と出会ったのだろうか？　と、小野塚は考える。

沼山峠休憩所の従業員らに聞込みはしていた。が、手がかりになるような情報は何も得られなかったのだ。七入からこの沼山峠休憩所までは一本道である。

トチやサワグルミの葉が頭上いっぱいにおおって、雫《しずく》をしたたらせている。雨と沢音で、山が鳴っている。道行沢ぞいのゆるやかな上りがつづく。右岸に渡る。まもなく、こんどは左岸に渡りかえす。雨のせいで、沢水は太かった。はげしい勢いで、転石や岩にぶつかり、白く泡を嚙んで巻きかえしている。

木の橋を渡ってから、左岸の袂《たもと》で、小野塚は足を止めた。

ヤブの斜面の下に、平らな岩が覗いている。岩肌が濡れて黒く艶やかだった。

この岩陰に、赤池朝吉の死体が横たわっていたのである。

6　大物の周辺

1

東京地方に梅雨明《つゆあ》け宣言が出たのは、七月七日の七夕《たなばた》の日であった。

――それから三日後の七月十日。

綾部麻美は、丸の内二丁目の銀行協会ビルの前に佇《たたず》んでいた。

午前十時十分前である。

麻美は、白いベレー帽の中にセミロングの髪をたくしこんで、ななめにかぶっていた。薄茶色のトンボメガネをかけている。

唇にオレンジがかった口紅をさしているだけで、化粧はしていなかった。白い半袖《はんそで》のワンピースをぴったりと着て、胸のふくらみや腰から太股《ふともも》にかけての曲線をあらわにしていた。そして、ハンドバッグも、ハイヒールも白い革だった。右肩に下げているカメラだけが黒かった。白一色で統一したそんな麻美の容姿は、生き生きとして、いかにも清潔感をただよわせている。

麻美の背後は、日比谷《ひびや》通りだった。この時刻には、意外に車の通りが少なかった。しかし路面も、その向こうの馬場先堀《ばばさきぼり》の黄土色の水面も、もうギラつきはじめた陽光に、かっと照り映えて、皇居外苑の松の濃い緑がかすんで見えるほどだった。

皇居外苑に大きな窓を向けて、近代的なビルが建ち並んでいる。が、この銀行協会ビルだけは、とんがり屋根の赤いレンガ造りで、古びて落ちついた雰囲気があった。玄関のポーチのわきに、ピカピカに磨かれた黒塗りの普通乗用車が二台駐車している。

麻美は、この玄関から、日本経営団体連合会の会頭、岩之淵信平《いわのぶちしんぺい》の出てくるのを待っているのである。

岩之淵信平は、K銀行の相談役で、財界の総理とも呼ばれている男だった。財界のまとめ役としても一流ともいわれている。とにかく日本の財界の頂点に君臨する男なのである。しかもそのうえ、電気連盟、鉄鋼事業連合、全日本銀行協会など業種団体八十、個人企業六百五十の、それぞれの会長や代表もかねていた。それゆえ、こうした各団体や企業の意見を政府に取りつぐのも、この岩之淵の役目だった。

財界は日本で最大の圧力団体、と言われている。その圧力と金力を背景に、時の内閣総理大臣を、

「おい、きみ」――と、呼んで評判になったのも、この岩之淵であった。

一昨日、麻美は、「週刊ニュー・ウーマン」の編集部員、大川恵美《おおかわえみ》と名乗って、岩之淵の自宅に電話をかけているのである。

「妻を語る、と題して、政界や財界の有名な奥さま方を紹介する特集記事を先週から毎号掲載しております。今週号では、総理におねがいして、総理夫人を語っていただきました。来週号は、

ぜひ奥さまの多津子《たづこ》夫人について、会頭さんのお話をおうかがいしたいのですが、十分ほどお時間をいただけませんか?」

麻美は電話口でこう言ったのだった。

事実、週刊ニュー・ウーマンの今週号では、総理が総理夫人を語っている記事が掲載されているのである。

岩之淵の生活ぶりは質素で知られていた。子どもはなく、家には夫人とお手伝いが一人しかいないはずであった。

電話に出たのはお手伝いだった。

「ちょっとお待ちください。奥さまと代わりますので」

電話の相手が代わったところで、麻美は特集の内容を手短に話し、「お忙しいことはようく存じあげております。よろしければ、お車の中ででも、お話をおうかがいしたいのですが、ぜひ奥さまから会頭さんにおねがいしていただけないでしょうか?」とつづけた。

「主人に話しておきます」と多津子夫人は言った。「ただスケジュールのほうはわたしにはわかりませんので、明日、経営団連の秘書から、あなたの編集部に連絡がいくようにいたします」

麻美は一瞬ヒヤリとした。編集部に電話をされたら、たちまちウソがバレてしまう。それに、大川恵美という名前の編集部員はいないはずであった。

しかし麻美はあわてなかった。それほど容易にいくはずがない。経営団連の会頭ともなれば簡単に会える相手ではないのだ。こういう場合、たいがい相手から確認の電話がかかってくるものである。

ここからが勝負であった。

「お手間をおかけして申しわけございません。ただ、たいへん身勝手で恐縮ですが、あまり時間の余裕がございませんので……」

「そうですか、それでは明日の午前中ならいかがですか」

「はい、そうしていただけますと助かります。けれども、電話はわたしのほうからかけさせていただきます。いまのところ取材で走り回っておりまして、編集部を留守にしていることが多いのです。明日の午前中も、じつは別の方の取材がありまして、お電話をいただきましても席をはずしているとおもいます。それではかえって失礼になりますから、何時ごろ、経営団連のどなたにご連絡さしあげたらよろしいのでしょうか。わたしの都合を申しあげれば十時ごろがありがたいのですが……」

間を置かずに、麻美は一気にしゃべった。

「わかりました。では午前十時に経営団連のほうに電話してください。秘書は瀬戸山《せとやま》さんといいます」

麻美は礼を言って電話を切った。受話器を握る手がじっとりと汗ばんでいた。

そして、昨日のちょうど十時、経営団連に電話を入れたのである。

瀬戸山という岩之淵の秘書は女性であった。

麻美が特集の内容をもう一度繰りかえすと、

「週刊ニュー・ウーマンの大川さんですね。会頭から用件はうかがっております。ですが、会頭は多忙で、時間がございません」と、ことわってきたのである。

しかし、麻美はひきさがらなかった。

「お忙しいことは十分存じあげております。お車の中ででもけっこうなのですが……」

麻美は、ふたたび車の中を強調した。

すると、秘書は、「お待ちください」と言い、一分ほど間を置いて、「電話でコメントするわけにはいきませんか？」と、問うてきた。

「お写真も撮らせていただきたいので、ぜひ会頭さんにお目にかかりたいのです」

麻美は、女性編集者らしく、きびきびとした口調で言った。

「それでは……」と、また少し間を置いてから、「明日の朝、会頭は、丸の内の銀行協会ビルに出かけます。十時に銀行協会ビルの玄関でお待ちください。車の中でお話しすると申しておりますから」と、女の声が告げたのだった。

麻美は、丁寧に礼を言って受話器を置いた。

まず、第一段階は計画どおりだった。

——麻美は、左手に目を落とした。十時五分前だ。

緊張感のせいもあって、こうして陽射《ひざ》しを浴びて佇んでいると、汗ばんでくる。麻美は四、五歩あるいて、ポーチの日陰に入った。

このとき、岩之淵信平が、玄関の階段の上に姿を見せた。

写真を何度も見、脳裡《のうり》にきざみこんでいたから、麻美には、その老人が岩之淵信平とすぐにわかった。

禿《は》げあがった頭を坊主刈りにしている。濃い眉《まゆ》は意思の強さをあらわしているようだ。目も鼻も大きかった。顎《あご》の肉付きもゆたかで、でっぷりとした大柄で血色のいい男である。紺色の背広に同色の地味なネクタイを締めている。

岩之淵は、口をへの字にむすんで、ギョロッとした大きな目で、麻美を見た。その目に光があった。

秘書やボディガードを従えてはいなかった。むろん要人警護のＳＰもついてはいない。岩之淵は、海坊主とか荒法師とかいうニックネームのつけられている男だった。銀行マンらしくない荒っぽい力量があるのだ。

一瞬、麻美の視線と、岩之淵のそれがからみ合う。

岩之淵が足もとに目を落として、ゆっくりと階段を降りてくる。麻美は、臆《おく》した気配も見せずに岩之淵の前に歩み寄ると、

「岩之淵会頭さんでいらっしゃいますね」と、はっきりとした口調で話しかけた。「わたくし、週刊ニュー・ウーマンの大川恵美です」

「うむ」と、岩之淵は小さくうなずいて、はじめて顔を和ませた。

2

綾部麻美は、白いハンドバッグを小脇《こわき》にはさむと、慣れた手つきでカメラをかまえた。薄茶色のトンボメガネ越しにファインダーを覗《のぞ》く。

レンズが、岩之淵信平の半身像をとらえる。

ビルの赤レンガの壁を背景に、禿げあがった坊主頭が強い陽光をはねかえしている。広い額がテラテラと艶《つや》やかにかがやき、大きな目がギョロッと光って、レンズを睨《にら》んだ。

麻美は、すばやくレンズの焦点を合わせると、二度シャッターを押した。それから横にまわって、いま一度シャッターの音を小さくひびかせた。

ピカピカに磨かれた黒塗りの普通乗用車のわきには、ドアを開けて、運転手の竹本信雄《たけもとのぶお》が、岩之淵と麻美に視線をそそぎながら、立っていた。痩《や》せて小柄な体軀《たいく》の中年男だ。きちんと濃紺の背広を着ている。

「お手間をとらせました」

そう言って、麻美がカメラをおろすと、岩之淵は鷹揚《おうよう》にだまってうなずき、それから乗用車にゆっくりと歩み寄る。ドアの前で足を止めると、太い首をねじって、

「乗りたまえ」

はじめて麻美に声をかけた。低いが張りのある声だ。

「失礼します」

麻美もはっきりと言葉を返し、小腰をかがめて先に乗りこんだ。つづいて、岩之淵がリア・シートに並んで腰をおろすと、運転手の竹本がしずかにドアを閉めた。

そして、車もしずかにすべり出した。すぐ左折して、日比谷通りへ出る。このとき、麻美は何気ない素振りで、首をまわしてリア・ウインド越しに視線をはしらせた。

三十メートルほど後方の大手町《おおてまち》寄りの車道の端に、普通乗用車が一台、白いボンネットをこちらに向けて止まっていた。白塗りのセドリックである。そのセドリックが、黄色い屋根《ルーフ》のタクシーを中にして、この車を追うように発進したのを、麻美の視線がチラッととらえた。

——なにもかも計画どおりだわ。

麻美はそうおもい、小さく吐息を洩《も》らした。

車の中はクーラーがきいていた。汗ばんで露出した肌には冷たいほどだった。麻美は、ハンドバッグとカメラを膝《ひざ》に乗せて、目を前に向けた。すぐ鼻先に、竹本の細い項《うなじ》があった。濃い髪の毛を櫛目《くしめ》のわかるほどに撫《な》でつけている。

こんどは、目を岩之淵の横顔に当てる。小鼻のわきに脂《あぶら》を滲《にじ》ませている。厚い唇がわずかに濡《ぬ》れていた。この六十八歳になる大柄な老人から、麻美は男の体臭を感じとっていた。威圧感もおぼえる。

「どちらまでいらっしゃいますか？」

意識してあかるい声で、麻美は問いかけた。

「ヒルトンホテルで会合があるんでね」

と、岩之淵が柔和な眼差《まなざ》しを向けてくる。

「それじゃ、あまりお時間がございませんわね」

「うむ」と、岩之淵は顎を引いて、「週刊ニュー・ウーマンの編集者だったね、きみは？」

「はい」と、麻美はこたえて、「奥さまのことをおうかがいしたいのですが……、会頭さんは、見合い結婚ですか、恋愛結婚ですか？」

「人に紹介してもらったわけだから、まあ、見合い結婚だろうね。わたしは、最初の家内に結婚してから三年目に死なれてね。それから四年ほどヤモメでいたんだが。……だから、わたしは再婚だが、いまの家内の多津子のほうは初婚でね、年も十八もちがうんだ」

「十八も年下の女性を奥さまになすったご感想はいかがですか？」

麻美はそう問いかけながら、目を岩之淵の横顔からそらした。

車は右折して、晴海《はるみ》通《どお》りへ入った。右手には対向車の流れがあり、その向こうに日比谷堀の水面が覗いている。左手には日比谷公園の木立がつらなっていた。

麻美の視線は、じいーっと行手にそそがれている。さすがに表情が堅くなっている。トンボメガネの奥の瞳《ひとみ》もキラキラ光って緊迫感がやどりはじめている。

「いまになってみれば、似合いの夫婦だが、結婚した当初は、家内が子どもに見えてね、嫁をもらったというよりは、娘がひとりできたという感じだったね……」

岩之淵も目を行手にそそいで、淡々と言う。

「それじゃ、かわいい奥さま？」

と麻美が視線を岩之淵にもどした。が、ほんのつかの間で、すぐにまたその目を窓の外にはしらせる。

「うむ」と、岩之淵は小さくうなずいて、「のろけるわけじゃないが、若い当時はかわいい女房だったね、いまは世話女房で、糟糠《そうこう》の妻といったところだがね」

麻美の目が桜田門《さくらだもん》をとらえる。

会話がとだえた。岩之淵が、ちょっと怪訝《いぶかし》げな顔になり、太い首をねじって、視線を麻美の横顔に当てた。

このとき、麻美は、指先ですばやくハンドバッグの留め金をはずした。右手をバッグの中にすべりこませる。掌に冷たくずっしりとした鋼鉄の感触がきた。ワルサーPPKがひそませてあったのだ。銃把をにぎると同時に、バッグから、その小型の拳銃を取り出した。

岩之淵の表情が驚愕《きょうがく》にかわった。その瞬間、麻美は体をねじって、さっと右手を伸ばすと、銃口を岩之淵の首すじへ突きつけた。こんどは、しずかに左手を伸ばして、指先で銃把の上の安全装置をおろす。

「なにするんだ？」

声は低かったが、岩之淵の表情はけわしくなり、わずかに首をねじったまま、ギョロッと横目で麻美を睨みすえる。

運転手の竹本が、チラッと目をあげて、ルーム・ミラーを見やる。とたんに、体をこわばらせる気配が麻美にも読みとれた。

「冗談はよしたまえ」

詰問するような口調で岩之淵が言う。銀行マンらしくない荒っぽい力量があって、肝が太いと言われている男である。海坊主をおもわせるその顔にも、低い張りのある声にも、ひるんだ気配は微塵《みじん》もなかった。

「なんの真似《まね》だ、冗談はよしたまえ」

いま一度こう言って、刺すような鋭い眼差しで麻美を睨んだ。

3

「冗談ではありません」

麻美は右手を伸ばして、ワルサーPPKの銃口を、ぴたっと岩之淵の首すじに突きつけたま、きっぱりと言った。が、やはり緊張感のせいで、その声音がいくらか甲高くうわずっている。

「弾は七発入ってます。モデルガンじゃありません。引き金を引けば、会頭さんの命はなくなります」

「わたしをどうする気だ？」

岩之淵は落ちついている。肝の据わった声であった。

「誘拐します」

「わたしを誘拐？」

「そうです、言うことをきいていただきます」

麻美はそう言いながら、すぐ鼻先の竹本の後頭部に視線を移して、

「わたしの指図どおりにクルマを走らせないと、会頭さんの命はないわよ。いいわね？」

「………」

竹本は体をこわばらせたまま、無言でハンドルをにぎっている。

「この娘の言うことをききなさい」

と、岩之淵も目を竹本に向ける。

「はい、わかりました」

竹本が呻《うめ》くように小さくこたえた。

「まっすぐに内堀《うちぼり》通りへ、お堀端を走らせるのよ」

「はっ」

竹本はまた小さくこたえる。

車は桜田堀にそって走っていく。車の流れはスムーズである。まもなく内堀通りへ入った。車の数が少なくなり、先行車との間隔がひろがる。

麻美は、銃口を岩之淵の首すじへ、ぴたっと突きつけたまま、しずかに首をまわしてリア・ウインド越しに目をやる。三メートルほど後ろにセドリックの白いボンネットが見えた。

「緊張して指先に力をこめないでもらいたいね」と、岩之淵がまたギョロッと横目を麻美にそそいで、「はずみで、引き金をひかれちゃたまらない。気をつけてくれ」

「会頭さんが抵抗なされば、引き金を引きます」

と、麻美の声は落ちつきを取りもどしている。岩之淵は、ひろい額にじっとりと汗を滲ませはじめている。

「誘拐は重罪だよ、狂気の沙汰《さた》だ。わたしを誘拐して、どうする気だね？」

緊迫感をやわらげるつもりなのか、岩之淵の声がおだやかになって訊《き》いてくる。

麻美はだまって、またすばやく行手に視線をはしらせる。

「わたしは抵抗しない。ピストルをすこし、はなしてくれないかね？」

しかし、麻美は銃口を岩之淵の首すじに押しつけたままだ。人差指は引き金にかかっている。

「わたしは六十八の老人だ。きみには敬老の気持ちはないのかね？」

岩之淵がこう言って、溜息《ためいき》を洩らすと、麻美が、クスッと小さく吹き出して、

「会頭さんは老人ではありません」

「ほう、わたしがそんなに若く見えるかね？」

「会頭さんが、毎朝五時に起きて、お庭で、木刀の素振りを三百回もおやりになっているのを知っています。そしてT大にいらっしゃったころ、剣道部の主将だったこともね。だから、わたしが気をゆるすと、拳銃を叩き落とされてしまいます」

「そこまで調べたところをみると、これは計画的だね」

「両手をきちんと膝の上に置いてください」

「わかった」と、岩之淵は両手を膝に置き、シートに寄りかかって、厚い胸をそらせながら、

「きみのようなきれいな娘が、誘拐なんて大それた犯罪をやるとは、世の中も変わったものだねえ。虫も殺さぬような無邪気なかわいい顔をして……」

「虫は殺しませんが、抵抗すれば、会頭さんを殺します」

と、麻美がはっきり言うと、岩之淵が苦笑をうかべて、

「言うね、なかなか……」

運転席の竹本は、顔面を蒼白《そうはく》にさせていた。こわばった表情でハンドルをあやつりながら、ときどき、ルーム・ミラーに目をあげている。

車は半蔵《はんぞう》堀ぞいにすすむと、右折して、千鳥《ちどり》ガ淵《ふち》水上公園のわきの道に入る。もう先行車は見当たらない。もっとも都心にありながら、人目も車もない空白の時間帯が、このあたりにはあった。

「ここで止めて――」

麻美が、竹本に声をかける。竹本が車を舗装路の左の端に寄せて、ブレーキ・ペダルを踏んだ。

頭上に、葉をいっぱい茂らせた桜の枝が張り出して影を落としている。

後続車の白いセドリックも、四、五メートルほど離れて停車する。

このセドリックには、二人の男が乗っていた。ハンドルをにぎっているのは佐土原十吉だった。この男にしてはめずらしく、白い半袖のワイシャツを着、紺に白い水玉のネクタイを締めていた。ダークグリーンのサングラスで、細い目を隠している。

助手席にいるのは、九鬼研八である。ブルーの半袖のワイシャツに紺色のズボンを穿《は》いている。きょうは、二人とも地味で目立たぬ衣服を身につけていた。

車が止まっても、麻美は、岩之淵の首すじに銃口を突きつけたままだった。岩之淵は身動きしないで、わずかに首をまわして、目を窓の外に向けている。竹本は両手をハンドルに置いて、体を堅くしていた。

セドリックのドアが開いて、長身の九鬼が降り立つ。足早に前の車に歩み寄ると、麻美のわきのドアを開けた。

九鬼は、広い額にうっすらと汗を滲ませている。一重まぶたの光のある目が、二呼吸ほどの間、食い入るように岩之淵にそそがれる。それから、その目を運転席の竹本に移して、

「腰をあげろ」

低いが凄《すご》みのある声をかけながら、上体を車の中に差し入れた。

竹本が言われるままに、シートから腰を浮かせた。首がシートの上に出る。その細い項《うなじ》に、九鬼の手刀《しゅとう》が打ちこまれた。

九鬼の手刀は、竹本の後頸部《こうけいぶ》を水平に打った。当てた瞬間、さっと引くような打ち込み方だった。が、空《くう》を切る音が、麻美にも岩之淵にも聞こえるほどのはげしい一撃であった。

竹本は、がくっと首をのけぞらせた。つぎの瞬間、こんどは首を前に折り、顔を伏せて、つんのめると、額をハンドルに打ちつけた。そのまままぐったりとして、もう微動だにしない。

さすがに岩之淵も息を呑《の》んで、そんな竹本の様子に視線を据えている。麻美ですら、拳銃をか

まえたまま、目を見張った。

「降りていただきます」

九鬼が、岩之淵に声をかける。息の乱れも見せない落ちついた声音である。

「死にはしないだろうね？」

岩之淵が九鬼を睨みあげる。

「気絶しただけです。三十分ほどで気がつくはずです」

「暴力はごめんだね。わたしは血圧が高い。首っ玉を打たれちゃ、おしまいだ……」

「心得ています。さ、降りてください」

言葉つきは丁寧だが、九鬼の声には有無《うむ》を言わさぬ迫力と気迫があった。そう言いながら、九鬼は麻美の手から拳銃を取る。と同時に、銃口を岩之淵の坊主頭に向けた。

麻美が、ほっとした表情になり、ハンドバッグとカメラを手にして、九鬼の脇の下をくぐるように後ずさりに車を出た。つづいて岩之淵も降り立つ。その岩之淵に、九鬼が、ぴたりと寄りそって、ゆっくりと後ろのセドリックに向かう。銃口は、こんどは岩之淵の脇腹に突きつけられている。

麻美が、セドリックのドアを開けて、リア・シートに乗りこむ。背中に銃口を突きつけられて、岩之淵も腰をかがめた。九鬼もつづいて乗りこむと、拳銃を左手に持ちかえて、銃口をふたたび岩之淵の脇腹に押しつけながら、右手でドアを閉めた。

「さあ、行け」

九鬼が、佐土原に声をかけた。

セドリックが飛び出した。エンジンの唸《うな》りが高まる。

「あわてることはない。スピード違反でつかまらないように気をつけろ」

九鬼が、また佐土原に指示する。

ダッシュボードの時計が、十時二十分を指している。

4

運転手の竹本信雄が意識を取りもどしたのは、十時四十分であった。

顔をあげたときには、後頭部に鈍痛があり、二、三分の間まだボウーとして、桜の枝が影を落としている路面に焦点のさだまらぬ視線を這《は》わせていた。が、このあと、すぐに、——岩之淵会頭が誘拐された！　という大事を脳裡によみがえらせた。

——一一〇番で通報しなければ……、
とっさに竹本はそう思った。

しかし、誘拐である。——待てよ、と考えなおした。ここで早まって、騒ぎ立てたら、会頭の命にかかわることになりかねない、そう判断すると、公衆電話を探しながら、ゆっくりと車を走らせた。千鳥ガ淵ぞいにすすみ、靖国通りへ出る手前に、電話ボックスがあった。竹本は車を出ると、その黄色い電話で、

「会頭が誘拐されました。ピストルを突きつけられて連れていかれました……」

と、岩之淵の秘書、瀬戸山貴子《たかこ》に口早に事情を告げた。

財界の中枢といわれる経営団連ビルは、丸の内二丁目にあった。瀟洒《しょうしゃ》な十一階建てのビルである。会頭室はその最上階の一角を占めていた。ここで、瀬戸山貴子は、竹本からの電話を受けた。

受話器を取ってから、つかの間は、瀬戸山は怪訝《いぶかし》げな面持ちだったが、しだいに顔色を変えた。と同時に、「週刊ニュー・ウーマンの編集部員、大川恵美」と名乗って岩之淵に面会をもとめた若い女の声をおもい出していた。で、受話器を置くなり、電話帳を繰って、ニュー・ウーマン社の電話番号を調べた。そのあとすぐにダイヤルをまわして、週刊ニュー・ウーマンの編集部を呼び出すと、大川恵美という部員がいるか、と訊いた。

「大川恵美というものはいませんが……」

と、女の声が返ってきた。

――会頭は計画的に誘拐されたんだわ。

そう判断すると、瀬戸山は、この事件を、いま一人の秘書、三輪広三《みわこうぞう》に話した。三輪の顔からも、たちまち血の気が引いた。

岩之淵は、いまはK銀行の相談役だが、元は頭取であった。そこで、三輪は、K銀行の現頭取兵頭友作《ひょうどうゆうさく》に連絡をとった。いっぽう瀬戸山は、岩之淵の自宅へ電話をかけて、妻の多津子に情況を説明した。

岩之淵の住居は、杉並区南荻窪《みなみおぎくぼ》五丁目にあった。中級サラリーマン程度の小ぢんまりとした家である。ここに多津子と二人で暮らしていた。子どもはなかった。お手伝いの松井《まつい》カヨがいるだけである。

「まだ警察には知らせないで……」

オロオロと声をふるわせながらそう言うと、多津子は受話器を置いた。

多津子は小柄だった。丸顔で目が大きかった。五十歳だが、年よりは若く見える。もてあますほど暇があったが、生活ぶりは質素で、彼女の趣味は茶の湯だけであった。内閣総理大臣の夫人とは茶の湯の友だちで親しくしていた。そして財界の総理と呼ばれる岩之淵もまた、現内閣総理大臣と懇意であった。

——総理に相談しよう、
多津子は、ふたたび受話器をとると、ダイヤルをまわした。

「主人が大変なことに……」と、多津子は総理夫人に告げた。「総理にご相談申しあげたくて……」

総理大臣は、おりよく私邸にいた。きのうで予算審議会が無事に終わり、ほっと一息入れて、来客と応接間で歓談していたのである。で、総理は、夫人から耳打ちされると、立って、電話に出た。そして、岩之淵信平が誘拐されたと、多津子の口から聞いた。

即刻、総理は、内村《うちむら》法務大臣に、このことを知らせた。

「極秘に、万全を期してもらいたい」

こう言って、総理は電話を切った。

内村法相は、この事件を里見《さとみ》刑事局長に連絡した。里見は、緊急事態と考えて、即刻、警視庁に連絡をとった。

「極秘で、捜査をおねがいしたい」

この電話を受けたのは、森山《もりやま》警視総監であった。

——ちょうどこのころ。

経営団連ビルの会頭室では、もどってきた運転手の竹本から情況を聞いて、秘書の瀬戸山貴子、三輪、K銀行頭取の兵頭、経営団連副会頭の宗川徹三《むねかわてつぞう》らが、応急の対策を協議していた。

「会頭の奥さまは、警察に知らせないで、と言っておられますが……」

と、瀬戸山が言った。

「しかし、やはり警察へ知らせるべきだね」

こう言ったのは、兵頭である。

「きゅうに会頭が姿を見せなくなっては、不審がられる。だから、この際、会頭は高血圧で倒れて、急遽入院《きゆうきよ》された、対外的にはこうしておいたほうがいいね」

と、宗川が言い、

「うむ、そうしたほうがいい」

と、兵頭が同意した。

このとき、瀬戸山の机の電話が鳴った。瀬戸山が受話器を取る。かけてきたのは、警視庁の捜査一課の中藤《なかふじ》課長であった。

中藤一課長は、「部外秘で捜査するから、安心して協力してもらいたい」そう前置きをしてから、瀬戸山と竹本から事情を聴取した。このあと、「特殊捜査係（捜査一課の誘拐担当）の係官が四名、そちらへおうかがいするから、よろしく……」こうつけくわえて電話を切った。

このときは、すでに、特殊捜査係の三田村《みたむら》管理官と、他三名が、岩之淵の自宅のある南荻窪に向かって、ひそかに捜査専用車を走らせていたのである。

警視庁で、経営団連会頭誘拐の緊急捜査会議が開かれたのは、午前十一時三十分であった。会議に出席したのは、森山警視総監、神保《じんぼ》副総監、石井《いしい》刑事部長、中藤一課長、それに捜査一課の管理官ら四名である。

捜査の指揮は、神保副総監がとることになった。

「犯人は、週刊ニュー・ウーマンの編集部員の大川恵美と名乗った二十四、五の女。この女は、経営団連の瀬戸山秘書へではなく、会頭の自宅に直接電話を入れております。会頭夫人に取材の内容を話し、その夫人の口から会頭への取次ぎを依頼したわけです。瀬戸山秘書も、会頭から取材の件を言われたわけですから、どこかに安心感があったのでしょう。編集部に確認の電話をしなかったと言っております。声にも、これと言った特徴はないようです。会頭夫人からも事情をうかがうつもりですが、多くは期待できません」

と、まず中藤一課長が口を切った。

「虚を衝《つ》かれたか……」

神保副総監が声を洩らした。

「この女は、白いベレー帽にトンボメガネ、白い半袖のワンピースを着て、ハンドバッグも靴も白かった、と運転手の竹本信雄は証言しております」

中藤一課長がつづけ、さらに言葉をついで、「犯人の使用した車は、白塗りのセドリックです。運転をしていた男は、サングラスをかけていて、人相はよくわからない。いま一人の男は、セドリックから降りて、竹本の後頸部をなぐって、気絶させている。この男は、大きな体で、鬚《ひげ》を生やしていたようにおもう、年齢は判然としない。

――竹本はこう述べています。いまのところ、犯人は、この三人です」

「どうせ盗難車だろうが、白いセドリックを緊急に手配する必要がありますね」

こう言ったのは、石井刑事部長である。

「全署に緊急配備をしくことになるが、これは、あくまで部外秘だ。人命尊重がまず第一だからね。しかも被誘拐者は、財界の頂点に立つ大物だ。職務質問や捜索などは、なるべく避けたほうがいい。たとえ犯人を確認しても、追跡にとどめるだけにする、とにかく捜査には柔軟な姿勢で対応することだね」

と、神保副総監が言った。

「マスコミとも報道協定を結ばねばなりませんね」

と、中藤一課長が神保に視線を当てて、

「交通の一斉取締まりという形にして、要所要所に捜査員を張り込ませるという手もありますね」

「うん、それはいい考えだ」

と、神保はうなずいて、

「捜査一課の全課員と、機動捜査隊の全隊員、それに所轄署の刑事課員ら、すべて動員する。全署に緊急配備だ。……埼玉、山梨、神奈川、千葉の各県警本部にも部外秘で捜査協力を依頼する……。とにかく誘拐は、身代金の受渡しが、事件捜査のポイントになる。これが最大の勝負どころだからね。それまではあくまで慎重に動かねばならない」

5

警視庁の捜査一課が、経営団連会頭の岩之淵信平誘拐の捜査に動き出したのは、ちょうど正午であった。

主力は、本部（警視庁）の捜査一課の二百八十名、中でも、誘拐担当の特殊捜査係の二十名は、運転手の竹本信雄、秘書の瀬戸山貴子、それに会頭夫人のくわしい事情聴取に乗り出し、犯行現場の日比谷通り、内堀通り、千鳥が淵周辺の目撃者探しに走った。

これに機動捜査隊がくわわった。都内十八か所に分駐所があるが、一機捜百五十名、二機捜百五十名の合わせて三百名である。

そして警視庁管内の全署に緊急配備の指令が出された。しかし、これはあくまでも部外秘で、誘拐事件の捜査と知らされたのは、それぞれの所轄署の刑事部だけであった。むろん、警視庁の刑事部全員がこぞってこの捜査に乗り出したのは、言うまでもない。

高速道路のインター・チェンジや都内主要道路の交差点、主要な橋の袂《たもと》、都と隣接県の境など四百五十余か所に検問所が設けられて、一万五千人の警察官が動員された。

しかし、名目は、交通の一斉取締まりで、各検問所には、本部（警視庁）や所轄署の刑事部の捜査員が、それぞれに立会うことになったのである。

「ねらいは、白のセドリックだ。犯人は男二人に女一人、これに被誘拐者の岩之淵信平が乗っていると推定される。しかし、犯人は拳銃を所持している。それゆえ職務質問は避けて、運転免許証の提示をもとめるだけにとどめる。犯人を発見した場合は、追跡はすべきだが、あくまでも慎重にやる……」

中藤一課長は、こう指図したのである。そしてまた、中藤が、マスコミ関係と報道協定を結んだのは言うまでもない。だから、岩之淵信平誘拐のニュースは、どこからも流れなかった。

そうして警視庁は、即刻、隣接県の各県警本部へ部外秘の捜査協力を依頼した。この場合、部外には、あくまでも交通の取締まりという名目で対処してほしい、と伝えた。

埼玉、山梨、神奈川、千葉の各県警が、緊急配備についたのは、およそ十二時三十分であった。

「千鳥ガ淵で、犯人に停車を命じられたのは、十時二十分と運転手の竹本は証言している。これから約二時間経過している。車で二時間走れば、かなり遠くまで逃走できる。都内の検問所で、犯人の車がひっかかるのは、むずかしいですね。また千鳥ガ淵の近くの代官町ランプから高速道路へ上がったとしても、近県の県警が犯人の車を発見するのは、やはりむずかしい……」

と、石井刑事部長の見方は悲観的であった。

「それに犯人らは、白のセドリックから、別の車に乗り替えている可能性もありますしね」

と、中藤一課長の顔もさえなかった。

——ところが。

この日、十一時四十分ごろ、中央自動車道の相模湖《さがみこ》のインター・チェンジの近くの下り車線で、三重の追突事故が発生していたのである。ビール瓶を満載した大型トラックが、衝突のはずみで、車線をふさいで横転したのだ。ビール瓶は割れて飛散し、ビールが路面に流れ出した。この事故で、下り車線が五十分ほど停滞したのである。渋滞しながら、車が走り出したのは、十二時三十分であった。

そして、山梨県警東大月《ひがしおおつき》署が、中央自動車道の大月インター・チェンジに検問所を設けたのは、十二時四十分だった。

この検問所に待機したのは、パトカーが一台、白バイが二台、それに交通課の課員が四名と刑事課の捜査員が二名であった。刑事課の捜査員二人は、財界の巨頭岩之淵信平が誘拐された事件を知らされていた。だから、白塗りのセドリックと、男二人と女一人の犯人、それに被誘拐者の岩之淵の四人の発見につとめていた。

一台のマイクロバスが、料金所を出て、この検問所にさしかかったのは、ここに検問所を設置してからまもなくであった。

そのマイクロバスは、車体はグリーンで、キャラバンの九人乗りだった。車の中には、七人の男たちが乗っていた。七人ともみんな魚釣りの恰好《かっこう》をしていて、竿袋《さおぶくろ》やザック、クーラーなどが積みこまれていた。

それゆえ、刑事課の捜査員二人は、窓越しに車内を覗いて、釣りの連中だな、そうおもっただけで気に止めなかった。交通課の課員の一人が、形式的に、運転席の男に運転免許証の提示をもとめた。

運転をしていたのは、サングラスをかけた若い大柄な男であった。男はだまって、窓から、運転免許証を差し出した。交通課員は、それを手にして目を落とした。

それは大型の運転免許証で、氏名は――佐土原十吉――と記入されていた。

しかし、交通課員は、すぐ佐土原に運転免許証を返すと、「手間をかけたね」と気さくに言って、「どこへ釣りに行くのかね?」と話しかけた。

「釜無《かまなし》川です」

佐土原はこたえて、アクセル・ペダルに右足をかけた。

このマイクロバスに乗っていたのは、佐土原のほかに、九鬼研八、猪熊庄平、美々津末男、横山芳久、芋田光雄の五人と、岩之淵信平であった。

いちばん後ろの席に九鬼と岩之淵が並んですわっていた。むろん九鬼も釣りの扮装《ふんそう》をしていたし、岩之淵も、坊主頭をツバの大きな釣り帽子で隠して、サングラスをかけ、白の半袖のスポーツシャツの上に釣り用のグリーンのチョッキを重ねていた。だから、どう見ても釣り師にしか見えなかった。

だが、料金所の先にこの検問所が見えたときから、岩之淵は、九鬼に寄りかかられて、背中に拳銃を突きつけられていたのである。

6

——千鳥ガ淵端の路上で、岩之淵を拉致《らち》すると、九鬼と綾部麻美と佐土原は、白のセドリックで逃走した。

この車は、三日前の七月七日の日に、佐土原と芋田が、国分寺市の裏通りで盗んできたものであった。佐土原は以前はトラックの運転手で、大型の運転免許証を持っていたから、車にはくわしかったのだ。

ともあれ、九鬼と麻美、佐土原、岩之淵の四人を乗せたセドリックは、あれから北の丸公園のまわりを走って、代官町ランプから高速道路へ入ったのである。そして高速四号新宿線から中央自動車道へ入り、高井戸《たかいど》、調布《ちようふ》を過ぎて、国立《くにたち》府中のインター・チェンジで高速道路を降りたのだった。

そのあとすぐ右折して、畑と青田のあいだのせまい舗装路をたどり、いま来た高速道路のガードをくぐると、多摩川ぞいに国立市の方へ走った。こんどは左折する。まもなく多摩川の土手にぶつかる。土手の手前の右手に子どもの野球場があった。左手にはトウモロコシの畑がひろがっている。日中でも、このへんは人目の少ないところだった。

ここに、マイクロバスが駐車していた。この車はレンタカーであった。盗んだセドリックのダッシュボードの小物入れに、この車の持主の運転免許証が入っていたのだった。これを使って、佐土原が、マイクロバスを借り出してきたのである。

マイクロバスの中では、すでに釣り人の扮装をした猪熊、美々津、横山、芋田の四人が、九鬼らの到着を待っていた。

セドリックを出ると、九鬼は、

「おとなしく言うことをきけば、危害はくわえません」

と、岩之淵に言った。

岩之淵は、九鬼と佐土原の他に猪熊ら四人の男たちを目にして、きびしい表情になると、

「きみたちは、過激派かね、赤軍派かね？」

と、問うた。

「いいえ、ちがいます」と、九鬼はきっぱりとこたえた。「会頭を誘拐した目的は、金です。純粋な営利誘拐です」

岩之淵は、「金か……」と、つぶやいて、ほっとした表情になり、九鬼の指図どおりに着替えて、釣り帽子をかぶった。

九鬼も佐土原も着替えて、釣り人の姿になると、岩之淵といっしょにマイクロバスに乗りこんだ。

麻美もまた、まっ赤なシャツとジーパンに着替えると、セドリックを運転して、いま来た道を走り去っていった。麻美は、この車を国立市の富士見台団地の駐車場に乗り捨てたあと、国電の

中央線に乗って、九鬼らの後を追う手筈《てはず》になっていたのである。

九鬼や岩之淵ら男七人を乗せたマイクロバスは、引き返して、ふたたび国立府中のインター・チェンジから、中央自動車道に入ると、大月方面へ向かった。そして相模湖のインター・チェンジの手前まで来たとき、下り車線に発生した三重の追突事故で車が停滞したのである。五十分ほどで、やっと車がノロノロ走り出し、大月のインター・チェンジを出たところで、検問を受けたのだった。

——この誘拐が警察へ通報されたな。

と、九鬼はすぐに察した。で、手にした拳銃を岩之淵の背中に突きつけると、

「変な素振りをしたり、声をあげたりすると、容赦なく撃ちますよ」

岩之淵の耳もとで、こう言ったのである。

「わかっている」

岩之淵も小声でこたえた。それゆえ、岩之淵は、検問所で、たすけをもとめなかったのだ。

甲州街道へ出て、初狩《はつかり》に向かったとき、

「やっぱり釣りの恰好をしていて、よかったな」と、吐息といっしょに猪熊が言った。「ケイサツにあやしまれないからね」

岩之淵は、背中から銃口をはずされると、シートに寄りかかり、

「なかなかの知能犯だね」と、唸《うな》って、「わたしも釣りは好きでね。釜無川でハヤを釣ったことがあるんだ……」

「おれたちも、せっかく釣り支度をしてきたんだから、釜無川で釣りをしていこうか」

と、助手席で芋田がとぼけた声をあげると、

「ばか――」と、佐土原が横目で芋田を睨んで、「遊びじゃねえんだ」

岩之渕の頬に笑いがうかんで、

「どこまで行くんだね？」

横柄《おうへい》に訊いた。

「別荘です」と、九鬼がこたえる。

被害者対策として、岩之渕の自宅と経営団連ビルの会頭室の電話に、逆探知機と録音機がとりつけられたのは、午後二時を過ぎてからであった。

南荻窪にある岩之渕の住居には、特殊捜査係の三田村管理官と係官四名、これにおなじ係の婦警一名がくわわって待機し、犯人からの電話を待った。

婦警の古賀友子《こがともこ》は、岩之渕の妻、多津子の代役をつとめるために待機しているのである。

いっぽう経営団連ビルの会頭室には、やはりおなじ特殊捜査係の梶原《かじわら》管理官と係官三名が詰めていた。

犯人から岩之渕の自宅へ最初に電話がかかってきたのは、ちょうど夜の八時であった。

受話器をとったのは、多津子である。

「もしもし……」

と、多津子がうわずった声を出すと、

「会頭さんは、あずかってます」

若い女の声が、そう言っただけで、電話が切れた。

「これじゃ、逆探知する間がない」

と、三田村管理官が憮然《ぶぜん》とした顔になる。

多津子は、まだ未練げに受話器をにぎりしめている。

二度目の電話があったのは、それから三十分ほどあとだった。

「もしもし、もしもし、こちらは岩之淵でございます、どなたさまでしょうか？……」

と、こんどは婦警の古賀が出て、引きのばしにかかると、

「会頭さんは、お元気です」

おなじ若い女の声が口早に告げて、またすぐに電話が切れた。

「犯人は、逆探知を心得ているんだ……」

三田村が逆探知機を睨んで呻くように言った。

7　隠密作戦

1

――七月十一日。

岩之淵信平の杉並区南荻窪の自宅に待機した特殊捜査係（誘拐担当）の係官四名と、三田村管理官、そしておなじ係の婦警の古賀友子は、きのうの晩から一睡もしていなかった。

岩之淵の妻、多津子も、ほとんど電話のそばに付ききりで、目尻《めじり》の下がりぎみの大きな目を赤く充血させたままで、

「主人は大丈夫でしょうかしら……、元気でいてくれればいいんですけれど……」

と、目の下を心労で黒ずませて、溜息とともに何度もこう独り言を言った。

しかし、昨夜二度電話があっただけで、もうあれっきり犯人からの電話はなかった。係員のひとりは、玄関を出て、たびたび郵便受けを覗《のぞ》きにいったが、犯人からの手紙も来ていなかった。

午前八時過ぎに、中藤一課長から電話があった。受話器を取ったのは、婦警の古賀である。すぐに三田村管理官が交替した。

「神保副総監も心配しておられるが、どうかね、その後、なにか進展はあったかね？」

中藤は、三田村に訊《き》いた。

この日の早朝に、内村法相は、じかに森山警視総監に電話を入れているのである。このとき、法相は、

「イタリアの前首相の誘拐事件のような事態になっては、大変だからね」

こう言っているのだ。

イタリアのモロ前首相は、ローマ市内で赤い旅団というゲリラ組織に誘拐されて、後に射殺死体となって発見されているのである。それゆえ、法相は、この事件も、過激派ゲリラの犯行ではないか、という憂慮もあってこう言ったものだろう。

「犯人からの電話は、昨夜の二度だけで、あれから何の連絡もありません。おまけに通話時間も短くて、逆探知もできません」

三田村は、中藤の電話にこう報告した。

ようやく犯人からの電話があったのは、午前十時二十分だった。むろん、逆探知機と録音機はセットされている。

多津子にかわって、婦警の古賀が受話器を取り、

「もしもし、こちらは岩之淵の家内でございますが、……」

そう言いかけたとたんに、

「会頭はお元気です」

若い女の声が返ってきた。

「主人が元気でいるという証拠を見せてください、主人を電話に出してください、おねがい、おねがいだから……」

と、古賀は何とかして少しでも電話を引きのばそうとしたが、その声の終わらぬうちにもう電話は切れてしまっていた。

つぎに犯人から電話がかかってきたのは、十一時三十分であった。

このときも、古賀が電話に出た。

しかし、「わたしは無事だ、元気でいる」と、岩之淵らしい男の声がこう告げただけで、またすぐに電話が切れた。

あとで録音機をまわして、この男の声を聞くと、

「たしかに主人の声ですわ」

と、多津子が確認して、ほっとして吐息を洩《も》らした。

「しかし、電話が短くて、やっぱり逆探知は不可能だ。犯人は、すでに警察が介入していることを知っているにちがいない。だから逆探知されることをおそれているんだ。やつらはなかなかの知能犯だね」

三田村が憮然《ぶぜん》とした顔になる。

「ですが、普通の誘拐犯の場合は、警察に知らせると、人質の命はないぞ、こうした脅迫をするものですが、この件じゃ、これがありませんね」

と、係員のひとりが怪訝《いぶかし》げな表情になると、

「警察に通報されるのは、あらかじめ承知のうえで、つまりそこまで計算して謀られた犯行だと考えられるね」

三田村は、深刻な眼差《まなざ》しを逆探知機にはしらせた。

2

——おなじこの日。

福島県只見町の奥只見警察署の小野塚刑事は、沼田街道を七入《なないり》から登って、道行沢《みちぎざわ》にかかる木の橋の袂《たもと》に佇《たたず》んでいた。

沢水が、明るく澄んだ陽光に照り映えてキラキラとまたたいている。灌木《かんぼく》や樹林の青葉が両岸から張り出し、そのあざやかな緑を水面に映していた。緩流の瀬では、沢底の黒い岩や花崗岩質《かこうがんしつ》の白い転石がユラユラとゆらめいている。もうすっかり雪代《ゆきしろ》は消えて、水も細くなり、きょうの道行沢は、おだやかな渓相を見せていた。

小野塚刑事は、ヤブのあいだの踏跡をたどって沢へ降りていった。黒い岩を二つ渡って、大きな岩の上に立つ。それから翳《かげ》りのある眼差しをその岩陰に落とした。

ここに、檜枝岐村に居住の大工職、赤池朝吉が刺殺されて、下肢を流れに洗われながら、あおむけに倒れていたのである。

六月十三日だった。あれからもう一か月ちかく経《た》つ。

「道行沢殺人事件」の特別捜査本部は、奥只見署に置かれたままだったが、福島県警本部捜査一課の乙部課長、久保田課長代理、竹村係長らは、すでにこの捜査本部から引き揚げていた。それゆえ捜査は、この奥只見署の刑事課の藤巻課長、千田係長、船坂刑事、そしてこの小野塚らの手にゆだねられていたのである。

——被害者の赤池朝吉の身内は、いまのところ、妻の妙子（五十歳）ひとりきりだった。旧姓は佐藤妙子で、十五年前に入籍している。ところが、赤池は、妙子と結婚する以前に、いまひとりの女と同棲《どうせい》していた。奥只見ダムの開発工事の現場で働いていたとき知り合った酒井房子《さかいふさこ》である。房子は飯場で賄い婦をしていた女だった。この房子は二十年ほど前に病死している。当時、房子は三十九歳であった。この後、赤池は、五年のヤモメ暮らしを経てから、佐藤妙子と結婚しているのだ。

——ところが、酒井房子には、連れ子があった。酒井亀一という息子であった。この亀一は、母親の房子が死んだあとも、赤池といっしょに暮らしていた。が、中学を卒業した年に赤池の家を出て、檜枝岐村から姿を消している。

入籍こそしていなかったけれど、赤池は酒井亀一の義父になる。

そして、酒井亀一には、中学のころ、窃盗の補導歴があった。

ここまでの捜査は、事件発生後一週間経った六月二十日の時点ですでにわかっていた。

ともあれ、被害者の赤池の身寄りといえば、妻の妙子と、この酒井亀一だけである。

そこで、捜査本部は、酒井亀一について、前歴があるかどうかを県警本部へ照会した。しかし、福島県警本部の前歴者名簿に、酒井亀一の名前は見当たらなかった。で、県警本部は念のために、これを警視庁に照会した。警視庁の地方課から、県警本部に知らせてきたのは、それから四日後であった。むろん、この結果は、すぐに奥只見署の捜査本部へ知らされた。

それによると、酒井亀一（三十五歳）には、詐欺の前科が二犯あった。初犯はカゴ抜け詐欺で、再犯は取込み詐欺である。前橋刑務所に二年とF刑務所に三年、二度にわたって服役している。

F刑務所を出所してから、三年経つ。

このF刑務所に服役していた当時は、改悛《かいしゅん》の情が顕著で模範囚であった。だから、刑務所の幹部や担当の看守たちにも信頼されていた。そこで、酒井は、出所の日に、服役中に世話になった看守たちを刑務所の近くの料亭に招いて、盛大に出所祝いをした。その宴席で、酒井は、看守たちに礼を述べ、涙を流して更生を誓って見せたという。ところが、さんざん飲み食いをしたあげくに、宴席の途中で見事に姿を消してしまったのである。つまり出所したその日に、無銭飲食、つまり詐欺をやってのけたわけだ。このときの被害額は八万七千円と記録されている。

これほどに、酒井は詐欺師としては、天才的な才能の持主なのである。

警視庁の捜査二課には、職業的知能犯罪者名簿が作成されている。詐欺犯のひとりひとりについて、本籍地、生地、住所、氏名、変名、生年月日、指紋、前科、前歴、そうして主として用いる手口などが記入されて、顔写真までが載せられているのである。

むろん、酒井亀一は、この名簿に記載されている。

小野塚と船坂刑事は、六月二十七日の日に、わざわざ東京まで出張して、警視庁の捜査二課で、この名簿を閲覧し、係員から、酒井亀一についてのくわしい犯行の手口を聞いているのだった。

「警視庁管内で、一昨年の暮れから休眠会社を十万円ぐらいで安く買い取っては、名義を替えて銀行取引をはじめ、手形で多量の商品を買い入れると、その商品を半値ぐらいで叩き売るという、取込みグループをいくつも検挙しております。そのグループの一つに、この酒井が主犯として活躍していたという証拠をつかんでおります。しかし、酒井はいま逃走中で行方がつかめません」

そのとき、捜査二課の係員は、小野塚と船坂にこう説明した。

「今年のはじめですが、静岡市の時計店を舞台に時計や貴金属類など二億数千万円を取り込んだ事件がありました。この詐欺グループのうち二人は静岡西署に検挙されたが、主犯の男はまんまと逃げております。この主犯の男が、年齢、風貌《ふうぼう》、体格などから酒井亀一ではないかと推測されております。この件の場合は、まだ主犯が酒井だという確かな証拠はつかんでいませんが……」

その係員はこう言葉をつけくわえたのである。

顔写真を見ると、酒井は、額が広く、面長で、鼻すじも通っていて、一見育ちも家柄もよいインテリ風な容貌《ようぼう》である。身長は百七十五センチ、体重は七十三キロとあるから、大柄でがっしりとした体軀《たいく》だ。

自称経営コンサルタントで、一見、少壮実業家風であると言う。そして偽名も、これまで判明しただけでも五つ使いわけている。

こうしたわけで、とにかく、酒井は、警視庁刑事局の職業的知能犯罪者の名簿に載るほどの大物詐欺師なのである。

「しかし、そんな詐欺犯が、どうした理由から、この道行沢の殺しと関係があるのか、そこのところが合点がいかない」

藤巻課長は、小野塚と船坂刑事から、酒井亀一についての報告を受けたとき、こう言って首をひねったものだった。

「詐欺の常習犯が殺しをやるとは考えられませんからね、普通知能犯は殺しはやらないものですよ」と、千田係長も腕をこまぬいて、「しかし、被害者の赤池は、酒井の義父に当たるわけだから、いちがいに、酒井がこの事件に関係がないとは言い切れないしね……」

ところが、事件発生からもう一月ちかく経つのに、いまだに有力な容疑者が浮かびあがってこないのである。むろん、犯行の動機もつかめていない。被害者赤池朝吉の身辺を洗っているうちに、捜査線上に出てきたのは、ただひとり、この酒井亀一だけであった。

――もしかすると、酒井は、赤池を、何か詐欺の手段に利用しようとして、ここへやって来たのではないか。それを赤池がことわったから、話がこじれて、酒井が赤池を刺したのではないだろうか？　それとも、酒井は赤池に何か弱みをにぎられているのではないか？

――いま、犯行現場の大きな岩の上に佇みながら、小野塚刑事は推理するのだった。

とにかく、いまのところ、この酒井を追うより捜査の手段はなかった。だから、この二、三日、小野塚は、酒井の顔写真を持って、檜枝岐村を聞込みに歩いているのである。しかし、酒井を見かけたものは、だれもいなかった。

そこで、犯行のあと、酒井は、もし犯人が酒井だと仮定した場合だが、この沼田街道を登って、尾瀬へ降りたのではないか？――こう小野塚は考えて、尾瀬沼や尾瀬ガ原の山小屋を当たってみる気になったのである。

もっとも、別の逃走経路を考えたこともある。

犯行現場から、そのまま道行沢を下り、実川との出合いに出てから、実川を渡渉《としょう》し、こんどは実川の右岸を矢櫃平《やびつだいら》まで登り、それからさらに登って大丈田代《でえじょうたしろ》に至り、そこから孫兵衛《まごべえ》山の稜《りょう》線《せん》に突きあげるルートである。そしてこの稜線には縦走路が通じている。おまけに、このルートをとれば、人目につくことは、めったにない。

署内で、「山の小野塚」と、呼ばれるほどの山登りのベテラン刑事である。当然、このルートも歩いて捜査している。だが、実川の右岸ぞいの登山道は、崖《がけ》がなだれて崩壊しているところが何か所もあったし、矢櫃平から大丈田代に至る登りは、とくにヤブがひどかった。はね返されそうな猛烈なヤブだった。下るのならとにかく、ヤブを漕いで登るのは、きつい。しかも、人の登った形跡は発見できなかったから、さすがの小野塚も、このルートの捜査をあきらめたのである。

小野塚は、踏路をたどって、ふたたび沼田街道へ出た。沼山峠をめざして登りはじめる。

ブナ、トチ、ミズナラなどの樹林の茂った葉の隙間《すきま》から、小さな斑紋《はんもん》のようにチラチラと陽射《ひざ》しが洩れている。抱返《だきがえり》ノ滝《たき》の近くまで登ったとき、頭上に張り出すミネザクラの花をあおいだ。ネマガリダケのあいだを抜けると、しだいに、オオシラビソやコメツガなどの針葉樹が多くなってくる。
まもなく、沼山峠休憩所の裏手へ飛び出した。

3

この日、岩之渕の住居へ、犯人から三度目の電話がかかってきたのは、もう午後四時を過ぎていた。

電話のそばに待機する婦警は、古賀友子から三田秀子《みたひでこ》に交替していたし、特殊捜査係の三田村管理官と係員四人のほかに、係長の阿部《あべ》が応援に駆《か》けつけていた。岩之渕の妻多津子は、昼前にかかってきた電話で、元気らしい夫の声を聞いて、いくらか安堵《あんど》したものか、このときは居間へ退《さが》っていた。

緊張の面持ちで受話器を取ったのは、婦警の三田である。

「もしもし、もしもし、岩之渕でございます……、いま、奥さまと替わりますので、しばらくお待ちを……」

三田は、視線を阿部係長にそそぎながら、このときもやはり引きのばしにかかったが、相手は多くを言わせなかった。

「三億円用意しろ」

と、はじめて男の声が言った。口調のはっきりとした落ちついた声であった。

「期限は明日の晩、八時まで。古い一万円札をそろえろ。札の番号は控えないこと。その札を使ってみて支障のないことがわかってから、会頭を釈放する。よけいなことをすると、会頭の命はない」

ただこれだけを告げただけで、またすぐ一方的に電話が切れた。

「また、だめか。ただこれだけの通話時間じゃ、やっぱり逆探知は無理だな」

三田村管理官は残念そうに言ってから、受話器を取ると、ダイヤルをまわして、これを本部（警視庁）の中藤一課長に報告した。

「うむ、そうか。……金のほかに、犯人は何も要求していないんだね？」

電話に出た中藤はこう念を押した。このあと、中藤は、この犯人からの電話を神保副総監に報告した。

「これで営利誘拐の線がはっきり出たわけだ。三億円か。……こうした事件は、やはり身代金の受渡しが、捜査のポイントになるわけだが、これから勝負どころをむかえることになるね」

と、神保の目に光が増す。

そして、これを神保は、経営団連ビルの会頭室に電話で連絡した。

このとき、会頭室に詰めていたのは、会頭秘書の瀬戸山貴子、三輪広三、副会頭の宗川徹三、K銀行総務部長の宮口辰《みやぐちすすむ》の四人であった。はじめ電話に出たのは瀬戸山で、すぐに宗川が替わった。

「わかりました。……古い一万円札で三億円ですね。期限は明日の晩、八時……。さっそくK銀行とも相談して手配します」

こう言って受話器を置くと、宗川は宮口に視線を向けて、

「会頭の命は、金に替えられませんからね」

「三億円用意しろ」と、岩之淵の自宅に電話したのは、九鬼であった。

九鬼、麻美、佐土原、芋田、猪熊、美々津、横山の七人の誘拐犯チームと被誘拐者の岩之淵は、このとき、長野県南佐久郡《みなみさくぐん》の野辺山《のべやま》高原にある別荘にいたのである。

野辺山高原は、八《やつ》ガ岳《たけ》の主峰赤岳《あかだけ》から扇状にひろがる広大な山麓《さんろく》である。中央線小淵沢《こぶちざわ》と信越線小諸《こもろ》をむすぶ七八・九キロの小海《こうみ》線の、野辺山駅から歩いて約三十分の地点だった。

この近くには、日本国有鉄道最高地点の標柱が立っている。小海線は、一三七五メートルの標高を走っているのだ。

九鬼らの隠れ家の別荘も、標高一三八〇メートルの高原にあった。

野辺山駅を出て、駅前から西へまっすぐに広い通りを赤岳めざしてすすむ。すると、一キロほどで八丁先《はっちょうさき》という十字路へ出る。赤岳への登山道は、このまま、またまっすぐにすすんで、広い牧場状の草原を突っ切って行くのだが、この八丁先で左へ折れる。佐久甲州街道である。この舗装路を一キロほど南下すると、右側に林道をおもわせる道が、赤岳に向かって百五十メートルほど彎曲《わんきょく》して伸びている。その突きあたりに、赤いとんがり屋根の別荘が一軒だけ、雑木林とカラマツの林にかこまれて、ひっそりと建っていた。

この別荘を、九鬼は以前から知っていた。赤岳へ登ろうとして、この道を林道とまちがえてす

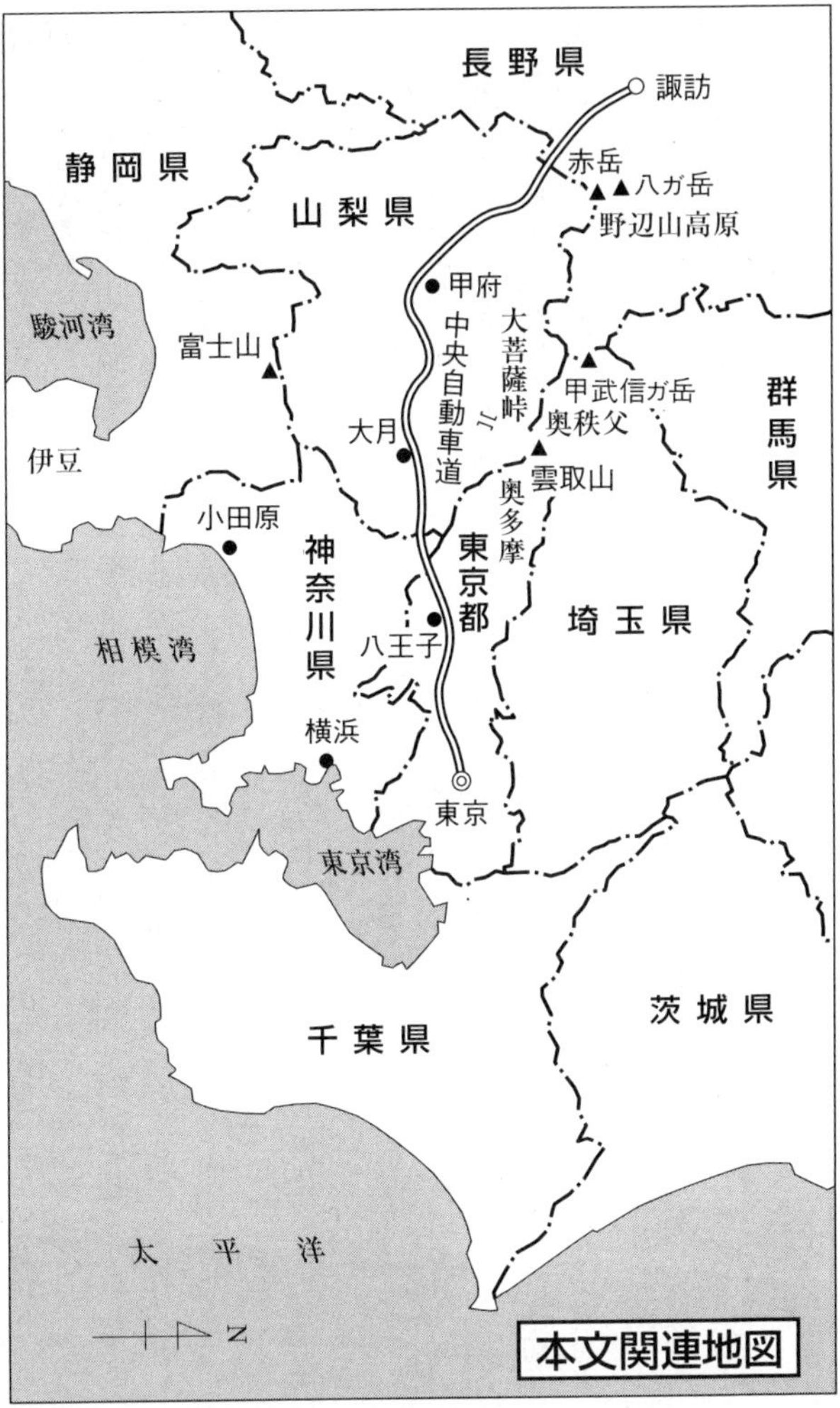

長野県
諏訪
静岡県
赤岳
八ガ岳
山梨県
野辺山高原
甲府
駿河湾
富士山
中央自動車道
大菩薩峠
甲武信ガ岳
群馬県
大月
奥秩父
伊豆
雲取山
奥多摩
小田原
神奈川県
東京都
埼玉県
八王子
相模湾
横浜
東京
東京湾
茨城県
千葉県
太平洋
N

本文関連地図

すみ、この別荘に行き当たったことがあるからだった。そのとき、丸太の門柱に、古藤田岳彦《ことうだたけひこ》、という表札を見ている。

古藤田岳彦は、山岳画家として高名な男である。八ガ岳ばかりを描く画家として知られている。九鬼は、古藤田の絵を山岳雑誌で何度も見ているし、また銀座の画廊で作品に接したこともあった。この山岳画家は六十歳だったが、いまだに独身で、孤独と酒を愛する奇人と噂《うわさ》されている。

そしてこの古藤田が、ニューヨークで個展を開くために、十日ほど前から渡米していることも、九鬼は、新聞を読んで知っていたのである。

だから、この別荘をたずねてくる人もいないはずだし、近所に民家も別荘もない。とにかく高原の林の中にある一軒家だ。人目につかないのはわかりきっている。それゆえ、――隠れ家として最適、と九鬼は考えて、この別荘をえらんだものだった。

いちばん西寄りの部屋が、大きな窓のアトリエになっている。カラマツの林が一部分だけ切り開かれて、そのあいだから、赤岳がよく見えた。権現岳と横岳を左右に従えて、雄大な山容をどっしりと据えている。

このアトリエから赤岳を望むと、日陰になって、山襞《やまひだ》は藍色に翳りはじめていたが、稜線は西陽を浴びて、赤く燃えているようだった。山頂にわずかにかかった白い小さな雲も黄金色に染まっている。

4

しかし、被誘拐者の岩之淵は、堂々たる八ガ岳の容姿も、なだらかに裾《すそ》を引くその広大な高原も、まだ目にしてはいなかった。

――きのう、中央自動車道の大月インター・チェンジで東大月警察署の検問を一行は釣り人の恰好《かっこう》で無事に通過してから、マイクロバスをそのまま甲州街道へ走らせた。笹子《ささご》トンネルを抜けると、勝沼を経て、甲府市へ出た。甲府を過ぎてまもなく、岩之淵は、ガラスの裏側に紙を貼《は》りつけたサングラスをかけさせられたのである。これで、岩之淵は視界を絶たれたのだった。

佐土原の運転で、そのグリーンのキャラバンは、韮崎《にらさき》市を通過すると、北上して佐久甲州街道に入り、清里《きよさと》を抜けて小海線ぞいに走り、野辺山高原にあるこの別荘に到着したのである。午後三時過ぎであった。

紙の貼りつけられたままのサングラスをかけて、九鬼に手を取られて、車を降りたとき、

「空気がひんやりとして、さわやかだね。野辺山かね、それとも蓼科《たてしな》かね？」

と岩之淵は訊いている。が、九鬼は返事をしないままに、岩之淵を別荘の中へ連れこんだのだった。

九鬼らのチームは、すでに三日前から、この別荘に泊まりこんでいた。ガラス窓のガラスを目立たぬように小さく切り破り、鍵《かぎ》をはずして侵入したものであった。そして玄関のドアの鍵を内側から開けたのである。

岩之淵は、玄関へ入ってから、ようやく、サングラスをはずされた。廊下を伝って、二部屋を過ぎ、居間らしい十畳ほどの板の間に通された。この部屋のまん中には、炉が切ってあった。この炉べりの円座に、どっかと尻を据えると、大きな目でギョロッとあたりを見まわして、

「なかなかしゃれた別荘じゃないか」

と、岩之淵はその光のある眼差しを九鬼にそそいだのだ。

「逃げようとなさると、怪我をしますよ、会頭……」

九鬼は、このとき、平然と岩之淵を見返して、こう念を押している。

「わかっている」と、岩之淵は肉付きのゆたかな顎《あご》をわずかに引いて、九鬼を睨《にら》みつけると、

「わたしはコソコソ逃げやしない」

で、九鬼は拳銃をおさめたのである。

「オッチャン……」と、佐土原が肩をいからせて岩之淵に声をかけた。「たすけを呼んで、大声をあげても無駄だぜ、ここは野中の一軒家だからな」

時の内閣総理大臣をつかまえて、「おい、きみ――」と呼んで評判になった財界の巨頭である。その岩之淵が、佐土原に、オッチャンと呼ばれて、一瞬、ギロッと佐土原を睨んだが、すぐに苦笑をうかべると、

「ああ、オッチャンは、久しぶりにゆっくりと休養をとらせてもらうよ」

魚釣りの格好のまま、あぐらを組みなおして尻を据えたのだった。

麻美が、白いセドリックを国立市の富士見台団地の駐車場へそっと乗り捨ててから、中央線、

小海線と乗りついで、この別荘にやって来たのは、午後五時半過ぎであった。

麻美が、この板の間に姿を見せると、

「ほう、いさましいお嬢さんがもどってきたね」と、岩之淵は顔を和ませて、「わたしに拳銃を突きつけるとは、ウーマンリブもなかなかさかんになったものだね。そのうち、日本にも女の総理大臣が出るようになるだろう」

「女の銀行ギャングは出ても、総理大臣はまだ出ないいんじゃないかしら……。でも、ことわっておきますが、わたし、会頭さんには恨みはございませんのよ、悪しからず……」

このとき、麻美はこう言って、にこっと笑い返したのである。

こうしたあと、夕食を食べたのは七時過ぎであった。

夕食の支度をしたのは、横山、麻美、芋田の三人だった。横山は、中学を卒業して集団就職で上京した男で、料理店の板前見習いの経験があったのである。だから調理の手際はよかった。もっとも、この夜はスキヤキだったが……。

そして、この板の間にガスコンロを二台据えて、誘拐犯人も、被誘拐者も全員が顔をそろえて、スキヤキをつついた。

「これで酒があったらなあ」と、佐土原は鍋《なべ》をつつきながら嘆声を洩らしたし、「ビールが飲みたいね」と、猪熊も言って目を九鬼に向けたが、「酒はよそう」と、九鬼は冷たくきっぱり言った。しかし、九鬼は、こうした場合、和を保つためにも、食事の大事なことは心得ていたのである。うまいものを腹いっぱい食わせる、そうすれば、緊張感も恐怖心もやわらぐものだと……。

岩之淵も人質らしくない落ちつきぶりを見せて、柔和な顔で、血色のいい艶《つや》やかな額にうっすらと汗を滲《にじ》ませながら、健啖家《けんたんか》ぶりを発揮しながら、

「高血圧には肉類はあまり好ましくないんだがね、まあ、この際、やむをえないね」

御飯のお代わりを三杯までして、こう言い、苦笑を洩らしたのである。

このあと、麻美は、八時と八時半の二度、岩之淵の自宅に電話をかけた。

この夜、つぎの座敷で、岩之淵をはさんで、九鬼と麻美が枕《まくら》を並べて寝た。蒲団《ふとん》に横になったのは、岩之淵だけで、九鬼は寝袋をかけただけだったし、麻美は寝袋の中に入って寝た。

隣の部屋では、佐土原、芋田、猪熊、美々津、横山の五人が寝た。佐土原と芋田、猪熊は、あるだけの夜具を引っぱり出して寝たが、美々津と横山は、やはり寝袋に入った。

——そうして今朝。

佐土原と芋田は、マイクロバスで出かけた。立川市内にあるレンタカーの会社に、このキャラバンを返すためであった。二人が、もどってきたのは、昼を過ぎていた。こんどは、薄いクリーム色のローレルで帰ってきた。おなじ市内の砂川《すなかわ》町の路上に駐車していたこの乗用車を盗んできたのである。この車は、別荘の裏の雑木林の陰へ隠した。

麻美は、午前十時二十分に、岩之淵の自宅に電話をかけた。このあと一時間ほどしてから、岩之淵も一度電話に出た。九鬼は、午後四時過ぎに、身代金請求の電話をかけた。電話機は、板の間とアトリエに二台あって、親子電話になっていたのである。麻美と九鬼はアトリエの電話を使ったし、岩之淵は板の間の電話に出た。

電話をかけたあと、九鬼は麻美に拳銃をあずけると、釣り竿を持って、ひとりで別荘を出た。

もどってきたのは、もう暗くなってからだった。佐久甲州街道を歩いて、野辺山の駅前を通り、右に曲がって、しばらくすすむと、右手に二ッ山がある。この山裾《やますそ》を矢出《やで》川が流れている。この渓流で、イワナを釣ってきたのである。釣果は、食べごろの二十四、五センチほどの体長のイワナが十尾であった。

だから、夕食には、イワナの塩焼きが出た。それに横山と麻美が、野菜サラダとオムレツをそえて並べた。

「ほう、イワナの塩焼きに高原野菜のサラダか。今夜は健康食だね」

岩之淵は、大きな目をほそめて箸《はし》をとり、「うむ、うまい。イワナを食うのは久しぶりだね」

と、顔をあげて、

「わたしも、むかしは渓流釣りをさかんにやったものだが、どこで釣ってきたんだね？」

何気ない口ぶりで九鬼に訊いた。

「その手には乗りませんよ」と、九鬼は岩之淵に目で笑いかけて、「近くの川です」

「リーダー、きみはインテリだね？」

岩之淵は箸を手にしたまま、柔和な眼差しを九鬼に向けている。

「…………」

九鬼はだまって、指先でイワナをつまむと、頭から骨ごと食べはじめた。

「誘拐という犯罪をやるには、よほど金の必要な理由があるはずだが、そのわけを話してくれないかね？」

箸をとめて、岩之淵がおだやかに訊く。

「金を必要とする動機を話すと、わたしの身元がバレますからね」

と、九鬼の目が冷静になる。

「わたしの身代金は、いくらだね？」

「三億円です」

「銀行の相談役なんて、たいした給料はもらっちゃいないんでね、わたしにはそんな大金はないよ」

「会頭の質素な生活ぶりは存じております。財界人にはめずらしく、宴会がきらいで、ゴルフもおやりにならないことも……。頭も、奥さんがバリカンでお刈りになるそうですね」

九鬼がこう言うと、麻美や佐土原、猪熊らの視線が、いっせいに岩之淵の禿《は》げあがった坊主頭に集中する。岩之淵は、苦笑を洩らしながら、左手を頭に当てて、

「刈るほど毛はないがね。……だから、わたしが金を貯《た》めこんでいると考えたのかね？」

「いいえ、会頭には、経営団連のボスという公の顔があります。ですから、会頭の身代金が三億円というのは、まだまだ安いとおもいますがね」

「その三億円というのは、どこから計算したんだね？」

「その理由もお話しできません。誘拐の動機にふれることになりますから」

九鬼がはっきり言って、オムレツに箸を伸ばした。

「風呂《ふろ》に入りたいね」

箸を置いたとき、岩之淵が横柄に麻美に言った。

「ええ、今夜はお風呂を立てます」

と、麻美が顔をあげる。

「背中を流してくれるかね、お嬢さん?」

と、岩之淵が目尻をさげると、

「ずうずうしいオヤジだ」と、佐土原が岩之淵を睨んで、「おまけに助平ジジイで、態度がでっかいよ」

すると、岩之淵がギロッと佐土原を睨みかえし、それからその目を九鬼に移して、

「どこで、このチンピラどもを拾いあつめてきたんだね?」

「ちくしょう!」と、佐土原が唸《うな》って、「言わせておけば、いい気になりやがって……」

「しずかにしろ」

九鬼のするどい目が佐土原にはしって、

「人質に恨みはない、おれたちの目的は金だ。会頭に毒づくのはよせ」

ぴしゃっとおさえた。

5

——あくる日の午後八時。

入れた。

この野辺山高原の別荘のアトリエから、九鬼は、東京都杉並区南荻窪の岩之淵の自宅に電話を

このとき、麻美と佐土原が電話のそばにいた。猪熊や美々津、横山、芋田の四人は、板の間で、人質の岩之淵をかこむようにして炉べりにすわっていたのである。

「指図どおり金はできたか？」

もしもし……と、女の声が出たとたんに、九鬼は間を置かずにいきなり訊いた。

「ちょっとお待ちください、いま奥さまをお呼びします……、ちょっとお待ちを……」

うわずり気味の若い女の声が返ってくる。

「三億円を用意したか？」

かぶせるように九鬼が問い詰める。

「……なにしろ、大金でございますので……、わたしには……」

「約束は、きょうの午後八時だ」と、九鬼は相手の女の声にかぶせるように早口に言って、そのまま間を置かずに、

「またあとで電話する。もしそのとき金の用意ができていなかったら、会頭の右手の親指を切り取って、そちらへ小包で送る」

はじめて凄《すご》みのきいた野太い声でこう言うなり、すぐ電話を切った。

「ちぇっ」と、佐土原が舌打ちをして、「こうなりゃ、あのジジイの親指をチョン切って送りつけるほうが、手っとり早いぜ」

「三億円だもの、用意はできているのよ。いまのは電話の引きのばし作戦よ」

と、麻美が瞳をキラキラかがやかせながら、その目を佐土原に向ける。

九鬼が、ふたたびダイヤルをまわしたのは、それから四十分ほどあとだった。

「もしもし……。岩之淵でございます」

このときも、さっきとおなじ若い女の声が出た。

「金は用意したか？」

居丈高に九鬼が問う。

「は、はい、それが……」

やはりうわずり気味の女の返事があいまいになる。

また九鬼の声にズンと凄みがこもる。

「金はできたか？」

「は、はい、用意しました……」

「受渡し場所は、追って指示する」

言い終わると同時に、九鬼は受話器を置いた。

「しめしめ、うまくいったようだな、これで、がっぽりいただきだ」

細い目をいっそうほそめて、にんまりしながら佐土原が言う。

「でも、これからが問題よ。いままでは計画どおりうまくいっているけれど……」

麻美の声にいくらか不安がこもって、眼差しが九鬼の顔にそそがれる。

「計画どおり、あす発《た》とう」

麻美を見返す九鬼の目も、その声音《こわね》も冷静であった。

――あくる七月十三日。

九鬼と、麻美、佐土原、猪熊と美々津の五人が、この別荘を出たのは、午前五時三十分であった。

「この二人に、会頭の見張りをさせます。お逃げになると、撃たれますよ」

出がけに、九鬼は横山に拳銃を手渡しながら、岩之淵にこう言った。

芋田と横山が、岩之淵の監視役で、ここに残るわけだが、九鬼は芋田より横山を信頼していたから、横山に拳銃をあずけたのである。チンピラの芋田の軽薄で短気な性格を九鬼は見抜いていたのだ。

「会頭の食事の支度もまかせるよ」

九鬼は、横山に言った。

「わかってます。ちゃあんとやりますよ」

童顔に緊張感をみなぎらせて、横山が小さくうなずいた。

「わたしの身代金を受け取りに出かけるのかね？」

岩之淵が訊く。

「そうです」と、九鬼は岩之淵の坊主頭を見おろして、「わたしたちがもどるまで、ここにいていただきます」

それから九鬼が先に立って別荘を出た。

九鬼と麻美が肩を並べる。九鬼は、白いポロシャツにグレイのズボンを穿《は》いて、薄手の白いジャンパーを着、右手にスポーツバッグをさげている。麻美は、襟ぐりの大きな半袖のオレンジ色のワンピースを着て、その上に白いカーデガンを羽織り、白革のハンドバッグを持っている。こうしたふたりは、仲のよい似合いのカップルに見えた。

十メートル遅れて、ひとり佐土原がつづく。ジーパンにブルーのワイシャツ、それにジーンズのベストを重ねて、肩にショルダーバッグをかけている。白いズック靴を履いていた。身軽なハイカーのスタイルだった。

この佐土原から二十メートルほど離れてつづく猪熊と美々津は、登山姿である。ふたりとも山靴を踏みしめて、小型のアタックザックを背負っていた。

上空には、もう淡い陽光が射していたが、薄く靄《もや》がたなびいて、八ガ岳の容姿は望めない。草原もカラマツ林も、雑木林も、ほの白いガスの中にぼんやりと滲んでいる。空気が湿気を含んで冷たかった。

佐久甲州街道を右に折れて、野辺山の駅に向かう。人通りはなかったし、車も通らない。しかし、駅前の大通りまで来ると、通勤者の姿が目につく。

五人が、野辺山駅に着いたのは、六時すこし前だった。

九鬼が麻美のキップも買った。佐土原は自分の分だけ一枚買う。そして猪熊が二枚買った。九鬼と麻美、佐土原、猪熊と美々津、この三組に分かれたまま、改札を通った。

五人は、野辺山駅六時七分発の小淵沢行に乗車した。空席が目立ったが、三組はバラバラにすわった。小淵沢駅に着いたのは、六時四十五分。

そして、小淵沢駅七時十四分発の新宿行急行アルプス二号に乗り接《つ》ぐ。この車内で、はじめて五人はいっしょになって席をとった。

新宿駅着は、九時五十四分だった。

麻美が先に立って、オレンジ色のワンピースの裾を小さくひるがえしながら、身軽にホームに降りた。スポーツバッグをさげて、長身の九鬼がつづく。佐土原もホームに降りて、

「やけに人が多いな」

細い目を開いて、人込みを見まわした。

美々津と猪熊も、アタックザックを右肩にひっかけて、山靴で新宿駅のホームを踏んだ。

8　身代金《みのしろきん》搭載

1

麻美は、右手を九鬼の腕にからませて、頭を九鬼の肩に寄せかけながら、新宿駅の階段を降りた。佐土原、猪熊、美々津の三人がつづく。

「やけに人が多いな」と、いま一度、佐土原が首をねじって猪熊に言った。「これじゃ、まっすぐに歩けねえ。あの野辺山高原とくらべると、まるで世界がちがうようだぜ」

たしかにこの駅には雑踏と喧噪《けんそう》があった。連絡通路いっぱいの人の流れと、山手線や中央線から、どっと吐き出されて階段を降りてくる人の群れが、まるで渓流の出合いのようにぶつかりあって込み合い、ムンムン人熅《ひといき》れを発散させているのだ。

九鬼も麻美も、額にじっとりと汗を滲《にじ》ませている。

「山に登るより汗をかくね」

ちらっと麻美を見やりながら、九鬼が落ちついた声音《こわね》で言った。

まもなく五人は人込みを縫って、連絡通路を抜けると、小広くなっているアルプス広場へ出た。ここまで来たとき、九鬼が足を止めた。麻美も立ちどまる。佐土原、猪熊、美々津が、九鬼と向かい合う。

「きみたち二人は、ここで待っていてくれ」

九鬼が、猪熊と美々津に指示した。

「計画どおりですね」

と、猪熊が言う。九鬼は小さくうなずいた。

猪熊と美々津の登山姿は、新宿の街には不似合いだった。だから、二人は、このアルプス広場で待つことになっていたのである。この二人を残して、九鬼ら三人は改札口を出た。やはり人通りの多い地下道を西口のほうへ歩いていく。西口広場へ出ると、まっすぐに高層ビル街を新宿中央公園に向かってすすむ。

陽射《ひざ》しは、もう灼《や》けるようだ。

九鬼と麻美は、信号が青になるのを待って交差点を渡ると、左に折れた。十メートルほど間隔を置いて、佐土原がつづく。しばらく歩道を歩いて、プラザホテルの前で、九鬼と麻美が足を止めた。二人は振りむいて、佐土原に視線をはしらせる。佐土原は目顔でうなずいた。

佐土原が短い影を落として歩道に佇《たたず》むのを目に入れてから、九鬼がプラザホテルの階段を上がっていく。麻美が、後ろにぴったりとつづく。二人は、回転ドアを押して、ロビーへ入っていった。

この高層ビルの一階ロビーは、小ぢんまりとして、静かで落ちついた雰囲気があった。左手はフロントになっている。右手のフロアにソファが並んでいる。ソファのあいだを通り抜けると、左右に五、六メートルほど離れて電話ボックスが二つあった。

九鬼は麻美の先に立ち、厚い絨毯《じゅうたん》を踏んで、左の電話ボックスへ歩み寄っていった。

ソファにすわっているのは、数人の男たちであった。フロント係が二人、顔をフロアの方に向けているが、だれも、九鬼と麻美に注目しない。

電話ボックスは、四方をガラスでかこまれていた。九鬼が、ガラスの扉を引いて、ボックスの中に入る。扉の外に麻美が佇む。

九鬼は受話器をはずすと、硬貨を入れて、ダイヤルをまわした。呼出し音が五回ほど鳴り、小さく硬貨の落ちる音がひびくと、先方が出た。

「もしもし……、岩之淵でございますが……」

受話器を通して若い女の声が聞こえてくる。

「会頭はあずかっている、無事だ」

声をおさえて九鬼が言った。

「会頭はお元気なのですね」と、女の声が念を押してから、「ただいま、奥さまをお呼びしますので、少しお待ちを……」

「待てない」

断ち切るように九鬼が言う。その声に凄《すご》みがこもって野太くなっている。

「小型のヘリコプターを一機用意しろ、機種はＫＨ―４型だ。燃料は満タンにしろ。搭乗員はパイロットと通信員の二名だけ。他のものはだれも乗せるな……」

「もしもし、もしもし……」

と、女の声をはさむと、

「よく聞け」と、九鬼の声に威圧感がこもって、

「三億円の札束は、軽金属製のトランク一個におさめる。ぜったいに蓋《ふた》が開かないようにしっかりとロープをかけろ。市民バンド・トランシーバーを用意しろ。周波数が、二六・九六八と二六・九七六メガヘルツの二チャンネルのトランシーバーだ。このトランシーバーと三億円入りのトランクをヘリコプターに搭載しろ。きょうの午後四時までにすべて準備をととのえて待機しろ。用意万端、手抜かりなくやれよ。この指示に従わない場合には、即刻、会頭の命を頂戴する。いいな、わかったな」

「もしもし、もしもし」

また女の声が不安げにおろおろと聞こえてきたが、九鬼はしずかに受話器を置いた。

2

岩之淵信平の杉並区南荻窪の自宅で、この九鬼の電話を受けたのは、婦警の古賀友子であった。

この日も、古賀と、警視庁捜査一課の特殊捜査係の三田村管理官と阿部係長、そして捜査員四名が詰めていたのである。

むろん、九鬼の声は録音機で録音されていたし、逆探知機も作動していた。だから、古賀が受

話器を置くと、ほとんど同時に別にセットされた電話のベルが鳴って、阿部が受話器に飛びつくと、「先方の電話の所在がわかりました……」と、南荻窪電話局から女の声で知らせてきたのである。

「場所は、新宿プラザホテルの一階ロビーの公衆電話です」

「うむ、とうとう逆探知に成功したか」

三田村の声がはずみ、目に光が射《さ》した。そして即刻、これを警視庁の中藤一課長に報告した。

この電話を受けた中藤は、石井刑事部長の部屋へ廊下を走った。

「しかし、いまこの時点で電話をかけた犯人を逮捕するわけにはいかない。人質の会頭の命が危険にさらされるからね」

困惑げな表情で石井が言った。

「わかっております」と、中藤がはっきりと言う。言葉をついで、「近くの交番の巡査やパトカーを走らせるわけにはいきません。やはり、新宿柏木《かしわぎ》署へ連絡して、刑事課の課員をひそかにプラザホテルへ走らせ、犯人を発見しても、尾行追跡だけにとどめるより手立てはありません」

「うむ、それがいい、そうしてくれ」と、石井は顎《あご》を引いて、「それに岩之淵会頭が、プラザホテルに監禁されている可能性もある」

中藤は、石井の机の上の受話器を取った。もう一刻の猶予もできない。ただちに、新宿柏木署の捜査一課長に連絡をとる。

新宿柏木署の捜査一課の捜査員七名が、二台の乗用車を駆って、プラザホテルに急行したのは、連絡を受けてから、十二分後であった。

しかし、プラザホテルの一階ロビーには、すでにもう九鬼や麻美の姿は見当たらなかった。もちろん、ホテル前の歩道から、佐土原の姿も消えている。

捜査員七人は、手分けをして、フロント係や、ロビーにいた客たちから聞込みを開始した。

このとき、九鬼、麻美、佐土原、猪熊、美々津の五人は、国電中央線に乗りこんでいたのである。

九鬼は、当然、逆探知されることを予期していた。それゆえ、意外に人目を引かないプラザホテル一階ロビーの公衆電話をえらんだのだった。と同時に、岩之淵会頭がプラザホテルの一室に監禁されているのではないか、と捜査陣におもわせて、捜査を手間取らせる魂胆もあった。そこまで九鬼は読んでいたのだ。

九鬼ら三人は、新宿駅にもどると、アルプス広場で、ふたたび猪熊と美々津と落ち合い、それから連絡通路を通って、ホームへ上がり、東京行の快速電車に乗りこんだのだった。

五人は、御茶ノ水《おちゃみず》駅で千葉行に乗り替えて、秋葉原《あきはばら》で下車した。ここから山手線に乗りこむと、上野駅で降りた。

上野駅の七番線ホームに降り立ったのは、十時四十分であった。

麻美と猪熊が、五人分のトンカツ弁当を買いにホームの売店へ走った。

「喉《のど》がカラカラだ、ビールぐらいはいいだろう」

と、佐土原が舌の先で唇をなめながら、九鬼の顔をあおいだ。

「うん、いいだろう、ひとりあて一本だ」

九鬼は余裕を見せて、目で笑い、佐土原に千円札を手渡した。

このあと、五人は、十時四十九分発、新潟行エル特急とき九号に乗車した。自由席は八分どおり埋まっていた。麻美、佐土原と猪熊と美々津の二組に分かれて席をとった。

麻美はおいしそうに缶ビールを飲み、トンカツ弁当を食べた。九鬼もビールで喉を鳴らした。

「計画どおり順調にいっているわね」

化粧の薄い頰《ほお》を、わずかにぽうーと赤らめながら、麻美が話しかける。

「まあ、これまでのところはね」と、九鬼は麻美の目を見返しながら言う。「しかし、これからが問題だ。正念場《しょうねんば》だからね」

彫りの深い九鬼の顔は、いっそう精悍《せいかん》さを増していた。

身代金の受取り方、そしてその舞台のアイデアを出したのは麻美だったが、それを元にして、徹底的に綿密な計画を練りあげ、遂行の指揮をとっているのは、九鬼なのである。しかし、顔には不安の翳《かげ》りは見られない。それよりむしろ気迫の充実した強い眼差《まなざ》しになっている。九鬼は、その目を窓外に向けた。

眼下に、深く切れ落ちた利根《とね》川の渓谷があった。岩を嚙《か》んで巻き返している白い泡立ちが覗《のぞ》いている。長い清水トンネルを抜けて、越後湯沢《えちごゆざわ》駅を通過する。

六日町駅に着いたのは、十三時三十五分であった。五人は、ここで下車した。高崎発、新潟行の普通列車に乗り替える。六日町発十三時五十一分で、小出着十四時二十三分だった。この小出駅から十四時五十一分発の只見線《ただみ》に乗車し、只見駅に着いたのは、十六時四十八分であった。

登山姿の猪熊と美々津、麻美と九鬼のカップル、そして佐土原、この三組は、別々になって、只見駅の改札口を通った。

駅前の広場へ出ると、まず猪熊と美々津がタクシーに乗りこんで、「木賊《とくさ》温泉……」と、猪熊が一言運転手に言った。

佐土原はひとりで、並んで駐車していたタクシーに乗りこむと、「湯ノ花温泉までやってくれ」と、行先を告げた。

二台のタクシーが駅前の広場から通りへ出、おなじ方向へ走り去っていくのを見送ってから、九鬼と麻美は踵《きびす》を返して、赤信号に歩み寄っていった。タクシーがあと一台駐車しているだけで、待合室に人影はなかった。受話器を取ったのは九鬼である。

「もしもし……、もしもし……」

と、女の声が出たとたんに、

「用意はできたか？」

声をおさえて、九鬼が訊いた。

「それが、あのう……」

と、女が言葉を濁らせると、

「準備はできたろうな？」

九鬼の語気が強くなる。

「は、はい……」

「ヘリコプターは、そのまま待機させろ。飛び立つ時刻は追って知らせる」

口早にこう言うなり、九鬼は電話を切った。麻美は九鬼と顔を見合わせると、小さくうなずき、それから歯を覗かせて、にっと笑った。

このあと、二人はタクシーに乗りこむと、

「湯ノ花温泉までおねがいね」

麻美がやさしい声で、運転手に言った。

3

すでに、このとき、警視庁屋上のヘリポートには、小型ヘリコプターKH―4型機が、燃料を満タンにして待機していたのである。三億円の札束をおさめたジュラルミン製のトランクも、しっかりとロープで縛りあげられて、後部の座席に積みこまれていたし、操縦席のわきの無線通信機の上には、指示どおりの二チャンネルのトランシーバーが乗せられていた。パイロットと通信員が搭乗すれば、すぐにも飛び立てる態勢になっていたのだ。

そして、捜査一課の特別捜査本部では、この事件の指揮をとる神保副総監をはじめ、石井刑事部長、中藤一課長、三田村管理官ら首脳陣が顔をそろえて、対策を協議していたのである。三田村は一時間ほど前に、南荻窪の岩之淵の自宅から、ここへ引き揚げてきたのだった。

「犯人は、地上からトランシーバーでヘリと連絡をとり、三億円を投下させる作戦ですね」

こう発言したのは、三田村であった。

「ヘリが飛び立つ時刻はとにかくとして、身代金の投下地点が問題だね」

と、神保が腕を組む。

「まず東京都内とは考えられません。ＫＨ－４型機の航空距離は四百キロですから、かなり遠くまで飛べます。この機種を指示してきたということは、犯人は、このヘリの巡航速度や航続距離を知っていると考えるべきでしょうね」

と、中藤が浮かない表情で言う。

「しかし、投下地点がわかったとしても、そのあとの対応がむずかしい。その地点へ捜査員を急行させて、逮捕すべきかどうか。人質はまだ犯人の手のうちにあるわけですからね」

石井も、むずかしい顔になっている。

「いまのところ、わかっているのは、犯人は三名ということだ。男二人に女が一人。このうち二人が金を受け取りに出かけたとしても、残る一人が人質に拳銃を突きつけているということになる」

腕組みをしたまま、また神保が口を出した。

「ヘリの飛行距離が延びると、投下地点へ急行するのも容易じゃありません。もしそこで逮捕にこぎつけることができたとしたら、その機会を逃さずに逮捕に踏み切るべきだと考えます。そうして犯人どうしの連絡を断っておいてから、逮捕した犯人から、人質の監禁場所を聞き出す……」

と、中藤の表情がきびしくなると、

「わたしも同様に考えます」と、三田村が言葉をつづけて、「他県の県警本部の協力を得るにしても、そのほうが効果的とおもわれます。尾行追跡の協力は容易じゃありませんからね」

「うむ、やはりチャンスを逃さずに犯人逮捕に全力をそそごう。身代金の受取りに失敗したとしても、犯人がすぐ人質に危害をくわえるとはかぎらない。岩之淵会頭の命の大事なことはわかっている。しかし、かえって逮捕した犯人から人質の所在を追及するほうが救出が早いかもしれぬ」

こう言って神保が腕を解くと、両手を机に置いて乗り出した。

「神奈川か、千葉まで飛ぶか、静岡、長野、群馬か、犯人から連絡のないいまのところは、どこまで飛ぶかわかりませんが、各近県の県警本部へは前もって連絡し、捜査の協力を依頼しておきます。と同時に、都内十八か所の機動捜査隊の分駐所へ、いつでも出動できる態勢で待機するよう指令します」

中藤が神保に目を当てて、はっきりと言う。

「うむ、そうしてくれ」と、神保は顎を引いて、「被害者宅と本部の通信指令室、ヘリとの連絡にも万全を期すように……」

――ちょうどこのころ。

九鬼と麻美を乗せたタクシーは、奥只見警察署の前にさしかかっていた。

この奥只見署に設置されたままの「道行沢殺人事件特別捜査本部」の空気は沈滞していた。檜枝岐《ひのえまた》村に居住する大工職、赤池朝吉が道行沢で殺されたのは、六月十三日で、あれからちょうど一か月経つ。それなのにまだ有力な容疑者は浮かびあがってこない。赤池の義理の息子に当たる酒井亀一だけが、手がかりらしい手がかりといえるが、詐欺の前科のあるこの男の行方は、いまだに判然としなかった。それゆえ、この捜査本部では迷宮入りの色が濃くなっていたのである。

「山の小野塚」と呼ばれる山登りのベテランの小野塚刑事は、まだそれでもあきらめずに、連日、酒井亀一の手配写真を持って、尾瀬にまで足を伸ばして聞込みに歩いていた。やはり、小野塚にしてみれば、酒井の線を洗うよりほかに適切な捜査方法がなかったからである。

だが、きょう、七月十三日は、小野塚は千田係長とともに宿直であった。だから、このとき、小野塚は刑事課の自分のデスクにいたのである。

――九鬼と麻美を乗せたタクシーは、この小野塚刑事のいる奥只見署の前を通過した。

行手の通りは、家々の軒がわずかに影を落としているだけで、日盛りを過ぎてもまだ、路面は陽炎《かげろう》をおもわせて、ユラユラと陽光を照り返している。タクシーは町並を抜けると、伊南《いな》川の左岸ぞいに南下する。内川《うちかわ》の集落を過ぎるとまもなく、檜枝岐に至る道を右に分けて、伊南川を渡った。青田のひろがりが視界から消えて、しだいに山腹がせまってくる。こんどは舘岩《たていわ》川ぞいに走り、穴原《あなはら》の集落を過ぎるとすぐ道は二股《ふたまた》に分かれている。右の道をとって、西根《にしね》川ぞいにすすむと、木賊《とくさ》に至る。

先発の猪熊と美々津のタクシーは、この右の道を走って、木賊温泉に向かっているはずであった。

九鬼と麻美のタクシーは、左の道をとった。

しばらく山襞《やまひだ》の裾《すそ》を走る。松戸原でふたたび道が二股になっている。こんどは右の道をとり、湯《ゆ》ノ岐《また》川ぞいにすすむ。湯ノ岐を過ぎると、湯ノ花温泉街の家並が望まれてくる。

温泉旅館が河岸に建ち並ぶ橋の袂《たもと》で、二人はタクシーを止めた。

「いい湯ですよ、ここは……」と九鬼から金を受け取りながら、中年の運転手が言った。「おたのしみですな、今夜は……」

「いやな、おじさん」

はなやいだ声を出し、ぽうーと頬《ほ》っぺたを赤らめて、麻美が降り立つ。

どう見ても、この二人は、新婚らしい似合いのカップルだった。九鬼も降りて、腕時計に目をやる。五時三十五分であった。肩を寄せ合って歩き出した二人の前で、マイクロバスが止まって、中年の男女がゾロゾロ降りてくると、旅館の玄関へ入っていく。通りに宿の浴衣姿《ゆかたすがた》の男女も見られた。

九鬼と麻美も温泉客の散歩といった風情《ふぜい》でブラブラと家並のあいだを通り抜けると、田代山スーパー林道をゆっくりと登っていった。

頭上に覗いている空は、青く澄んで西陽《にしび》で明るいが、この湯ノ岐川の渓谷ぞいに延びる林道はもう陽が陰りはじめて、唐沢山から落ちる山腹の緑が濃く沈んでいる。涼風が立ちはじめた。行き会ったのは、大きな籠《かご》を背負い、手拭《てぬぐ》いを姉《あね》さん被《かぶ》りにした中年の女だけだった。

二人が一時間ほど登ったとき、ますます黄昏《たそがれ》の色の深くなった行手の山腹に、ジーパンにブルーのワイシャツの佐土原の後ろ姿がぼんやりと浮かびあがってきた。

4

——このころ。

猪熊と美々津は、木賊温泉の湯に漬かっていた。

湯小屋は崖《がけ》の下の西根川の渓流の際《きわ》にあった。大きく黒い岩が湯の中から屹立《きつりつ》してその岩肌を艶《つや》やかに濡《ぬ》らしている。湯は湯船の縁から絶えず溢《あふ》れ出るほど豊富だった。美々津が、タオルを頭に乗っけて、

「いつ来ても、いい湯だな」

唸《うな》るように言う。

事実、この湯に入るのは、美々津も猪熊も二度目であった。一度は九鬼といっしょに下見に来ているのである。

この木賊温泉は、木賊の集落のいちばん南の端にあった。舗装された道から、西根川の渓谷へわずかに下ると、白壁の二階家がひっそりと佇んでいる。広葉樹林の青葉が屋根の半分ほどかぶさってきている鄙《ひな》びた温泉宿であった。四十メートルほど下《しも》の渓谷べりに、露天風呂があって、脱衣所の小屋が樹林のあいだに覗いている。静かなところだ。聞こえるのは、小鳥の声と風の

音、そして渓谷の瀬音だけだった。

猪熊と美々津は、この旅館の玄関で登山靴の紐《ひも》をほどいた。あがりかまちの右手が帳場になっていて、そのガラス戸の前に赤電話があった。

「帝釈山《たいしゃくざん》から降りてきたんだ」

玄関に立ったとき、猪熊は何気ない口ぶりでこう言っている。

「二階のいちばん奥の部屋がいいな」

と、美々津が口をそえた。

宿の娘らしい若い女の案内で、二人は二階のいちばん奥の部屋へ通された。南寄りの六畳の間である。二方が廊下に面している。その廊下の南側のガラス窓を見ると、西根川と、その枝沢の小白沢のあいだを細くなだらかに降りてきている山裾が望まれる。ここから、会津田代の山頂までは、南へ直線距離にして約八・五キロで、その間、さえぎるものは何もなかった。

二階には、あと二部屋あったが、客の姿は見えず、ひっそりとしている。

「どうやらうまくいきそうだ」

南側の廊下に立って、薄闇《うすやみ》の外を眺めやりながら、猪熊が言った。

このあと、二人は宿の浴衣に着替えると、一階に降り、また階段を降りて、この湯小屋に入り、ゆっくりと湯に漬かっているのだった。

「山菜料理をつつきながら、湯あがりのビールを一杯やりたいね」

と首をねじって美々津が言うと、

「酒はだめだと、リーダーに言われているんだ。たとえビールでも、だめだね」と、猪熊は湯気の向こうの黒く濡れた岩肌に視線を当てたままで、

「今夜は一晩中、トランシーバーを抱いて交替で廊下に立つことになるからな」

「わかっているよ」

美々津は不満げに声を洩らすと、ざあーっと湯から出た。洗い場を二、三歩あるいて、ガラス戸を開ける。電燈の明かりが、さっと渓流に射して、水面をチラチラと映し出す。乗り出し、首を伸ばして、下《しも》を見やると、美々津の目が露天風呂の灯をとらえた。

湯ノ岐川ぞいの最奥の集落、水引《みずひき》の家々にも、もう灯影《ほかげ》があった。

九鬼、麻美、佐土原の三人は、足音を殺すようにして、この集落を通り抜けた。

湯ノ岐川の左岸をだらだらと登っていく。渓谷は深く切れ落ちていたし、山腹もせまってきている。もう人里の匂《にお》いはない。一キロほどすすんだとき、九鬼が手にさげていたスポーツバッグから懐中電燈を取り出すと、明かりを点《つ》けた。赤土や砂利の路面、ササヤブや灌木《かんぼく》の茂み、えぐりとられて崩れた崖が明々と照らし出される。この田代山スーパー林道は、山腹を巻いて、何度も大きく曲折し、反転して、しだいに高度をあげている。

九鬼が立ち止まった。

水引の集落から一・六キロほど登った地点である。両側に灌木や雑草の茂みにおおわれた踏跡程度の細い道が林道の右に降りてきていた。登山道ではない。地元の人たちの山仕事に通う道だろう。まっすぐに大沢高森山《おおさわたかもりやま》へ突きあげているけれど、この山道は一キロほど登ると行き止まり

になっている。左手に名の知れない小沢が流れて湯ノ岐川にそそいでいる。

九鬼が先頭に立って、この小道を登りはじめる。ゆるやかな登りが二百メートルほどつづくと、樹林がとぎれて、一面がクマザサの小平地へ出る。まるで目印のようにナナカマドの木が一本、ササヤブの中に突き出て枝をひろげている。懐中電燈の明かりが、このナナカマドをとらえたとき、

「ここよ、ここだわ」と、麻美が小さく声をあげた。

このナナカマドの木から左の小沢の方向へ、十メートルほどすすんだ地点のクマザサの中に、登山用具や食料、その他この計画に必要な物が、ビニールシートに包まれて、デポしてあったのである。ここまで荷上げをして、あらかじめ隠しておいたものだった。

ここで、九鬼と麻美は登山姿になった。麻美はまっ赤な山シャツに同色のニッカーホース、そして黒無地のニッカーズボンを穿《は》き、セミロングの髪をきりっと赤いヘアバンドでとめて、颯爽《さっそう》とした山女になったし、九鬼はグレイの山シャツに同色のニッカーズボン、白いニッカーホースをつけて、白いタオルで鉢巻をし、いかにも山歴のある山ヤらしい扮装《ふんそう》になった。佐土原はジーパンのままで、靴だけキャラバンシューズに履きかえた。それから、麻美は赤い中型のアタックザックを、九鬼は背負《しょ》い子を、佐土原はキスリングを、それぞれ背負うと、ふたたび林道へ降下した。

また屈曲のはげしい林道を登りはじめる。二時間ほど登りつづけて、汗に濡れた頬に冷たい夜気を感じるほどに高度をかせいだとき、ようやく猿倉《さるくら》登山口に着いた。

午後九時三十分であった。

5

田代山登山道の入口は、台地状に小広くなっていて、そこが幕営地になっている。テントが一張り薄闇の中にぼんやりと白く浮かびあがっていた。が、幕営しているのではなくて、茶店の軒先に張ってあった。その中に木のテーブルや椅子が並べられている。夜の茶店は無人であった。九鬼が明かりを向けると、軒下に白い紙が貼ってあって、「手打ちそば山菜入り」という文字が見えた。

茶店のわきに水場があった。ここで、三人は、水筒やポリタンを満タンにした。

「さあ、本番の登りはこれからだ」

と、九鬼が威勢よく言って、背負い子に肩を入れると、

「わかってますよ。一度登っているんだから」と佐土原がめずらしくまともな口をきいて、「だけど腹ペコだ」

「この茶店で食うわけにはいかん、人目につくとまずいからな」

茶店の先から田代山スーパー林道はS字型に山腹を登っている。

この林道は、田代山山頂の東を巻いて、栃木県側の湯西川や土呂部《とろべ》に通じている。車の通行は可能だったし、夜、茶店の店先で火を焚《た》けば人目につく。で、登山道を少し入ると、小沢の砂利の上にガスコンロを据えて、ここで、コーヒーを入れた。フランスパンにチーズ、サラミソーセ

ージの簡単な食事をとったあと、麻美を先頭に登りはじめた。九鬼がすぐ後ろから明かりを麻美の足もとに向けてやる。しんがりの佐土原も懐中電燈をつけて、自分の足もとを照らしている。

しっとりと冷たい夜気の中に、あまい樹林の香りがただよっている。カラマツやササヤブが光の視界の中に入る。懐中電燈がゆれて、光芒《こうぼう》が頭上を射すと、若葉の中にミネザクラの花が覗いた。やがて山腹にとりつく。急登となる。九鬼の背中で、佐土原の息づかいが荒くなる。

「あわてることはない、ゆっくり行け」

九鬼が麻美に声をかける。

やがて、尾根に出る。クロベやコメツガなどの針葉樹林が星空に黒々と伸びている。ササヤブのあいだをゆっくりとリズミカルに高度をかせぐ。

林立する立ち枯れの木が、不気味で幽玄な世界をおもわせる。一歩一歩登りつめていくと、まもなく小田代の湿原へ出る。三人は木道を歩いていった。木道のわきのヌマガヤの中からニッコウキスゲやチングルマの花が顔を出している。

ここから、小田代小屋へ降りる道を分けている、右の方の木道をたどり、湿原を抜けて、ジグザグにササヤブのあいだの岩の多い道を降下すると、五、六分ほどで、この小屋に着く。十二、三人泊まれる小屋だが、今夜、ここに宿泊者がいるかどうか、九鬼はあまり気にしなかった。

三人は木道を通過して、休まずに登りつづける。鉄砲登りで、ふたたび湿原に飛び出すと、また木道を踏む。

ここが田代山山頂のいちばん下の湿原で、第一湿原と名付けられている。右手に弘法池《こうぼういけ》の水面が黒くひっそりと横たわっている。頭上の星が近くなる。しばらく木道をすすむと、佐土原のライトが、木賊《とくさ》温泉と帝釈山の方角を示す指導標を照らし出した。が、先頭の麻美は足を止めずに帝釈山の方向へ木道を渡っていく。第二湿原、第三湿原を通り抜けて、ネズコやトウヒのあいだに入り、木道がとぎれて、樹林帯の木《こ》の下闇《したやみ》を抜けると、太子堂の前へ出る。掘っ建て小屋をおもわせる木造の古びた小さな建物である。

板戸を開けて、土間に入ると、三人は荷をおろした。

麻美が手早くザックの雨蓋《あまぶた》をはねて、太いローソクを取り出す。九鬼が、ジッポライターで火を点《つ》けた。ぽうーっと小屋の内部が映し出されて、炎でゆらめく。せまい土間を中にして、コの字型に板張りになっている。正面に弘法大師の祭壇があって、左に田代大明神、右に大山祇《おおやまつみ》大神の扁額《へんがく》がかかっている。祭壇の上の垂木《たるき》から天井の黒い丸木の梁《はり》へ蜘蛛《くも》の巣が銀色に光って伸びていた。しかし、避難小屋としては、五、六人が十分泊まれる小屋であった。

「だれも泊まっていなくて、よかったわねえ」

床板に腰をおろして、麻美が九鬼に顔を向ける。九鬼は小さくうなずいて、目を腕時計に落とした。針は十二時三十五分を指している。

「何もかもうまくいきそうだな」

独り言のように佐土原が言い、横目をちらっと九鬼にはしらせた。

九鬼は、背負い子に結わえ付けてあったザックをはずすと、中からトランシーバーを取り出し、麻美と佐土原を見やりながら、

「あしたは強行軍だ。早く寝たほうがいい」

「ええ」と、麻美は素直にうなずいて、「あたし、夜食にラーメンをこしらえてあげる」

6

福島県と栃木県のちょうど県境に、標高二千メートル前後の帝釈山系がつらなっている。会津田代山は、その北の端にあった。この田代山から、帝釈山、台倉高山《だいくらたか》、孫兵衛山、黒岩山と山頂を南西に並べている。これらの山々をつなぐ稜線は、まだ原生林そのままの姿をとどめて、ヤブが密生し、倒木も多くて、このルートを縦走する登山者はきわめて少ないのである。

もっとも、この田代山も、平ガ岳や会津駒ガ岳とおなじように尾瀬の外郭だが、あまりにも尾瀬が有名すぎるから、たいがいの一般登山者は尾瀬に入ることになる。そしてまた、林道のアプローチの長いせいもあった。湯ノ花温泉から林道をたどる場合も十七キロほどもあったし、木賊温泉から入山するにしても、また鬼怒沼《きぬぬま》側や湯西川から入るにしても、アプローチが長くて、日帰りというわけにはいかないのである。おまけに、この太子堂に泊まるにしても、小田代小屋に宿泊するにしても、食料や寝具がどうしても必要となる。しかも、太子堂には水場がない。それゆえ必然的に登山者が少なくなるのだ。

田代山の田代というのは、湿原の意味で、標高一九二六・三メートルの平べったい山頂は一面が高層湿原でおおわれていて、この時期には、尾瀬とおなじようにその湿原に華麗なお花畑を展開させているのである。

ともあれ、九鬼がヤッケを着、トランシーバーを持って、太子堂を出たのは、午前一時二十分であった。

このトランシーバーも、木賊温泉に宿泊している猪熊が所持しているそれも、佐土原と芋田が、秋葉原の電機店から盗み出してきたものであった。市民バンド・トランシーバーには、無線局免許状が必要である。で、このトランシーバーを購入すると、足がつく危険性があると見て、九鬼は佐土原と芋田のチンピラグループに盗ませたのだった。

九鬼はトランシーバーと懐中電燈を手にして、第三湿原の木道まで歩いていった。

夜気がいっそう冷たくなっている。ヤッケが湿りはじめている。露が降りているのだろう。明かりを消すと、湿原のひろがりが、一面にほの白く浮かびあがってくる。右手に黒々と低い丘陵のように張り出しているのは、ハイマツ地帯であった。

頰に微風をおぼえながら、九鬼は空をあおいだ。酷暑のせいか、星の光が赤みをおびている。雲影が多かった。けれどもその雲全体がゆっくりと東の方へ流れている。

——今朝は晴れるだろう、いや、晴れてくれないと困る。

この計画は天候に大きく左右されるのだ。やりなおしがきかないのである。九鬼は念ずるように、しばらく星のまたたきにじいーっと目を据えていた。それから、懐中電燈を点けて明かりをトランシーバーに向けると、アンテナを引き伸ばし、スイッチをONに入れた。トークレバーに頰を押しつけて、

「福島MI、福島MI、どうぞ」

「はい、こちら、福島MI、どうぞ」

すぐはっきりと猪熊の声が返ってくる。

このMIは美々津と猪熊の頭文字であった。二人は、午前一時から、トランシーバーをセットして、木賊温泉の宿の二階の南側の廊下に待機していたのである。

「こちら東京LM、天候はよさそうだ。予定どおり縦走する、どうぞ」

トークレバーを頬っぺたで押さえて九鬼は言った。

「こちら福島MI、了解」

声をおさえてそうこたえると、猪熊は、トランシーバーのスイッチをスタンバイにもどして、美々津に小さくうなずいて見せた。美々津も合点して、

「予定どおりだね」

と、念を押すように言い、それからそっと足音を殺して廊下を渡り、階段を降りて、玄関へ出た。帳場のガラス戸は締まっていて、ひっそりとしている。美々津は、赤電話の受話器を取ると、十円硬貨を五枚入れて、ダイヤルをまわした。呼出し音が一度鳴っただけで、すぐ相手が出た。

「もしもし美々津か、おれだ……」

と、横山の声が、聞こえてくる。

横山もまた、午前一時から、野辺山高原にある古藤田岳彦の別荘のアトリエで、美々津の電話を待っていたのである。

「ああ、おれだ……」と、美々津も言った。いっそう声を低めて、「予定どおり、あした帰るよ」

「うん、そうか、予定どおりか、わかった」

と、横山は受話器を置いた。それから腕時計を見やる。一時四十分を指している。煙草をくわえて、五分待つと、メモ用紙を取り出して、そこに書かれたメモに目をはしらせる。このあと、受話器を取ってダイヤルをまわした。

「もしもし、もしもし、岩之淵でございます……」

と、女の声が聞こえてくる。

「午前二時きっかりにヘリコプターを飛ばせろ」

横山は、いきなり居丈高《いたけだか》に言った。

「どちらのほうへ、飛ばせるのでございますか？」

「府中市の是政《これまさ》、多摩川の河川敷《かせんじき》だ。ヘリは巡航速度で飛行させること。目的地の上空に達したらトランシーバーを受信できるようにセットしろ」

こう言うなり横山は電話を切った。

杉並区南荻窪の岩之淵の自宅で、この電話を受けたのは、婦警の古賀友子であった。そして、この電話の内容は即刻、警視庁の通信指令室へ通報された。

通報指令室には、中藤一課長と三田村管理官が詰めていた。中藤は時計を見た。一時五十二分である。

「間に合いそうだね」

と、中藤の目が光る。

すぐに府中署と機動捜査隊国立《くにたち》分駐所へ、「身代金の投下地点は、府中市是政、多摩川の河川敷、ただちに急行せよ」と、緊急指令が発せられた。

三田村が、地図上にメジャーを引っぱって、飛行距離を計りながら、

「是政まで約二十六キロです。KH－4型ヘリの巡航速度は百四十キロですから、飛行時間は……」とちょっと間を置いて、「十一分ほどになりますね」

「うーむ、わずか、十一分か。間に合うかどうか」と、中藤は眉を寄せて唸り、「身代金の投下を遅らせる手もある。とにかく飛ばせよう」

警視庁屋上のヘリポートから、小型ヘリコプターKH－4型機が府中市めざして飛び立ったのは、ちょうど午前二時であった。

このヘリには、パイロットと通信員のほかに、あと一名、捜査一課の長瀬《ながせ》係長が搭乗していたのである。犯人からの指示は、パイロットと通信員だけで他のものは乗せるな、ということだったが、専門の捜査員をどうしても乗りこませる必要があると考えて、中藤一課長が、長瀬を搭乗させたのだった。

すでにこの時点で、府中署を出た三台の捜査専用車は、東京競馬場のわきの道を多摩川めざして疾駆していたし、機動捜査隊の車四台は国立市を出て、府中市に入り、多摩川の土手の下の道を是政の方へ下っていた。

ヘリコプターが、是政の多摩川上空に達したのは、三田村の計算どおり、ちょうど午前二時十

一分であった。

このとき、府中署の刑事課員らは、すでに車を降りて、河原の土手を這《は》いすすんでいたし、機動捜査隊は車をつらねて土手の下に到着したところであった。

しかし、ちょうどこのおなじ時刻、午前二時十一分に、ふたたび岩之淵会頭の自宅へ、犯人から電話がかかってきたのである。

「ヘリの行先を変更する。千葉県銚子市、外川《とがわ》港へ飛べ」

そして、この電話は、ただちに岩之淵の自宅から警視庁の通信指令室へ通報された。即刻、通信指令室からヘリコプターへ、無線通信で連絡された。

是政の多摩川上空を三度旋回したヘリコプターは、機首を千葉の方角に転じた。

9　湿原の札束

1

　ＫＨ—４型の小型ヘリコプターが、機首を千葉の方角に転じたとき、警視庁の通信指令室に詰めていた捜査一課の三田村管理官は、また地図の上にメジャーを伸ばして飛行距離を計りはじめた。

　中藤一課長は、受話器を取って、地方課を呼び出すと、千葉県警本部へ即刻連絡をとり、誘拐犯人逮捕の協力を依頼するようにと指示した。

　しかし、人質は日本経営団連会頭の岩之淵信平である。それゆえ、あくまでも極秘で刑事部だけの出動を要請するように——と言葉をついで念を押した。

　そして、千葉県にもっとも近い管轄内の江戸川署の刑事課に出動を指令した。この指令を受けた江戸川署は、刑事課員十三名を四台の捜査専用車に分乗させると、もう十分後には、京葉《けいよう》道路を千葉に向かって急行していた。

　警視庁の特殊捜査係の捜査員らも、車をつらねて、千葉県銚子市をめざして疾駆したのは言うまでもない。

「府中市の是政から、銚子の外川港まで、約百三十キロです」

地図から顔をあげて、三田村が中藤に言った。それからせわしげにメモ用紙にボールペンをはしらせて数字を並べると、「この百三十キロを巡航速度百四十キロで飛行すると、五十六分で目的地の外川港に到着します」

「五十六分か……」と、中藤は顎《あご》を引いて唸《うな》るように言うと、「それだけ時間があれば、こんどこそは十分に間に合うだろう。千葉の銚子署から外川港へ駆けつけるには、たいして時間がかからないだろうからね」

事実、この中藤の言葉どおり、千葉県警本部から緊急指令を受けた銚子署の刑事課員十二名が、外川漁港ぞいの路上に車を止めたのは、午前二時四十五分であった。

KH―4型ヘリコプターが、是政の多摩川上空に飛来したのは、午前二時十一分である。その直後に犯人からの指示で千葉の方角に転じている。そうしてこのまま巡航速度で銚子市の外川港へ飛ぶと、その間約百三十キロの距離を三田村が言うように五十六分かかるとして、KH―4型ヘリが外川港に着くのは、三時七分という計算になる。

だから、銚子署の刑事課員らには、時間的に十分すぎるほどの余裕があったのである。

海端に貼《は》りついたように延びる外川の町並は、まだひっそりと眠っている。海は凪《な》いでいた。

頭上に星空がひろがり、半月が中天に浮かんでいる。

外川漁港には、もうすでに灯があった。漁船がびっしりと船尾を岸壁に向けて並んでいた。倉庫の前にも電燈の明かりがあったし、それぞれの船のマストにも灯影《ほかげ》が見えた。忙しげに人影も動いている。

この漁港の西の犬若寄《いぬわかよ》りに砂浜がひろがっている。で、刑事課員らは、人目と灯のある漁港内に犯人があらわれるわけはないと考えて、この砂浜に張り込んだ。

月の光と星明かりで、砂が白い。引き揚げられた船がところどころにひっそりと横たわっている。刑事課員らは、その船の陰や、砂浜に背を向けて並んでいる船宿の物陰から、じいーっと目を光らせた。

ここに到着してから、またたく間に十分が経過した。

午前二時五十五分である。

しかし、犯人らしい人影は、どこにもあらわれない。刑事課員のひとりが海端の舗装路へもどると、止めてあった車から、署へ無線通信で、「いまのところ異常はありません。犯人らしい動きは、まったく見られません」と、報告した。

この報告は、銚子署から千葉県警本部を通じて、ただちに警視庁の通信指令室へ通報された。

これを聞くなり、中藤一課長の表情が暗く沈んで、

「まだ犯人があらわれないところからみると、身代金の投下地点は外川港ではないのかもしれん……」

三田村もきびしい顔になって考えこんだ。

それからまた十二分が過ぎた。午前三時七分だった。

外川の砂浜に張り込んでいる刑事課員らの目が、犬若の方角から頭上へまっすぐに緩慢と見え

るほどの速度で接近してくる赤と緑色の二つの小さな光の点滅をとらえた。雲影のない星空を背景にしてはいたが、その動きのある赤と緑色の灯は、しだいに鮮明になってくる。KH―4型ヘリコプターのナビゲーションライトであった。爆音もだんだん大きくなってきた。

「ヘリだよ、ヘリが来たのに、犯人があらわれないじゃないか」

船宿の物陰から上空をあおいで、若い刑事課員が小さく声を洩《も》らした。

しかし、この三時七分の時点で、またしても被誘拐者岩之淵の自宅へ、犯人から電話がかかっていたのだ。

「ヘリの行先を変更する。栃木県の日光へ飛べ。トランシーバーは、いつでも受信ができるようにセットしておけ」

若い男の声がこれだけ告げると、電話が切れたのである。

即刻、岩之淵の自宅から警視庁の通信指令室へ報告された。これを受けた中藤一課長の指示で、外川港上空のKH―4型ヘリへ無線で連絡がなされた。

ただちにヘリコプターは、機首を栃木県の日光市に向けた。外川の砂浜に銚子署の刑事課員らを残したまま、ヘリは利根川にそって北上しはじめた。

2

「千葉の銚子から日光まで約百六十キロ。これを巡航速度で飛ぶと、六十九分で日光に到達することになります」

通信指令室のデスクで、地図を睨《にら》んだまま、三田村管理官が言う。

「うむ」と、中藤一課長が小さく合点した。だが、その顔には焦躁《しょうそう》の色が濃くなり、眉《まゆ》を寄せると、「一時間と九分もあれば、時間的には十分すぎるほどの余裕はあるが、日光といっても、どの地点とはっきりしないわけだからね……」

「KH―4型ヘリの航続距離は四百キロです。ここから飛び立ち、府中市に出て、銚子、日光と飛ぶと、約三百十六キロを飛行することになります。残す飛行距離は八十四キロです」

「まだ八十四キロを残すとなると、身代金の投下地点は日光ではないかもしれん……。犯人《ホシ》らは、KH―4型ヘリの航続距離や飛行時間、巡航速度や最高時速をちゃんと心得ているんだ。主犯は知能犯だ。頭のいい野郎だ。はじめから捜査網をひろげさせ、ひっかきまわす魂胆だ。油断のならない相手だ」

「ちくしょう」と、三田村が地図を睨んだまま呻《うめ》いた。「ケイサツをコケにしやがる……」

「腹を立ててもはじまらん」

と、中藤の表情が冷静さを取りもどすと、強い眼差《まなざ》しを地図にそそいで、

「日光へ着くのは何時になるかね？」

「午前四時十六分になります」

「日の出は何時かね？」

「四時半ごろだとおもいますが……」

「すると、日の出を待って、金を投下させる計画だな。犯人らは何もかも計算ずくでかかってい

るんだ。なかなかやりやがる……」

中藤も呻くようにこう言うと、顔をあげて、

「日光のどの地点とはわからないが、とにかく栃木県警本部へ連絡して、犯人逮捕の協力を依頼しよう」

「もう一機、捜査員を搭乗させて、ヘリを飛ばせたら、いかがでしょう?」

三田村が目を中藤に向けて進言すると、

「おれも、それを考えた。しかし、人質の命が何よりも大事だ。いたずらに犯人側を刺激することになってはまずい。もうすでに特殊捜査係の阿部係長以下八名が日光へ走っているんだから……」

中藤は机の上の受話器を取ると、地方課を呼び出した。

警視庁の地方課は、栃木県警本部へ、あらためて誘拐犯逮捕の協力を依頼した。

この要請を受けた栃木県警本部は、これを今市《いまいち》署へ連絡し、同時に、宇都宮署にも出動を指令した。で、今市署と宇都宮署の刑事課員らが、捜査専用車をつらねて、ひそかに日光市へ走った。

岩之淵の自宅へ犯人から四度目の電話がかかったのは、午前四時十分であった。

「男体山《なんたいさん》山頂へ飛べ」

若い男の声で、ただ一言こう告げただけで電話は切れた。

このとき、KH―4型ヘリコプターは、日光市の南東約五キロにある高平山《たかひら》の上空にさしかかっていた。だが、警視庁の通信指令室から無線連絡を受けると、すぐに機首を北西に向けた。こ

れとほとんど同時に、日光稲荷《いなり》町の派出所に待機していた今市署と宇都宮署の刑事課員らにも、この通報が飛んだ。

――身代金の投下地点は、男体山山頂。

通報を受けた両署の刑事課員らが、こう考えたのは当然だった。

そこで、ふたたび捜査専用車をつらねると、今市署員らは野州原《のすはら》林道へ、宇都宮署員らは国道百二十号線を通って第二いろは坂へ、それぞれ男体山めざして走り出した。

「そうか、男体山の山頂が投下地点か。すると、この山頂に犯人らが三億円の金を受け取ろうと待ちかまえているわけか」

警視庁の通信指令室で、中藤一課長もこう言って唸った。

「日光市内から男体山山頂まで直線距離にして約十キロです。あと、六、七分で到達しますね」

三田村が地図を睨む。

「標高二四八四メートルの山頂とは考えたものだね」

と、中藤も地図に目を据える。

ところが、四度目の電話がかかってから五分後に、また岩之淵の自宅へ犯人からの電話が入ったのである。

「男体山山頂に達したら、そのまま、まっすぐに北へ飛べ」

この報告を受けた瞬間、中藤はギロッと目を剝《む》いた。

「男体山から、まっすぐに北上か」

「犯人たちは、いったいどこまでヘリを飛ばせるつもりなのか？……飛行距離はもう三百三十キロに達しております。これ以上飛行をつづけると、引っ返すのがむずかしくなります」

三田村も憮然《ぶぜん》とした顔になって腕組みをした。

中藤は乗り出し、地図を睨んで、

「男体山からまっすぐに北上するとなると、大真名子《おおまなこ》山、小真名子《こまなこ》山、太郎山を経て、川俣湖《かわまたこ》に達することになるね。そうして、会津田代山を越えると福島県だ。さっそく福島県警本部へ連絡をとろう」

「ちくしょう……」と、三田村も地図を見据えて呻いた。「キリキリ舞いさせやがる」

3

KH−4型ヘリコプターの最高時速は百六十九キロで、巡航速度は百四十キロである。そして燃料を満タンにした場合の航続距離は四百キロで、これを時間にすると、約二時間四十五分となる。

警視庁から府中の是政までの距離が二十六キロである。これを巡航速度で飛ぶと、飛行時間は十一分となる。

この府中市から千葉県銚子市の外川港までの距離は約百三十キロである。おなじようにこの間を巡航速度で飛ぶと、五十六分かかる。

つぎにこの外川から栃木県日光市まで飛行すると、その間の距離は約百六十キロとなり、六十九分かかることになる。

日光から会津田代山までの直線距離は約二十八キロである。飛行時間にすると、わずか十二分だ。この間を男体山の山頂を経由したとしても、ほとんど飛行時間はかわらないだろう。

こうしたわけで、警視庁のヘリポートを飛び立ってから、会津田代山の山頂に到達するまでのKH―4型ヘリの飛行距離は合わせて三百四十四キロとなり、これを時間で算出すると、二時間二十八分となる。

これは、警視庁の通信指令室に詰めている三田村管理官も正確に計算している。

――しかし。

一方、誘拐犯チームのリーダー九鬼研八も、KH―4型ヘリの性能を調べ熟知して、これらの飛行距離や飛行時間を計り、綿密で正確な計算を立てていたのである。

もちろん、こうしたヘリの誘導の目的は、捜査陣の混乱をねらったものだった。

麻美の考えた計画では、ヘリコプターを飛ばせて会津田代山の山頂へ身代金を投下させる――ただこれだけのものであった。しかし、これではあまりにも単純すぎるし、警察に時間を与えすぎることになる。だから、最後まで投下地点を明らかにしないで、捜査網をひろげさせ、キリキリ舞いさせてやろう。九鬼はこう考えたのである。

東京K大学の理学部物理学科に籍を置いて、素粒子論の研究をしているオーバードクターの九鬼にしてみれば、こんな計算ぐらい、それこそ朝飯前にやってのけられることであった。

しかも、九鬼のねらいどおりの天候だった。もし雨が降ったり霧が濃くて視界がきかなければ、九鬼は、山麓《さんろく》の木賊《とくさ》温泉にいる猪熊と美々津に決行中止の連絡をとることになったろう。

だからもうこの時点では、すでにこの二人の役目は終わっていた。で、猪熊と美々津は、今朝、木賊温泉を発《た》って帰京し、その足で野辺山高原へ帰る予定になっているのである。

また、九鬼は、野辺山高原の別荘にいる横山と芋田にも、メモを手渡して、克明な指示をあたえていた。横山と芋田は岩之淵を監禁する役目もあったが、被誘拐者側との重要な連絡の役目もかねていたのである。それゆえ、横山は、九鬼のメモどおりに、ほとんど一分と時間をまちがえずに岩之淵の自宅に電話を入れて、ヘリコプターの行先変更を告げたのだった。

ともあれ、KH—4型ヘリが、警視庁のヘリポートを飛び立ったのは、ちょうど午前二時であった。そうしてこの会津田代山までの飛行時間は合計二時間二十八分である。

——(午前)四時半には、日光連山の上にヘリの機影が見えるはずだ。

九鬼は、こう読んでいた。

麻美と佐土原は寝袋に入ったが、九鬼はマットの上に横になっただけで、ほとんど一睡もしていなかった。

三人が、田代山山頂の太子堂を出たのは、午前四時すこし前であった。先頭の九鬼がライトを点《つ》けて、樹林のあいだを抜けると、第三湿原の木道をしばらく歩いた。

湿原は、乳白色の薄い絵の具で一刷毛《ひとはけ》撫《な》でたように霧でかすんでいた。けれども、空がしだいに白みはじめて、月の光が薄れ、星のまたたきがにぶくなると、わずかに風が流れて、霧が消えた。

「よかったわね、絶好のお天気だわ」

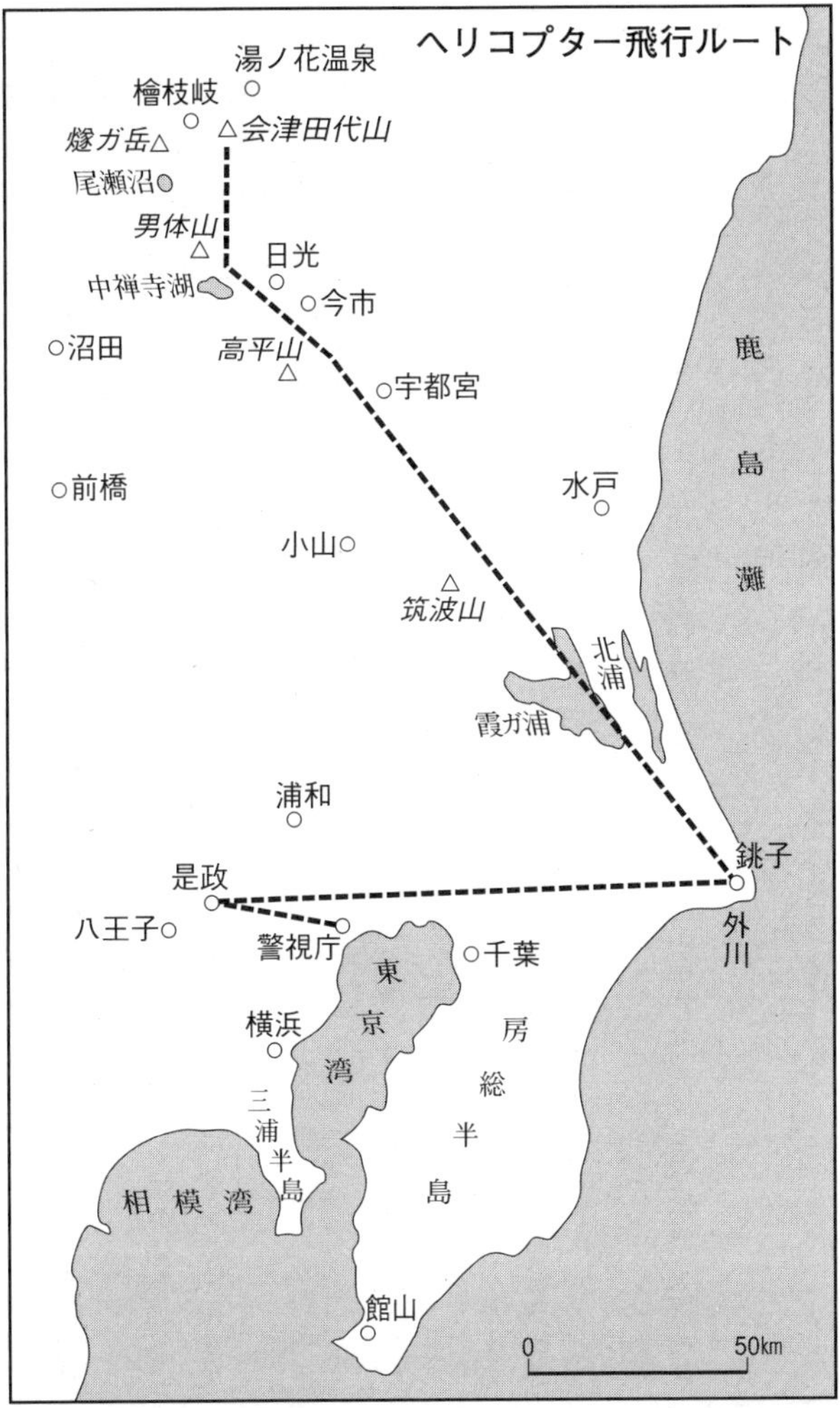
ヘリコプター飛行ルート
湯ノ花温泉
檜枝岐
燧ガ岳
会津田代山
尾瀬沼
男体山
日光
中禅寺湖
今市
沼田
高平山
宇都宮
鹿島灘
前橋
水戸
小山
筑波山
北浦
霞ガ浦
浦和
銚子
是政
八王子
警視庁
千葉
外川
東京湾
横浜
房総半島
三浦半島
相模湾
館山
0
50km

九鬼と並んで木道に佇《たたず》みながら、麻美が声をはずませた。

登山帳によると、七月十一日の男体山の日の出は四時三十一分と記されている。きょうは七月十四日である。それゆえ、日の出は、四時三十二、三分と、九鬼は読んでいた。

ますます空が白むと、右手に望まれる日光連山の稜線が濃い藍色にくっきりと浮かびあがってくる。その山襞《やまひだ》に、霧が吹き出す白い煙のように這《は》いあがっていた。左手の会津駒ガ岳の山頂の青い輪郭が淡く薄れはじめる。

日光連山の山並の上に小さな雲影が二つ、ふんわりと浮かんでいた。その雲のまわりが茜色《あかねいろ》に染まりはじめたかと見る間に、雲の下の稜線が、黄金色《こがねいろ》に彩られた。

湿原にも、さわやかで、淡い陽光が、ななめに射《さ》した。まだわずかに霧を残して冷えびえとした大気の中に、朝陽《あさひ》は後光をおもわせる光のすじを見せて、湿原を撫でる。

背丈の低いクロベやヒメコマツ、コメツガなどの樹林の緑は濃く、張り出したハイマツ帯もまだ深く沈んだ緑色をたたえていたが、湿原いっぱいのニッコウキスゲの大群落は、その濃黄色の花々が陽射しに映え、一面に黄金色にかがやきはじめて、まだ白みをおびている空までが、その黄金色を映して染まるようだった。

「わあーっ、きれい、すてき!」と、麻美は瞳《ひとみ》をキラキラさせて嘆声をあげ、「まるで天国の花園みたい……」

「うーん、すげえや、こいつあ!」

緊張した面持ちだったが、佐土原も細い目を大きくして声をあげた。

シャクナゲも、まだ白い花をいくつか残して、露に打たれていたし、キンコウカの花も茂みの中から顔を突き出していた。タテヤマリンドウは、まだひっそりと淡青色の花弁を閉じている。けれども、ニッコウキスゲの大群落のせいで、こうした花はかわいそうなくらい目立たなかった。そして密度濃く咲き乱れたニッコウキスゲの花は、華麗で広大なひろがりを見せ、一面の黄金色がしだいに遠く霞《かす》んで、その果てがそのまま地平線にまでつながっていた。

九鬼は、トランシーバーを右手に持って、日光連山の方角にじぃーっと視線を据えていた。その顔に疲労の色はぜんぜん見られない。形よく刈りこまれた顎鬚《あごひげ》も黒く艶《つや》やかだったし、頰《ほお》の血色もよかった。いつもより目にだけ光が増している。ちらっと目を落として、腕時計を覗《のぞ》いた。

四時三十四分であった。

「来ないわねえ、遅いわ……」

赤いヤッケのフードの中で、焦躁と興奮のせいか、麻美は頰っぺたを赤く上気させている。

「来ねえじゃないか。こちらの注文どおりに、ヘリを飛ばさなかったんじゃないのか」

九鬼とおなじ方角に向けられた佐土原の目が血走ってくる。

だが、九鬼の表情は冷静であった。木道に根が生えたように身じろぎもしないで、落ちつきはらって立っている。

麻美が、いま一度、「遅いわねえ」と、つぶやき、いらだたしげに九鬼の横顔へ一瞥《いちべつ》を投げた。

ちょうどこのとき、日光連山の太郎山の稜線のすぐ上で、点のような物体が、銀色にキラッと光った。

「来たあ、来た来た、やって来やがった！」

佐土原がすっ頓狂《とんきょう》な声をあげて、麻美の背後で爪先立《つまさきだ》ちになって伸びあがった。

4

第二湿原に向かって左側へ、木道から五メートルほど離れたニッコウキスゲの大群落の中に、六畳ほどの広さのまっ赤なビニールシートがひろげられていた。

澄んだ陽光に黄金色に照り映えるニッコウキスゲの花の中のまっ赤なシートは、あざやかに目立つ。

誘拐犯チームの三人は、木道を伝ってすばやく太子堂のほうへもどった。湿ってぬかるんだ土を山靴で踏んで、麻美と佐土原はクロベの木陰へ身を隠した。九鬼はシャクナゲの茂みにしゃがみこみながら、トランシーバーのアンテナを伸ばす。

機首をこちらに向けて一直線に近づいてくるKH―4型ヘリは、メインローターをキラキラ光らせていた。キャビンの下の二本のスキッド（橇状《そりじょう》になっている脚）はニッコウキスゲの群落の照返しをうけて、黄金色に染まってかがやいている。

九鬼は顔をあげ、刺すような強い視線をじいーっとヘリコプターにそそぎながら、トランシーバーのトークレバーを頬で押した。

「KHフォー、KHフォー、聞こえるか？」

「聞こえる、感度良好だ、どうぞ」

ＫＨ―４型ヘリの後部座席で、トランシーバーを頬に当てて、キャビンドアから湿原にするどい目を這わせているのは、警視庁捜査一課の長瀬係長だった。前の席にはパイロット、右の席には通信員がすわっている。

「燃料が切れる。投下地点を指示しろ、どうぞ」

日灼《ひや》けした浅黒い顔に長瀬はじっとりと汗を滲《にじ》ませている。

「注文した荷は持ってきたか？」

九鬼は落ちつきはらった声音《こわね》で、はっきりと問う。

「荷は積んでいる、どうぞ」

「そのまま、まっすぐ三百メートル北へすすめ、ニッコウキスゲの黄色い花の中に赤いシートが見えるはずだ。荷は、そのシートの上に投下しろ。高度十メートルくらいから、しずかに落とせ」

「黄色い花の中の赤いビニールシート、了解」

長瀬はいらだたしげにこうこたえると、目顔で通信員に合図した。通信員は、ただちにこれを無線で警視庁通信指令室へ報告する。

もう九鬼や麻美、佐土原の目は、ＫＨ―４型ヘリのテールローターの回転まではっきりと捕えていた。メインローターをわずかに前にかたむけると、ヘリは一気に高度を下げた。テールビームを右に振って、赤いシートの真上、十メートルほどの高さの空間に停止する。メインローターの風圧で、ヌマガヤとニッコウキスゲの群落が円を描いて、さあーっと外になびいていた。

キャビンドアが開いた。突き出されたトランクがギラッと銀色に光る。つぎの瞬間、ジュラルミン製のそのトランクは、また陽にキラッと反射して空を落下した。ズシンと衝撃音が九鬼らの足もとまでひびき、トランクはななめになって、赤いシートにめりこんだ。

九鬼は、そのトランクから目をあげると、トークレバーを頬で押して、

「荷はたしかに受け取った」と、やはり冷静な声音で、「そのまま帰還しろ」

だが、もう長瀬の応答はなく、KH—4型ヘリは反転して高度をあげた。テールビームを振って、機首を日光連山の方角に向けると、そのまま、まっすぐに飛び去っていく。

「しめしめ、やった、やった、いただきいっ！」

佐土原が大声をあげて、クロベの木陰から飛び出そうとすると、

「待て待て」

と、九鬼がおさえた。

ヘリコプターが銀色の小さな点になってから、九鬼がシャクナゲの茂みから出、木道へあがった。麻美と佐土原が息をはずませてつづく。

KH—4型ヘリが、スキッドのままで、この湿原に降りられないことを、九鬼は心得ていたのである。泥沼とニッコウキスゲの湿原に、もしスキッドのままで着地したら、スキッドが深くめりこみ、ヘリコプターは横転するに決まっているからだ。そして、この上空で自分たちの姿をもとめて旋回するほどの燃料の余裕はなくて、日光までもどるのが精一杯だろうと見抜いていたのだ。おまけに、三億円の札束の目方まで計算していたのである。新しい一万円札で、一億円は十三キロだった。三億円だと、三十九キロになる。札は古いのを要求したから多少重量はふえるだ

ろうが、たいした影響はない。これにジュラルミン製のトランクの重さをくわえると、約四十キロになるだろう。

四十キロの荷物を高い位置から落とせば加速がついて、湿原にもぐってしまう。それゆえ、九鬼は高度十メートルを指示したのである。それでも、落下した四十キロの重さのトランクは、ビニールシートを突き破って、その角を湿原の泥の中にめりこませていた。

九鬼も山靴を泥濘《でいねい》にめりこませて、そのトランクをかかえあげ、右肩にかついだ。佐土原が泥だらけのビニールシートを丸めて持った。それから三人は木道を渡って、樹林帯に入り、太子堂へもどった。

九鬼は、床板の下にトランクをおろした。

「ちくしょう、とうとうやったぜ、三億円、三億円のゲンナマだ。ゲンナマで三億だ……」

佐土原は肉の薄い頬をまっ赤にして、ジーパンのポケットからナイフを取り出すと、刃を起こした。切っ先をブルブルふるわせながら、トランクにしっかりと巻きつけられ結わかれているロープを切った。それから指先をわななかせて、トランクの止め金をはずすと、蓋《ふた》を開けた。

「うわぁーっ、三億円！　ほんと、三億円の札束だわよ！」

麻美が甲高い声をあげて、息を吞む。

「計画どおり、当座の金は、ひとり当て三百万円だ。チーム全員で七人、二千百万円だけを、ここから取る。……いいな？」

九鬼が、佐土原に目を向けて、念を押すように言う。その眼差しにも声音にも、興奮の色は見られない。

「いいよ、わかっているよ」

佐土原の表情がひるんで語尾がふるえる。麻美は、だまって小さくうなずいている。

トランクの中には、指示どおりの古い一万円札が百万円ずつ束ねられ、紙の帯が巻かれて、びっしりと隙間《すきま》なく詰まっていた。九鬼が、その札束を二十一束かぞえて取り出すと、

「おれの分は、自分で持っていくよ」

と、佐土原が手を出した。

「好きにするがいい」

そう言いながら、九鬼が腕時計を見やる。針は四時四十九分を指している。

佐土原は、三百万の札束を着替えのシャツでくるむと、自分のキスリングにねじこんだ。残りの千八百万円の札束は、寝袋カバーで包まれて、麻美のアタックザックにおさめられる。ふたたびトランクにロープがかけられ、あらかじめ用意してきたグリーンの布製のシートで包んだ。それを七ミリのナイロンザイルで、しっかりと縛りあげる。こうして梱包《こんぽう》されたトランクを背負《しょ》い子に縛りつけた。

九鬼が背負い子に肩を入れた。佐土原は、九鬼のザックを自分のキスリングの上にくくりつけて背負った。麻美も赤いアタックザックを背負って、しゃきっと土間に立つ。

「きょうは強行軍になるぞ、がんばれよ」

九鬼は、気合いを入れると、麻美と佐土原の先に立ち、四十キロちかい重荷を感じさせない、

しっかりとした足どりで太子堂を出た。

5

「一課長、きみは山登りの経験はあるのかね？」

石井刑事部長は、日光の二十万分の一の地形図から目をあげると、視線を中藤一課長にそそいだ。

「高尾山なら登ったことはありますが……」

と、中藤がきびしい表情でこたえる。

「高尾山じゃ、山登りとは言えないねえ。ハイキングだよ。もっとも、わたしも富士山に一度登ったきりだが……。しかし、こうした誘拐事件は、身代金の受渡しが勝負どころだが、これが栃木県と福島県の県境の山の中とはねえ」

石井の顔は深刻だったし、言葉つきは、もどかしげであった。これが警視庁の管内なら……、そういうおもいは中藤にもあった。

「やはり、栃木と福島の両県警の協力を待つより手の打ちようがないねえ。……ところで、阿部係長らが日光に着くのは、何時ごろになるね？」

「午前五時過ぎになると思います」と、中藤は地図に目を落として、「犯人は四十キロの札束を背負っているわけですからね、田代山スーパー林道、この林道を下るものと推測されます」

「うむ、まずは林道の封鎖だね。捜査員をこの田代山の山頂まで登らせるには時間がかかりすぎるからね」と、石井も地図を睨んで、「だが、犯人が何名なのか、最低三人、ということしかはっきりしていないからねえ」

しかし、身代金の投下地点は会津田代山の山頂、そして複数犯とおもわれる、ということは、栃木、福島の両県警本部へすでに連絡がなされていたのである。

今市署の刑事課員らは野州原林道を引き返していたし、宇都宮署員らも、男体山に向かう第二いろは坂を下って、日光市稲荷町の派出所にもどった。それからすぐに、この両署の刑事課員らは、ジープと乗用車をつらねて、田代山スーパー林道を封鎖するために、霧降高原道路を上がっていった。

一方、福島県警本部は、只見町の奥只見署に出動を指令していた。と同時に、県警本部の捜査一課の竹村係長以下五名が、捜査専用車を駆って、只見町に向かっていたのである。

――ちょうど、このころ。

九鬼、麻美、佐土原の三人は、太子堂の裏をまわって、起伏の少ない樹林帯の中を帝釈山に向かっていた。

先頭の九鬼が、オオシラビソの倒木をまたいだ。陽光がコメツガやシラビソの梢《こずえ》からチラチラと斑紋《はんもん》のように小さく洩れてくる。まだ冷気がただよっている。ニッカーホースからニッカーズボンまでが、びっしょりと露に濡《ぬ》れている。

太子堂から三十分ほどの地点で小さな鞍部《あんぶ》になっている。南側に馬坂《まさか》沢が、ジャクシ沢、オオイデ沢、それから名のない沢を二本分けて、樹枝状に稜線めがけて突きあげていた。その名のない枝沢の一本が、この小さな鞍部へ這いあがってきているのである。

ここで、九鬼が登山道を左にそれた。矮小灌木《わいしょうかんぼく》とササヤブを漕《こ》いで、急斜面を下りはじめる。背後に麻美が、ぴったりとついて降下する。佐土原も両手でヤブを分けた。

「足もとに気をつけろよ」

九鬼が足を踏んばり、振りむいて麻美に声をかける。

五十メートルほど降下すると、突きあげている小さな沢に出た。二メートルあまりの幅の涸《か》れ沢である。苔《こけ》の生えた黒い岩が露出し、石がゴロゴロしている。一つの大きな岩が、オーバーハング状に張り出していた。

九鬼が、ここで足を止めると、背中の荷をおろした。麻美も佐土原も、ザックから肩を抜く。

九鬼が、グリーンのシートに包まれたトランクを手早く背負い子からはずす。佐土原が手を貸して、そのトランクを張り出した岩の下に押しこんだ。それから、岩のリス（割れ目）に二本のハーケンを打ちこんで、カラビナをかけ、ザイルを通して、トランクをしっかりと固定した。

佐土原が鉈《なた》を振るって、ヤブや灌木の小枝を切ってくると、その張り出した岩に立てかけ、かぶせて、トランクが見えないように細工する。こうして二億七千九百万円の札束入りのトランクを、岩陰に隠した。

「また、三か月後にお目にかかれるというわけね」

麻美が首にかけた白いタオルで顔の汗を拭《ふ》きながら、ちょっとあまい声で九鬼に言った。

「うん、ほとぼりの冷めるまで辛抱だ」と、九鬼は小さくうなずいて、「さあ、登り返すぞ」

と、こんどは自分のザックを背負い子に縛りつけて背負う。佐土原が細い目をキラッと光らせて、その岩陰を見やってから、麻美のあとにつづく。

三人は、ふたたび登山道へ出ると、帝釈山に向かう。ハイマツにかこまれた帝釈山の山頂に着いたのは、それから四十分ほど後であった。

この山頂で、登山道は木賊温泉へ下る道を分けているが、三人は九鬼を先頭に、休まずに馬坂峠へ下りはじめる。台倉高山から引馬《ひきま》峠に至る縦走路である。

「猪熊さんと、美々津さんは、まだ木賊温泉にいるわね」

帝釈山の山頂では、麻美がこう言っただけであった。

まもなく、また樹林帯に入り、視界がとざされて、ササヤブの中を踏跡をたどりながら、南へ降下する。標高差二五〇メートルほどの下りだ。踏跡が跡絶《とだ》えて、背丈より高いササヤブを割ってすすむ。ササヤブがとぎれると、少し開けた鞍部へ飛び出す。馬坂峠である。ここで、九鬼が西へ五分ほど下って、ポリタンに水を汲んできた。

六時二十分であった。

6

KH—4型ヘリコプターは、日光市花石《はないし》町の中学の校庭に緊急着陸していた。このときには、もう一滴も燃料を残していなかった。長瀬係長は、パイロットと通信員を残して一人ヘリを降りると、迎えにきた今市署のジープで稲荷町の派出所へ走った。

警視庁特殊捜査係の阿部係長以下八名が、今市署を経て、このおなじ派出所に到着したのは、午前五時二十分であった。ここで、長瀬係長といっしょになったわけだが、この長瀬や阿部らには、まるで土地カンはなかったし、まして田代山の山頂となると、さっぱり捜査の見当がつきかねた。で、地元の今市署の刑事課員らと協議すると同時に、警視庁の指令室へ指示をあおいだ。すると、「田代山スーパー林道を封鎖して待て」という中藤一課長の指令がかえってきたのである。

そして、六時二十分の時点では、田代山スーパー林道は完全に封鎖されていたのである。栃木県側は、今市署員と宇都宮署員、それに阿部や長瀬らがくわわって、土呂部《とろべ》の集落から北に走り、湯西川への分岐点を過ぎて、田代山スーパー林道の標高一五〇〇メートルの地点にジープや捜査専用車を止めて待機していた。

また、福島県側は、奥只見署の刑事課員、千田係長、小野塚、船坂刑事らが、湯ノ花温泉から田代山スーパー林道を登って、猿倉登山口にジープを止めていたのである。

しかし、「山の小野塚」と呼ばれて、このあたりの帝釈山系の山々や尾瀬にくわしい小野塚刑事だけは、この田代山スーパー林道の封鎖には不満な様子を示していた。

「この林道を封鎖しても、尾根伝いに逃げられたら、逮捕はできません。――帝釈山から木賊温泉へ下る登山口、引馬峠から下る舟岐林道、それに孫兵衛山から大丈田代を経て下る実川林道、これらすべてを封鎖しないと逃げられてしまいます。それでもまだ尾瀬まで縦走することだって考えられますからね」

小野塚は、千田係長にこう進言した。だが、小野塚はまだ釈然としなかった。この逃亡ルートのほかにも、まだ胸にひっかかるものがあったのである。六月十三日の日に発生した「道行沢《みちぎざわ》殺人事件」をあらためておもい起こし、この誘拐事件と関連があるのではなかろうか、と考えはじめていたのだ。

——一方、九鬼、麻美、佐土原の三人は、馬坂峠で喉《のど》をうるおしただけで、ふたたび南へ登り返していた。

麻美の足どりはしっかりとしていたが、しんがりの佐土原がなぜか遅れがちになった。先頭の九鬼は、ときどき立ち止まって佐土原の追いつくのを待った。

オオシラビソやコメツガなど針葉樹の多い鬱蒼《うっそう》とした登山道である。いや登山道というよりは、もう踏跡だった。視界のきかない登りがつづく。ほの暗く深山《みやま》の気配と冷気がただよっている。五十分ほどの登りで、視界がいきなりぱっとひらけると、二〇三三メートルのピークへ飛び出した。

ここにも湿原のひろがりがあった。青々とヌマガヤが生えて、その中から白いコバイケイソウの花がいくつも頭をもたげ、まっ白くて可憐なチングルマの花が、ところどころにびっしりと咲きそろっていた。

もう陽射しは強くなっている。けれども、空気は澄んでさわやかだった。足もとからつらなる尾根のわずか右手に燧《ひうち》ガ岳《たけ》が青くくっきりと望まれる。

「いつ来ても、気持ちのいいところねえ、ここまで来ると、ほっとするわねえ」

麻美が足を止めて、艶のある目で九鬼をあおいだ。

「ここで一休みして、飯にしよう」

と、九鬼がザックをおろした。

佐土原は、ほっとした顔もみせないで、だまってキスリングから肩を抜いた。

麻美が、ガスコンロで湯を沸かすと、山女らしい手際のよさでコンソメのスープをこしらえた。三人は、ビニールシートの上に尻を据えて、フランスパンとチーズ、サラミソーセージの朝食をとった。

佐土原は食事をしているあいだも妙に口数が少なかったが、食べ終わると、堅い表情のまま、背中を丸めて腹を押さえた。顔にじっとりと汗を滲ませている。頬から血の気が失せはじめていた。

「どうかしたのか、腹でも痛いのか?」

九鬼の目が佐土原に向けられる。麻美も心配そうに佐土原を見やった。佐土原は両手で腹を押さえて腰をあげると、

「うん、腹が痛いんだ、下痢しそうだ」と、顔をしかめて見せ、「キジ撃ちにいってくるよ」

こう言ったかとおもうと、くるっと九鬼と麻美に背中を向けて、いま来た踏跡をたどりながら足早に歩み去っていった。

佐土原の後ろ姿が、湿原の先の樹林の中に消えると、麻美が、そっと九鬼に肩を寄せてきて、

「大丈夫かしら、あのひと?……せっかくここまで何もかもうまくやってきたのに……」

「………」

九鬼はだまって麻美を見返した。間近に麻美の目は媚《こび》を含んでじぃーっと九鬼を見つめている。若い女の汗ばんで濃い体臭が、九鬼の鼻先にむらがってくる。けれども、九鬼は意外に冷たい声で、

「何もかもうまくいくとおもうかね？」

「うまくいかないとおもっているの、研さんは？」

麻美の目から媚が消えると、ひるんだような表情になる。

「さあ、どうかな……」

と、九鬼は言葉を濁して、シートのわきに置かれた佐土原のキスリングに目をはしらせた。麻美の目も、九鬼の視線を追う。

そのキスリングには、着替えのシャツにくるまれて、三百万円の札束が入っているのである。

——三百万円を置き去りにして、佐土原がこのままここから逃げ出すわけはない、とっさに麻美はそうおもった。だが、九鬼は、麻美とは別のことを考えていた。

十五分が過ぎた。それから五分経った。が、佐土原はもどってこない。

「どうしたのかしら、あのひと？」と、はじめて麻美の顔に不安が萌《きざ》して、「こんなところで、裏切って逃げ出すわけはないわねえ」

「どうやら、あの男をあまく見すぎたようだ」

そう言うなり、九鬼が腰をあげた。

10　稜線逃亡《りようせん》

1

「裏切りやがったな、佐土原のやつ……」

九鬼の日灼《ひや》けした精悍《せいかん》な顔がいっそう引き締まり、目に強い光が射《さ》して、佐土原の消えた樹林を睨《にら》んだ。

「裏切ったのかしら、やっぱり……?」

麻美の眼差《まなざ》しが不安げに翳《かげ》って、九鬼をあおぐ。

「ザックの中の三百万円より、二億七千九百万円入りのあのトランクをねらったほうが得なことは、チンピラの佐土原にもわかる。下見にきたとき、あの隠し場所をおしえたのは失敗だった。佐土原は、あの近くに背負《しよ》い子でも隠して用意していたにちがいない。やつは馬坂沢へ降下する気だ」

「どうしよう?」

と、麻美も立ちあがる。

「ここで待っていろ」と、九鬼が麻美に視線をもどして、「追ってみる」

そう言い残すと、いま登ってきた登山道をカラ身で駆け降りはじめた。

標高二〇三三メートルのピークのこの湿原から、馬坂峠めざして、九鬼は一気に駆け下っていった。登りは五十分かかったこの道を、十五分ほどで降りると、鞍部《あんぶ》へ出た。馬坂峠である。が、佐土原の姿は見当たらない。

「ちくしょう」

さすがの九鬼も全身にびっしょり汗をかきながら、ササヤブを睨んで呻《うめ》いた。ここから、背丈より高いネマガリダケを割って、帝釈山山頂へ登り返すことになる。行手にササヤブを漕《こ》ぐ音がするのではないか、と耳をすませたが、梢《こずえ》を渡っていく風の音と小鳥の声が聞こえるだけだ。

九鬼はタオルで顔の汗を拭《ふ》くと、そのタオルで鉢巻を締めて、ササヤブを割って登りはじめる。ここを抜けると、背丈の低いササと灌木帯《かんぼくたい》の中の急登となる。ジグザグに登る。また汗が吹き出してくる。行手を何度もあおいだが、やはり佐土原の姿は見当たらない。腕時計を見やる。

「時間がない……」

と、九鬼は息をあえがせた。

帝釈山の山頂まで登り返し、そこにも佐土原が見つからなかったら、あのトランクを隠した小さな沢までもどらねばならない。が、あの小沢から田代山の太子堂まで、わずか三十分たらずの距離だ。これから、あの地点まで引っ返すのは危険だったし、逃亡にかける時間もなくなってしまう。

九鬼は行手を睨みあげると、また腕時計に目を落として、ほんのつかの間、逡巡《しゅんじゅん》した。だが、すぐに、——いったん、佐土原を追うのは、あきらめよう、それよりも逃げるのが先決だ、と肚《はら》を決めた。また駆け下り、ササヤブを漕いで、馬坂峠へ飛び出すと、視界のきかない急登を登りつめて、ふたたび二〇三三メートルの湿原へもどった。

麻美は、アタックザックを足もとに置いて、立ったままで、九鬼を待っていた。九鬼を見たとたんに、ほっとして表情を和ませたが、

「だめだったの、やっぱり追いつかなかったのね？」

すぐに暗澹《あんたん》とした目になって、語尾をふるわせた。

「ああ」と、大きな吐息といっしょに九鬼はこたえ、「しかし、このまま逃がしはしないさ。こちらが逃げ切って下山したら、きっと探し出し、追いつめて、あの金を取りもどしてやる」

「どうしよう、これから？」

と、麻美が間近に九鬼の顔をあおぐ。大きな目がいっそう大きくなっている。が、いつものように瞳《ひとみ》に艶《つや》がない。その目に焦躁《しょうそう》と疲労の翳りも出ているのだ。

「計画どおり、逃亡ルートを行く」

九鬼は、きっぱりと言った。

この男には、二億七千九百万円という大金に、あまり未練がなさそうだった。しかし、佐土原が残していったキスリングを開けると、着替えのシャツにくるまれている三百万の札束を取り出した。シャツをちょっとひろげてみて、それからまた元どおりくるみなおすと、それを自分のザックに押しこんだ。佐土原のザックをかつぎあげ、ヌマガヤを踏んで、わずかに降下し、灌木と

ササヤブの中に、それを隠した。もどってくると、こんどは自分の背負い子をかつぐ。麻美も、赤いアタックザックを背負っている。

「あの金のことは、しばらくわすれろ。それより、とっつかまっちゃ、元も子もないからな」

意外にあかるい声で九鬼はこう言うと、

「さあ。行くぞ」

と、気合いを入れて、麻美を先に立たせる。

麻美は、台倉高山に向かって歩き出した。

足もとから馬の背をおもわせる尾根が行手につらなり、それが台倉高山へ突きあげている。日陰になった山襞《やまひだ》だけはまだ藍色をおびて沈んでいたが、陽光を浴びた稜線や山腹はもうあざやかな緑に照り映えている。瘤《こぶ》のように突き出た台倉高山の右手に、くっきりと望まれる燧ガ岳の青い山容も、しだいに明るく緑色に染まってくる。

2

九鬼と麻美が、二〇三三メートルのピークの湿原から、台倉高山に向かって尾根道を歩きはじめたのは、午前八時二十分であった。

田代山スーパー林道が完全に封鎖されたのは、午前六時二十分だった。

栃木県側は、今市署員と宇都宮署員、それに警視庁捜査一課の阿部、長瀬係長らがくわわって、標高一五〇〇メートルの地点にジープや捜査専用車を止めて待機していたし、福島県側には、奥只見署の千田係長、小野塚、船坂刑事らと福島県警本部の捜査一課の竹村係長以下五名がくわわって、猿倉登山口にジープを止めていた。

しかし、これから一時間経過したころ、誘拐犯人らは、田代山スーパー林道を下らないで尾根伝いに縦走しているのではないか、という危惧《きぐ》が捜査陣のあいだに生じてきたのである。

身代金《みのしろきん》が投下されたのは、午前四時三十五分であった。だから、林道を封鎖してから一時間経過した七時二十分の時点で、もし犯人らがこのスーパー林道を逃亡ルートにえらんだのなら、当然もう下山してくるはずだった。ところが、犯人らしいパーティはあらわれない。そこで、捜査方針を切り替えて、縦走路からの下り口をすべて封鎖し、検問所を設置することにした。

帝釈山から木賊《とくさ》温泉へ下る登山口、引馬峠から下る舟岐林道、孫兵衛山から大丈田代《でえじようたしろ》を経て実川林道へ下る七入《ななしり》の登山口、これらの登山口の封鎖は、奥只見署の小野塚刑事が進言していた。だから、この三か所の登山口の封鎖は当然だが、尾瀬まで縦走する場合を考えて、小淵沢田代の東の分岐点と鬼怒沼へ下る日光沢温泉、そこに大清水へ降下する物見山新道まで、全部封鎖することになった。こうすれば、犯人らがたとえ縦走して逃亡したところで、どこかの検問所で引っかかるはずであった。

そして、ただちに、栃木県側も福島県側も、これらすべての登山口の封鎖のために捜査員らを走らせた。

「誘拐犯人らが、田代山から帝釈山、台倉高山、引馬峠、孫兵衛山、黒岩山と県境の尾根を縦走しているのなら、登山口をふさいで待つよりは、こちらから尾根へ登っていって、縦走の途中で逮捕するほうが手っ取り早いとおもいますが……」

こう言い出したのは、奥只見署の小野塚刑事であった。

「たしかにいい手だが、誘拐犯人らは、いまのところ何人いるのかわからないし、拳銃を所持しているという情報もある。いくらきみが山のベテランでも、単独行は危険だね」と、上司の千田係長は小野塚に言った。それから言葉をついで、「船坂くんとパーティを組んだらどうかね？」

「は、そうします」

と、小野塚は返事をし、このあとすぐ同僚の船坂刑事と二人でジープに乗りこんだ。

田代山スーパー林道を北へ下り、湯ノ花温泉を過ぎて、内川の集落で左へ折れると、沼田街道へ入った。檜枝岐《ひのえまた》村を通過すると、こんどは、舟岐川の渓谷ぞいに舟岐林道を南へ登っていった。林道の行き止まりで、ジープを降りた。ジープには登山用具が積みこまれている。ここで、小野塚は山靴を履いて、小型のアタックザックを背負ったし、船坂は地下足袋《じかたび》を履いて、ナップザックに肩を入れた。

小野塚が山慣れのした足どりで先に立って、登山道を引馬峠めざして登りはじめる。

引馬峠は、台倉高山と孫兵衛山のちょうど中間の鞍部になっている。この一八九五メートルの地点には、水場もあって、幕営も可能だった。

——先回りして引馬峠へ出、台倉高山から降りてくる誘拐犯人らを捕り押さえてやろう。

こう小野塚は考えたのである。

そして、小野塚と船坂が、この引馬峠へ登り着いたのは、午前十時四十分であった。

ここで、二人は冷たい水で喉をうるおし、水筒も満タンにして、小休止をとった。船坂はもう汗びっしょりになって、大きく息をあえがせている。

「まだ、ここまでは来ていないのか？」

長くつらなる稜線に瘤のように突き出た台倉高山を眺めやりながら、小野塚はつぶやいた。

台倉高山からこの引馬峠までは約一時間二十分の行程である。小野塚は腕時計に目を落とすと、腰をあげ、ザックに肩を入れて、

「ここで待つより、こちらから出迎えてやろう」

また船坂の先に立って、台倉高山へつらなるオオシラビソの樹林帯へ入っていった。

——ところが。

九鬼と麻美は、この引馬峠を午前十時三十分に発っていたのである。

小野塚と船坂がここに登り着くより、わずか十分前に、ここを発って、孫兵衛山に向かっていたのだ。

九鬼と麻美がクマザサを分けて、台倉高山の山頂に達したのは、九時前だった。展望の開けたこの山頂で十分ほど休んだあと、ここを降下し、小湿原を抜けて、引馬峠に着いたのは、十時二十分だった。ここでも十分間休んで、水を補給すると、孫兵衛山のルートをたどりはじめたのだ。もし山のベテランの小野塚が単独行だったら、おそらくこの引馬峠で、九鬼と麻美に出会っていたにちがいない。

ともあれ、九鬼と麻美は、小野塚らとは反対の方角へ、起伏の少ない樹林帯の中をたどってい

った。やはり疲労が出たのだろう、しかも佐土原の裏切りもあって、気落ちもしているだろう、九鬼の先を行く麻美の足どりがひどく重くなっている。

3

登り降りは少ないが、倒木の多い歩きづらい道だった。オオシラビソやツガなどの樹林帯だ。縦走路というよりは、ササヤブや灌木帯のあいだの踏跡である。樹林のあまい香りと、冷気がただよっている。湿気が多いのか、灌木の下にシダが目立ち、登山道を横切る倒木にも苔《こけ》が密生している。

麻美が九鬼の先に立って何度も倒木を乗り越え、またぎ、かいくぐった。

きのうの夜から田代山スーパー林道を歩き、田代山の山頂に登り、わずかな仮眠をとっただけで、今朝からもう五時間あまりも縦走をつづけているのである。しかも逃走という精神的な重圧と緊張と焦躁感があった。くわえて佐土原に裏切られた気落ちもある。だから、麻美の疲労はもう極限にまで達しているようだった。

木の根につまずいて、何度もよろめいた。山靴をひどく重そうに引きずっている。

「大丈夫か？」と、九鬼が後ろから声をかけて、「しっかりしろ！」と、気合いを入れる。

麻美がよろけて前につんのめりそうになると、九鬼が背後から、赤いアタックザックの雨蓋《あまぶた》に手をかけてささえてやる。すると、麻美は立ちなおるが、そのたびに肩で大きく息を入れた。

「この縦走路でバテるのは危険だ」と、ササヤブを両手で分けながら、また九鬼が麻美の背中へ声をかける。「警察は、きっとこの道へ登ってくるにちがいない。おい、しっかりしろよ」

「ええ、わかっている、大丈夫よ……、バテないわ」

倒木に両手をかけながら、麻美が力のない声でこたえる。それから右足をその太い倒木に乗せてまたがった。左足を引きあげる。が、つぎの瞬間、「あっ！」と、麻美は小さく声をあげて、前にのめった。そして倒木を軸に一回転するような形で、ササヤブの上に投げ出された。頭は打たなかったが、山靴の踵《かかと》が強く地面を打った。

九鬼が倒木をすばやくまたぎ越して、

「大丈夫か？」と、訊《き》きながら、アタックザックに手をかけて、麻美の上体をかかえ起こした。

「怪我はないか？」

「ええ」と、麻美は両足を投げ出したままだ。「ちょっとすべっただけだから……」

力のない声でこう言いながら、両手を突いて、九鬼にささえられながら立とうとしたが、痛そうに顔をゆがめると、

「右の足首が……」と、語尾がふるえる。

「じいーっとしていろよ」

九鬼が背負《しょ》い子をおろすと、麻美の前にまわって、しゃがみこむ。ちらっと麻美の顔を見やる。麻美は、赤いヘアバンドの下に汗の粒を吹き出させている。九鬼を見返す目が、泣き笑いのような眼差しになっている。そんな麻美の表情は、ひどく幼く九鬼の目に映った。

「ごめんなさい……」

小さい声で麻美が言った。

九鬼は、麻美の山靴の紐《ひも》をほどきはじめている。そっと脱がせた。赤いニッカーホースの足首に黒い枯れ葉が貼《は》りついている。土と汗で赤い毛糸が黒ずんでいた。

九鬼が、足首の裏の部分、アキレス腱《けん》の下を指で押すと、

「あっ、痛たぁ」と、麻美が小さく悲鳴をあげる。

九鬼は、足首をそっとまわしてみて、

「たいしたことはない」と、きっぱりと言う。

「捻挫《ねんざ》しただけだ。これなら歩ける」

「はい」と、麻美は心細げな声でうなずいている。

九鬼が山靴を履かせてやる。麻美は自分で紐を締めた。それから、九鬼が手を引っぱって、立ちあがらせる。

「しっかりしろよ！」

九鬼がまた気合いを入れて、麻美の頭を押さえると、「うん」と、麻美が九鬼の顔をあおいだ。あまったれて、すがりつくような眼差しになっている。

「さあ、行け」

見返す九鬼の目は冷たかった。

麻美を先に立たせる。右足を引きずるようにして歩きはじめる。すぐ後ろから九鬼が追い立てるようにしてつづく。

二十分ほどで、黒岩山へ至る黒岩林道と、大丈田代を経て七入へ降下する道を分ける分岐点へ出た。黒岩山から赤安山、袴腰《はかまごし》山と縦走路をたどると尾瀬沼へ出る。が、九鬼は大丈田代へ下る右の道をとる。

ここから、稜線上を孫兵衛山の山頂へ登っていく。ササヤブのあいだのゆるやかな登りだが、麻美の足どりはますます重くなった。右足をかばって、よろめき、何度も何度も両手を突いた。軍手は、もう土でまっ黒になっている。ときどき立ち止まり、振りむいて、泣きべそをかいたような顔で、九鬼をあおいだ。

「がんばれ」と、そのたびに九鬼が気合いを入れる。「それでも山女か、めそめそするな。しっかりしろ！」

二〇六四メートルの孫兵衛山の山頂は、ササにかこまれて、台地状になっている。西に望まれる燧ガ岳が近くなる。九鬼と麻美は、ここで強い陽射《ひざ》しを浴びた。が、空気は澄んでいる。風が吹き渡って、ザワザワとササの茂みがそよぐ。九鬼が腕時計に目をやる。針が一時を指している。

「ここは展望がきく、おれたちの姿も目立つ」と、山頂に立って、九鬼が言った。「がんばって、もうすこし降りよう」

「ええ」

と、麻美は小さくうなずいたが、顔から血の気が失せているし、表情はもう半泣きになっていた。

「いい女がなんだ、小娘みたいに泣きべそをかくな、しっかりしろ!」

と、麻美を見返す九鬼の目に光が射す。

「さあ、行けっ」

麻美が重い足を引きずって歩きはじめる。だが五分ほど降下すると、がくっと膝《ひざ》をついて、

「もう、だめ」と、細い声を出した。両手を前に突いて、顔を伏せている。アタックザックが前にずれて、頭にかぶさった。

「もう少しだ、我慢しろ」

と、九鬼が麻美の脇《わき》の下に手を入れて、かかえ起こした。

「あたし、もうだめ」と、麻美の声に嗚咽《おえつ》がまじる。「研さん、先に行って……」

4

九鬼が、麻美のアタックザックを背負い子に縛りつけて背負った。麻美がカラ身になる。

「ごめんなさい」

九鬼をあおぐ麻美の目が涙でうるんでくる。

「めそめそするな」と、九鬼は語気を強めて、「もう少しだ、がんばれっ」

麻美が、また先に立って、右足をかばいながら、ゆっくりと歩き出す。二人分の荷をかついだ九鬼はしっかりした足どりでつづく。カラ身になったのに麻美は、百メートルほどすすんだとき、上体をふらっと前に泳がせると、また、がくっと膝を突いた。両手を突いて四つン這《ば》いになる。

「立てぇっ、さあ、立って歩けっ！」

と、九鬼の叱咤《しった》が飛ぶ。

麻美は顔を伏せて、肩で大きくあえいでいる。赤いヘアバンドの下からはみ出した髪の毛が、両の肩口に垂れてふるえている。九鬼は、そんな麻美の苦しげな様子に、二、三呼吸の間、じいーっと目を据えていたが、横へまわると、麻美を抱き起こした。麻美の右腕を肩にかつぎ、左手を脇腹へまわして、抱きかかえるようにして歩きはじめる。

麻美は抱きかかえられて、引きずられるように歩く。汗ばんだ濃い女の体臭が、九鬼の鼻先にむらがってくる。まもなく、オオシラビソの樹林帯に入った。日陰に入ると、風がきゅうに冷たくなる。まわりには、ササヤブと灌木が密生している。

「ここで待て」

九鬼は、登山道に麻美をすわらせると、背負い子をおろした。それから西の斜面へヤブを漕ぎはじめる。はね返されそうな猛烈なヤブ漕ぎだ。ヤブの高さは九鬼の背丈を越えていた。七、八メートルすすむと、ヤブが薄れて、草付きの小広い斜面へ飛び出した。この地点をたしかめると、九鬼は、ふたたびヤブを漕いで登山道へもどった。背負い子をかつぎ、麻美を立たせると、かかえるようにして、またヤブを割って、草付きの斜面へ出る。

「ここなら大丈夫だ。人目につかない」

九鬼が手をはなすと、麻美は崩れるように草の上にすわりこんだ。九鬼は、背負い子から赤いアタックザックをはずすと、それを麻美の背中へ置いてやる。

麻美は、ザックに寄りかかり、下肢を投げ出して、あおむけになった。目をつむると、目尻《めじり》から涙が溢《あふ》れ出す。その涙がオオシラビソの梢から洩れる陽射しで、キラッと小さく光る。九鬼が、麻美の山靴を脱がせてやる。

麻美は目を開けると、指先で目尻の涙をぬぐって、「ごめんなさいね」と、九鬼の顔をあおぐ。

「いつもなら、こんなにバテたことはないのに、佐土原の裏切りで、がっくりきたのねえ、がっかりして、気がゆるんでしまったのかしら……」

「こんなところでバテたら、警察にとっつかまってしまう。ここでゆっくり休んだら、もう一度、気を取りもどすんだね」

と、九鬼はタオルで顔の汗を拭いている。

「この誘拐は失敗だったわねえ」と、麻美の声音《こわね》は沈んだままで、「あの佐土原はどうしたかしら?」

「あのトランクをかついで、馬坂沢を降りたろう」

「でも、四十キロちかい荷よ。山に素人《しろうと》のあの男が、重荷を背負って沢下りができるかしら。……もしかすると、重荷をかついで、うろうろしているところを捜索隊に見つかって逮捕されるんじゃないかしら」

麻美の言うとおり、九鬼も、その危惧を感じていたのである。四十キロにちかい重荷を背負って、馬坂沢の渓谷を下り、林道に出るのは容易ではない。札束をかつぎ、欲に駆られたところで、あの長い沢下りは素人には無理だ、九鬼もそうおもう。そして、もし佐土原が逮捕されて、訊問《じんもん》されたら、平気で仲間を裏切るような男だから、きっと九鬼と麻美の逃走経路を自供するだろう。そうすればもう逃げ切れなくなる、と、それをいちばん案じているのだ。下山口を封鎖されるのは、当然読んでいた。しかし、この逃走路を警察に知られると、まずいことになる、九鬼の危機感はこれだった。

「右足は痛むか？」

と、九鬼が麻美に目を向ける。

「少しね」と、麻美は視線を合わせて、「でも、ゆっくりと休めばなおるとおもうわ」

九鬼は、自分のザックの雨蓋から、ドリンク剤の小瓶を取り出すと、麻美に飲ませた。ようやく麻美の頬に赤みが射してくる。

「ねえ……」

麻美が両手を差し出した。涙のせいではなくて瞳がキラキラ光っている。眼差しに媚《こび》が見えた。で、九鬼がかぶさるようにして抱くと、麻美が九鬼の首に両手をまわして、唇をもとめた。麻美の唇は濡れて、汗と涙で、ほんのすこし塩《しょ》っぱかった。麻美は九鬼の舌を強く吸った。愛情といっしょに九鬼の精気まで吸い取ろうとするかのように長く強く吸いつづけた。唇がはなれると、麻美が肩で大きくあえいだ。

九鬼が上体を起こして、腕時計に目をやる。一時四十分であった。
七、八メートルほどヤブの向こうの登山道に話し声と足音を聞いたのは、二時十分であった。
目を閉じていた麻美が、ぱっと目を開けて、九鬼の顔をあおぐ。九鬼は目顔で麻美を制すると、登山道のほうへ顔を向けて聞き耳を立てた。

5

舟岐林道から引馬峠へ出た小野塚と船坂刑事は、あれから台倉高山めざして北へ登っていった。台倉高山から南へ少し下ったところに、小さな湿原がある。小広くなった湿原にヌマガヤが生え、黄色いニッコウキスゲの群落もあったし、白いコバイケイソウの花も見えた。だが、ここにも木道はない。だからヌマガヤの緑の湿った黒い土に、九鬼と麻美の足跡がはっきりと残されていたのである。そしてその山靴の跡は、引馬峠のほうに向かっていた。

小野塚は、この新しい足跡を目にしたとたんに、誘拐犯人の山靴の跡と見抜いた。——犯人は二人か、多くて三人、そう睨むと、すぐに引っ返して、引馬峠へもどった。それから、黒岩林道と大丈田代へ分ける分岐点へ足を急がせた。

この分岐点で、小野塚は、大丈田代から七入へ下るルートをとった。

黒岩林道を経て、黒岩山、赤安山、袴腰山から尾瀬沼へ降下する道は、小淵沢田代の東で封鎖されているはずだった。そしてまた七入へ下るルートも、やはり実川林道に検問所が設けられている。だから、どの下山路をとったところで、犯人らは、かならず検問所で引っかかるはずだったが……。

——しかし、ただ一つ、エスケープルートはある、と小野塚は読んでいた。

それは、いま小野塚と船坂のたどっているこの道だった。大丈田代、矢櫃平《やびつだいら》を経て、七入へ降下すると、七入で封鎖線に引っかかるが、その手前で、実川を徒渉《としょう》して、道行沢《みちぎざわ》を遡行《そこう》し、沼田街道に出れば、捜査網に引っかからないですむのである。沼田街道から沼山峠へ出てしまえば、尾瀬の大勢の登山者の中へまぎれこむことができる。

このとき、小野塚は、六月十三日に発生した「道行沢殺人事件」を、またあらためて鮮明に脳裡《のうり》によみがえらせていたのだった。

「何も証拠はないんだが……」

と、小野塚は船坂の背中へ話しかけた。

「道行沢で、大工の赤池朝吉が刺殺されている。そして、赤池の義理の息子の酒井亀一は行方知れずになっている。おまけにこの酒井は詐欺師だ。前科もある。もしこの酒井が、この誘拐事件の主犯だとしたら、そうしてこの誘拐事件を計画し、逃走経路の下見に道行沢へやって来て、偶然、赤池と顔を合わせたとしたら、酒井が、この誘拐を自分の犯行と知られたくないために、気づかれたくないために、それが動機で、義理の親父の赤池を殺すことだって考えられるわけだ……」

二人は、孫兵衛山を下り、オオシラビソの樹林帯の中へ入った。

「なるほどね、そう考えたら、スジは通るわけだ」と、先を行く船坂の地下足袋の足どりは重そうだった。「だから、この道を下って、実川を渡って、道行沢を登っていくと、どこかで犯人らに追いつくと考えたんだね」

「まあ、そういうことだ」と、山靴の小野塚の足どりはしっかりとしている。「だから、おれには、いまのところ、逃走ルートは、この道しか考えられない」

小野塚がきっぱりとこう言ったとき、この二人の刑事は、九鬼と麻美がひそんでいる七、八メートルほど先の登山道を通り過ぎていた。濃いササヤブと灌木の茂みに隔てられていて、二人は、九鬼と麻美の存在に気づくわけもなかったのだ。

しかし、九鬼と麻美の耳には、

「……逃走ルートは、この道しか考えられない……」

こう言った小野塚の声は、ようやく聞きとることができたのだった。

小野塚と船坂の足音が遠ざかり、跡絶《とだ》えると、麻美がほっと息を洩らして、

「いまのひとたち、警察ね?」

「そうだ」と、九鬼は動揺の気配も見せずに、麻美を見やり、「警察にも山ヤがいるらしいな」

「あたしたちのルートを知っているみたいだったわ。このまま、この道を下って大丈夫かしら?」

「あいつらも言っていたように、逃げ道はこのルートしかない」

九鬼も小野塚の口調に似てきっぱりと言う。

「時間を遅らせて歩けば、かえって気づかれないだろう」

「そうだわね」と、麻美は不安げな眼差しで、また吐息を洩らしている。

小野塚と船坂が去ってから三十分ほど経つと、九鬼が、ザックからガスコンロとポリタンを取り出し、湯を沸かして、コーヒーを入れた。チーズとフランスパンの食事をとる。麻美はあまり食

欲はなかったが、それでも食べ終わると、頬っぺたに赤みが射して表情がいくらかあかるくなる。

「右足の捻挫はどうだ？」

「楽になったわ、疲れていたのね」

と、麻美が山靴を履いた。

九鬼と麻美が、ふたたび登山道へ出たのは、もう午後四時をまわっていた。麻美を先に立たせて、ゆっくりと歩かせる。二時間ほど休んだせいで、麻美は歩調を取りもどしている。しかし、ザックの中身の半分は、九鬼のそれに移されていた。

樹林帯を出ると、西陽を浴びた。七兵衛田代《しちべえたしろ》の湿原を右に眺めやりながら降下する。ここから四十分ほどで、大丈田代の湿原へ出る。夕闇《ゆうやみ》の中にニッコウキスゲの大群落が黄色く滲み出るようだ。南へ伸びる翳った尾根の上に燧ガ岳が稜線を残照で茜色《あかねいろ》に染めて、影絵のように深い藍色にくっきりと山容を浮かびあがらせている。

九鬼と麻美は、ここで三十分ほど休んだ。腰をあげたときには、もう残照も消えて、頭上に星がまたたいていた。

ヘッドランプを点《つ》けて、こんどは九鬼が先に立つ。ここから先の登山道は、もう跡絶えているといったほうがふさわしいほどにヤブが濃くなっている。ヤブを漕いで降下する。麻美が、九鬼の背中にぴったりとつく。ヤブが薄くなると、実川の右岸へ飛び出す。左岸へ徒渉する。ここから道は平坦になって矢櫃平を抜ける。広い河原へ出た。転石が白くライトに照らし出される。ここで渡り返して、ふたたび実川の右岸をたどる。足もとをたしかめながら、しばらくすすんだと

き、九鬼が立ち止まる。振りむいて、

「ここで待て」と、背負い子から肩を抜きながら麻美に言った。「様子を見てくる」

この先に山腹がせまって崩れ、ガレ場となって実川へ落ちている悪場が一か所あった。ここから実川は右へ彎曲《わんきょく》している。そしてこの先三百メートルほどのところまで実川林道が延びてきていた。

九鬼は慎重にガレ場をトラバースすると、ヘッドランプの明かりを消した。星空はひろがっていたし、下弦の月も中空にあった。月と星明かりで、しばらく右岸の登山道をすすむ。林道の見える地点まで来ると、足を止めて、行手に視線を這わせる。こうして四、五分経ったとき、ぱっと小さな火を林道に見た。煙草《たばこ》を吸いつけるマッチの火のようだった。

——やっぱり警察が張り込んでいる。

九鬼はそう見抜くと、いま来た道をもどりはじめた。

このとき、七入から延びる実川林道にジープを止めて封鎖していたのは、奥只見署の千田係長ら刑事課員三人であった。

いっぽう九鬼は、麻美のところまで引き返すと、この地点で、ふたたび実川を左岸へ渡った。堰堤《せきてい》の下の広い河原だった。転石を踏んで、草っ原へ入る。こんどはササヤブを分けて、ブナやトチなどの樹林帯に入った。ここでヘッドランプを点けて、しばらくすすむと、道行沢の沢音が聞こえてくる。

九鬼と麻美は、大きなトチの木の下で、ザックをおろした。ヤブが薄くなって、黒い土が露出している。ここにシートをひろげると、二人はザックを枕《まくら》に横になって、ツエルトをひっかぶった。

6

——あくる七月十五日。

九鬼が目を覚ましたのは、もう午前五時をまわっていた。左腕に痺《しび》れるような感覚をおぼえて目覚めたのだったが、麻美が九鬼の腕枕で眠っているせいであった。ツエルトの中で、麻美の体臭が濃くなっている。まだ寝息を立てている。九鬼がそっと腕を抜くと、麻美も目を開けた。

茂り合った梢の隙間から、もう陽射しが洩れてきている。

九鬼と麻美は起き出すと、道行沢の沢水を沸かしてコンソメのスープをこしらえた。麻美がベーコンを煠《いた》めた。そしてクラッカーの朝食を食べた。ぐっすりと眠ったせいか、麻美の顔から疲労の色は消えていたが、目にはまだ翳りが残っている。

「あのひと、佐土原はどうしたかしら？」

後片付けをしながら、麻美は九鬼に訊いた。

「もし、あいつが逮捕されていたら、おれたちも、あぶなくなるが……」と、九鬼は強い眼差しで麻美を見返して、「ここまで来たんだ。もう引っ返すわけにはいかないねえ」

二人が、このトチの木の下のビバーク地点を発ったのは、六時三十分だった。濡れた石や岩伝いに道行沢を渡ると、ササヤブを分けて、登山道へ出た。沼田街道である。ブナやミズナラ、ミネカエデなどの樹林帯の中を道行沢ぞいにだらだら登っていく。シラカンバの白い幹に陽の斑点が明るくまたたいている。

三十分ほどで、道行沢にかかる木の橋へ出た。九鬼がこの橋の袂《たもと》から、ヤブのあいだの踏跡をたどって沢へ下りた。麻美もだまってつづく。それから二人は、黒い岩を二つ渡って、大きな岩の上に腰をおろした。平らな岩であった。だが、その岩は九鬼のすぐわきから切れ落ちて、岩の裾《すそ》が流れの中に沈んでいた。

――六月十三日の日に、檜枝岐村に住む大工職の赤池朝吉が刺殺されて倒れていたのは、ここであった。赤池は細い首すじに死斑《しはん》を浮かばせ、ゴム長を履いた下半身を流れに洗われながら、ここで、あおむけになっていたのである。

しかしいま、澄んだ沢水は、岩を嚙《か》み、落ちて小さな淵《ふち》をつくり、裾をひろげて瀬になり、転石や岩にぶつかって流れている。聞こえるのは沢音だけ、のどかだった。

きょうは日曜日だった。

九鬼は曜日まで計算に入れて、この誘拐計画を立てていたのである。

「沼山峠の休憩所で警察が張り込んでいるんじゃないかしら……」

と、岩の上に腰をおろし、流れを見おろしながら、麻美が心細げな声を出す。

それから十分ほど経ったとき、七入のほうから、にぎやかな話し声と靴音が近づいてきた。二十人あまりの若い男と女のパーティであった。尾瀬にやって来る登山者のほとんどが、バスで御池《おいけ》や沼山峠休憩所まで登るから、この沼田街道を歩くものは少ないが、それでも日曜日には、このコースをえらぶものもいるはずだ、九鬼はそう考えて、こうしたパーティが登ってくるのを待ちながら、この岩の上に腰をおろしていたのだった。

先頭を歩いているのは、大型のキスリングを背負った小柄でがっしりとした男だった。つぎにジーパンにキャラバンシューズの若い女がつづいている。かれらは木の橋の上まで来ると、「こんにちはぁ」「こんにちはぁ」と、口々にあかるい声をかけてくる。二人も声を返して腰をあげた。麻美が先に立って踏跡をたどり、橋の袂へ出ると、この大パーティのいちばん後ろに付いた。

先に一列縦隊につながるパーティは、ゆっくりと登っていく。ネマガリダケのあいだをジグザグに登る。遅れるものもいて、パーティの列が長くなる。抱返ノ滝のあたりまで登ると、オオシラビソやコメツガなどの針葉樹が多くなる。この樹林帯を抜けると、沼山峠休憩所の裏手へ出、休憩所の前の広場へ飛び出す。

しかし、この広場へ上がる入口、休憩所のわきに、小野塚と船坂刑事が張り込んでいたのである。この二人の刑事は、昨夜、九鬼と麻美がたどったコースとほとんどおなじコースを夜中に歩いて、沼田街道を登り、この休憩所でわずかな仮眠をとっただけで、今朝早くからここで張込みをつづけているのだった。

だが、小野塚は、台倉高山の下の小湿原で見た山靴の跡から、犯人は二、三人と推測していた。おまけに酒井亀一のことが絶えず念頭にあったから、写真で見た酒井の顔をおもい出して、脳裡に描いていた。

酒井は、額が広く、面長で、鼻すじも通っていて、一見育ちも家柄もよいインテリ風の容貌《ようぼう》だった。身長は百七十五センチ、体重は七十三キロとあったから、大柄でがっしりとした体軀《たいく》だ。

——酒井亀一が、この誘拐事件の主犯ではないか、
この推測が、小野塚の頭に強くこびりついている。だから、酒井によく似た風貌《ふうぼう》の登山者をもとめて目を光らせていたのである。

そしていま、二十人あまりの大パーティが休憩所の横へ登ってきた。

——大勢だな、そうおもって小野塚は、そのパーティの若い男や女たちを眺めやっていた。しんがりに麻美と九鬼が見えた。

麻美は、セミロングの髪をきりっと赤いヘアバンドでとめて、赤い山シャツを着、黒のニッカーズボンに赤いニッカーホースを穿《は》いている。それに赤いアタックザックだ。

小野塚は、こんな麻美の姿を目にしたとたんに、めずらしくきれいな山女だな、そうおもって胸の和むのをおぼえた。それから、麻美の後ろにつづく九鬼に目を移した。

九鬼も小野塚を見た。つかの間、ふたりの視線が合った。

小野塚も山靴を履いた登山姿だったが、その目の光から、九鬼には、張込みの刑事だと、すぐにぴいんときた。が、顔には出さない。平然と山ヤらしいあかるい目で、小野塚の視線を受け止めた。

いっぽう小野塚のほうは、いちばんあとから登ってきた九鬼を、この大パーティのリーダーと見た。

九鬼は身長が百八十センチだ。小柄な小野塚の目には大男と映った。しかも長髪にタオルの鉢

巻を締めている。日灼けした髭面《ひげづら》はきりっと締まって、いかにも山ヤらしい精悍さがあった。おまけに背負い子に使い古したザックを縛りつけている。どこから見ても、山歴のある男で、この大パーティのリーダーとして、ふさわしい男におもわれた。

　それゆえ、小野塚は、九鬼を見逃した。

　御池から延びる車道の終点のこの広場には、もうびっしりと車が並んで止まっていた。観光客やハイカー、登山者たちで、もうかなり混雑している。にぎやかだった。

　九鬼は、小野塚のすぐ前を歩いて、大パーティと麻美のあとに付いて広場を突っ切ると、ふたたび樹林帯へ入って、木道を踏んだ。

　沼山峠から見おろす、尾瀬沼と湿原は広大な箱庭をおもわせる。大自然の造形美の華やかな広がりが、足下にあった。観光客も、ハイカーも、登山者も、みんなおもわず足を止めて、歓声をあげている。

　前に行く大パーティは、この峠のベンチでザックをおろしたが、麻美は足を止めずに下っていく。が、つと立ち止まると、九鬼の顔を間近に振りあおいで、

「あの休憩所のわきに立っていた二人、あのひとたち警察じゃなかったかしら？」

「ああ、そうだ。刑事の山ヤだね」

　と、九鬼が麻美の目を見返してこたえる。

「佐土原が裏切らなければ、何もかもうまくいったのに……」と、麻美は愚痴っぽく言ったが、すぐに気をとりなおすように、「だけど、あたしたち、もう捜査網を突破したのね」

11　第二の殺人

1

　この七月中旬は、尾瀬がちょうど盛花期をむかえるころであった。

　沼山峠から下る大江《おおえ》湿原にも、ニッコウキスゲの大群落が大気まで黄金色《こがねいろ》に染めて陽光に照り映えていたし、レンゲツツジが燃えるような赤い花を点々と覗《のぞ》かせていた。ヒオウギアヤメも、紫色のあでやかで大きな花を緑の中から突き出して並べている。

　この湿原に伸びる木道を、登山者やハイカー、それに観光客までが入りまじって、まるで色とりどりの蟻《あり》の行列のように長くつらなっている。

　九鬼と麻美も、ジーパンにキャラバンシューズの若い娘たち四人のパーティと、親子連れのハイカーのあいだにはさまって、この大江湿原の木道を渡っていった。

　麻美は、山靴が重そうだったし、まだいくらか右足を引きずっている。

「辛抱しろよ」

　と、後ろから九鬼が声をかける。

「ええ、大丈夫よ」

けれども、麻美の声には力がない。ちらっと振りむいて、九鬼を見あげる瞳《ひとみ》にも艶《つや》がなかったし、目蓋《まぶた》の下も黒ずんで隈《くま》をこしらえていた。しかし、そんな疲労と憔悴《しょうすい》の色を濃く滲《にじ》ませた麻美の顔を見返す九鬼の眼差《まなざ》しは、意外に冷めていた。

「佐土原の裏切りは計画外だったが、おれたちは予定どおりに歩く」

「はい、わかってます」

まもなく、尾瀬沼の辺《ほとり》へ出た。青く澄んだ水面は、風が吹き渡っていくと、ちりめん皺《じわ》に波立ち、銀色にキラキラ光っている。トタン屋根のがっしりとした建物の長蔵《ちょうぞう》小屋が、樹林のあいだに覗いている。

九鬼と麻美は、岸辺の人込みを縫うようにして歩いて、休憩所へ入っていった。麻美はザックをおろすと、山靴を脱いだ。九鬼は、ポリタンを持って、水を汲みに出た。が、チョコレートとクラッカーを食べて、ここで休んだのは、わずか二十分ほどであった。

孫兵衛山、黒岩山、赤安山、袴腰山と縦走して来ると、ここへ降下するし、沼山峠越えでも、ここに至る。警察の捜査の手が、この地点まで伸びるのを九鬼はあらかじめ読んでいたし、沼山峠休憩所では、張り込んでいた二人の刑事を見ているのである。いくら登山者やハイカーが多くても、九鬼はまだまだ気を許してはいなかった。

また麻美を先に立たせて、木道を歩きはじめる。やっぱり右足を引きずり気味の麻美の歩幅がせまくなっている。大江湿原を抜けると、わずかに登って、樹林の中へ入った。こんどは下って、浅湖《あざみ》湿原へ飛び出す。右手に尾瀬沼が深く切れこんできている。ササヤブの先の岸辺で、子どもたちの一団が遊んでいた。ふたたび、オオシラビソやクロベ、ツガなどの樹林帯に入る。石や木の根の露出した道だ。ここを抜けると、ふたたび、ぱっと強い陽射《ひざ》しを浴びて、湿原に飛び出す。木道を渡っていくと、沼尻休憩所の前へ出た。真北に望まれる燧《ひうち》ガ岳《たけ》の山頂が照りかすんでいる。

二人は、ザックをおろすと、この休憩所の前で小休止をとった。

麻美が大きく肩で息を入れて、木道に腰をおろした。日灼《ひや》けした額にびっしょり汗をかいている。赤いヘアバンドの下にはみ出した髪の毛まで汗で濡《ぬ》れて、額やこめかみに貼《は》りつかせている。首にかけたタオルで顔を拭《ふ》きながら、

「佐土原は警察につかまったかしら？」

翳《かげ》りのある目を九鬼に向けた。

「うん、逮捕されたかもしれん」

麻美を見返す九鬼の目は平静だった。

「もし佐土原が逮捕されたとしたら、あのお金は、もうもどらないわねえ」

「ま、そういうことだ」と、九鬼は声音《こわね》までが冷静で、「しかし、佐土原がとっつかまって、自白したとしたら、このルートに警察の目が光りはじめるはずだ」

「心配だわ、わたし……」

麻美が吐息といっしょに言うと、

「やれるだけは、やってみるさ」と、九鬼の眼差しが強くなって、「まだ佐土原が逮捕されたと

決まったわけじゃない。あいつだって死物狂いになって逃げ切ったかもしれん」

「そうだといいんだけれど……」

「とにかく、ここで考えたところでどうしようもない。こちらも逃げ切ることだ」

と、九鬼は立って、

「さあ、行くぞ」

「はい」

と、麻美も腰をあげて、九鬼の顔をあおぐ。その目がまた、すがりつくような眼差しになっている。

2

白砂田代《しらすなたしろ》の木道を渡り、それから樹林帯に入る。ブナ、シズナラ、ハルニレ、シラカンバなどの広葉樹林が多く見られるようになり、左手に沼尻川の沢音を聞きながら葭小屋坂《よしずごやざか》を下ると、まもなく下田代《しもたしろ》十字路へ出た。

九鬼と麻美が、この見晴《みはらし》に着いたときには、もう陽は西に大きくかたむいていた。尾瀬ガ原が斜陽を浴びて、ニッコウキスゲの群落をあざやかな濃黄色に際立たせている。

二人は、建ち並んだ山小屋の東側を歩いて、木立に囲まれたキャンプ場に入っていくと、ここでザックをおろして、ツエルトを張った。

ツエルトの中に入って、シートに横すわりになると、麻美は精も根も尽き果てたといった表情になり、がくっと肩を落とした。九鬼が、ザックからポリタン入りのブランデーを取り出すと、ピーナッツとクラッカーをつまみながら、二人は飲みはじめた。ようやく九鬼の表情が和んでくる。麻美の頬《ほお》もポウーと赤く上気して、やっと瞳が艶をおびてくる。

「佐土原の裏切り以外は、何もかも計画どおりなのに……」

麻美がまた未練げな言葉を吐く。

「やつが、もし捜査網を突破して、東京へ舞いもどっていたら、とことんまで追いつめて、あの二億七千九百万円を取りもどしてやる」

と、九鬼の目の光が強くなる。

このキャンプ場には、十数張りの色とりどりのテントが張られていた。ギターの音や歌声が聞こえてくる。この二人の胸中とは裏腹に、にぎやかでたのしげな雰囲気が、陽の陰りはじめた木立の中にかもし出されている。山小屋の窓にも灯が点《つ》いて、人影があわただしげに動きはじめている。

ポリタンのブランデーを半分ほど飲んでから、二人は、即席ラーメンの夕飯を食べた。そのあと、すぐに寝袋をひろげた。陽が沈んだとたんに、冷気がただよいはじめる。

麻美は寝袋に入ると、顔を九鬼の胸もとへ寄せてきて、

「抱いて……ねえ、抱いてえ……」

小さくあまったれた声を出した。

九鬼はだまって、麻美の背中へ手をまわす。麻美は顔を九鬼の胸へこすりつけた。「ううン」

と、麻美が鼻声を出すと、小さくあえいだ。九鬼は、麻美の頭を撫《な》でた。汗をかきかき歩いてきたせいか、髪の毛は、まだしっとりとしている。麻美の体臭は濃くなっていた。だが、九鬼は、冷めた目を薄闇《うすやみ》にそそいだままで、ただそうしてじい－っと麻美を抱いているだけだった。

——あくる七月十六日。

二人が、このキャンプ場を発ったのは、ちょうど午前七時であった。ぐっすりと寝たせいか、麻美の顔は精気を取りもどしていた。九鬼の先を歩く足どりも、山女らしくしっかりとしている。

八木沢ぞいにだらだらとたどっていく。さわやかな陽射しが茂り合った梢《こずえ》の隙間《すきま》からチラチラ洩《も》れてくる。ササヤブのあいだを急登すると、富士見峠へ出た。広い道をしばらく西へ歩くと、富士見小屋の前へ出る。この店先にも、大勢の登山者がいた。九鬼と麻美も、ここで三十分ほど休んだ。このあと、曲がりくねった車道を下って、富士見下へ降りた。

そして、富士見下十二時四十分発の沼田行のバスに乗りこんだ。沼田駅に着いたのは、十四時四十分。

二人は、沼田駅十四時五十二分発の上野行普通列車に乗車した。窓辺の席に向かい合わせにすわると、二人は冷たい缶ビールを飲んだ。高崎駅に着いたのは、十五時五十四分だった。ここで下車すると、十六時七分発の信越本線の白山《はくさん》五号に乗り接《つ》いだ。小諸駅着は十七時十七分。ここから小海線に乗り替える。十七時四十四分発の小淵沢行に乗りこんで、野辺山駅で下車したのは、十九時四十七分だった。

ときおり車の行交《ゆきか》いがあるだけで、人通りの跡絶《とだ》えた佐久甲州街道を歩いて、九鬼と麻美が、隠れ家の別荘へもどったのは、もう午後八時をまわっていた。窓から明かりが洩れていたが、雑木林とカラマツの林にかこまれて、ひっそりとしている。

山岳画家、古藤田岳彦《ことうだたけひこ》の別荘である。

九鬼と麻美が玄関に入ると、美々津と猪熊、芋田の三人が、廊下を鳴らして飛び出してきた。

美々津と猪熊は、十五日の朝、田代山山麓《さんろく》の木賊《とくさ》温泉を発《た》って、この日の午後、この別荘に帰り着いていたのである。そして、横山と芋田は、人質の岩之淵の監禁と電話連絡が役目で、ここにずうーっと待機していたのだった。

猪熊が、目を大きくして九鬼を見、それから視線を麻美に移すと、

「おかえり」と、声をはずませた。

「うまくいきましたか？」

美々津が口早に九鬼に問いかける。

「兄貴は？」

芋田が怪訝《いぶかし》げな眼差しになって、その目を閉ざされたドアにはしらせる。

いっせいに三人が表情を翳《かげ》らせる。

「あいつは裏切った」と、九鬼は三人に視線を這《は》わせながら、声をおさえて、「しかし、当座の金だけはある。約束の三百万だけは持ってきた。ガタガタするんじゃない」

そう言うと、三人に背中を向けて、あがりかまちに腰をおろして、山靴の紐《ひも》をほどきにかか

る。

「ほんとに兄貴が裏切ったのか」

芋田が信じられないといった顔で、せきこんで麻美に訊く。

「そうよ。裏切って、ひとりで逃げたわ」

麻美も声を低めて、

「横山さんは？」

「会頭を見張っているよ」と、猪熊がこたえて、

「あの野郎、裏切りやがったのか」と、呻《うめ》くような声を出した。

3

人質の岩之淵は、十畳ほどの広さの板の間で炉を前にして、円座にどっかと尻を据え、横山と向かい合っていた。

肉付きのいい頬と顎《あご》をゴマ塩の髭《ひげ》で埋めてはいたが、禿《は》げあがった広い額はテラテラとして血色がよかったし、監禁されている人質とはおもえない落ちつきはらったゆとりを見せていた。大きな目にも光があって、ギョロッと廊下を通りかかった九鬼を睨《にら》みあげると、

「リーダーといいさましいお嬢さんのご帰還だね」と、岩之淵は野太い声をかけた。「首尾はどうだったね？」

「ただいま、もどりました」

背負《しょ》い子を右肩に引っかけたまま、九鬼は、ちょっと足を止めて、岩之淵を見返すと、丁寧な口をきく。

横山が炉べりから立ってきた。麻美が板の間へ入ると、横山と交替して、岩之淵と向かい合って腰をおろした。

九鬼は廊下を奥へ歩いていく。芋田、美々津、猪熊、横山があとについて、いちばん奥のアトリエへ入った。九鬼は、背負い子をおろすと、四人と対峙《たいじ》した。

「リーダー、事情を説明してほしいね」

まず猪熊が発言した。

「ま、すわれ」

九鬼は板張りの床にあぐらをかく。四人もすわった。それから、九鬼は、三億円の札束を計画どおり手にしたいきさつから、馬坂峠を越えて、二〇三三メートルの湿原までたどりついたとき、佐土原に逃げられたと、あのときの様子をくわしく四人に話して聞かせた。

「すると、佐土原、二億七千九百万円を一人じめして逃げたということですか？」

と、美々津が乗り出した。

「まあ、そういうことだ」

と、答える九鬼の声音は静かだし落ちついている。

「兄貴の住居《ヤサ》なら、おれが知っている」

芋田が甲高い声をはさむ。

「しかし、大金を手に入れたんだ。自分の家にはもどらないだろう」

　と、九鬼が芋田に目を移す。

「二億円は、リーダーと麻美さんが取って、あとの一億円は、おれたち五人がもらう約束だった。ひとり当て、二千万円だ……」

　猪熊の声は意外に冷静だった。

「うん、たしかにそういう約束だったが、佐土原の裏切りで計算が狂ってしまった。あいつに油断したおれの責任だ。しかし、佐土原が逃げ延びたとしたら、おれは佐土原を探し出し、追いつめて、残りの金を取りもどす。そのときには、またあらためて、約束どおり、金を分配する。だから、きょうのところは、三百万円ずつで我慢してくれ」

　こう言って、九鬼が背負い子に手を伸ばすと、「いいでしょう」と、美々津が言った。「どうせ、残りの金は三か月後にもらうことになっていたんだから……」

　猪熊と横山は、だまって小さくうなずいている。

「三百万だって大金だぜ！」

　と、芋田が頓狂《とんきょう》な声をあげた。

　九鬼は、ザックから札束を取り出すと、三百万円ずつ、四人に手渡した。このあと、廊下をもどって、板の間へ入っていった。

「チンピラが一人見当たらないようだが？」

　と、九鬼が炉べりにすわると、いきなり岩之淵が話しかけてきた。九鬼は、ちらっと麻美に視

線を投げてから、その目を岩之淵にもどすと、

「あいつは逃げました、逃げられましたよ」

「裏切られたんだね」と、やはり岩之淵は察しがよくて、「どうやら、きみは、人選をあやまったらしいね。企業でもおなじだが、人選をあやまると、いずれは破綻《はたん》を来《きた》すことになる……」

「リーダーとして、わたしは失格です」

九鬼がこう言って自嘲を浮かべると、

「いや、きみはなかなかの男だよ」

岩之淵は、ギョロッと目を九鬼の表情に当て、それから柔和な眼差しになると、

「きみたちの登山姿から推測すると、身代金はどうやら山で受け取ったらしいね。ヘリコプターから、身代金を山頂へ投下させるのは、たしかにいいアイデアだ。それほどの頭があるのに、誘拐犯人とは惜しいね。こんな犯罪よりほかに、もっと役立てるところがあるだろうに……。しかも、きみはインテリだ。重荷を背負って山登りをやる体力もある。今回は人選をまちがえたが、リーダーとしての統率力もある。まったく惜しいよ。きみのような人材が、誘拐の主犯になるとは……」

4

——おなじこの七月十六日。

会津田代山の山頂一帯は、捜査員らによって捜索がなされていた。

福島県警本部の捜査一課の竹村係長以下五名と、奥只見署の千田係長らに鑑識課員らもくわわって、きのうの午後三時ごろ、田代山スーパー林道の猿倉登山口から、山登りの支度をととのえて、登山道をたどり、この山頂に登り着いたものだった。

いっぽう、栃木県側は、今市署員と宇都宮署員、これに警視庁捜査一課の阿部、長瀬係長ら、そしてそれぞれの署の鑑識課員もくわわって、きのうのやはり午後三時ごろ、山支度をととのえて、田代山スーパー林道から尾根伝いに、この山頂に達したのだった。

そうして昨夜は、太子堂や小田代小屋、また太子堂の前にテントを張って、仮眠をとり、今朝早くから、全員で捜索を開始したのである。

奥只見署の小野塚と船坂刑事は、きのう、沼山峠休憩所で九鬼と麻美を見逃したあと、一時間あまり経ってから、沼山峠から大江湿原に降りた。それから、長蔵《ちょうぞう》小屋や国民宿舎で聞込みをはじめた。

小野塚には、六月十三日に発生した「道行沢《みちぎざわ》殺人事件」の被害者、赤池朝吉の義理の息子、酒井亀一のことがやはり念頭にあったから、この酒井の人相を言い、こういう男を見かけなかったか、疲れ果てて、昼間から小屋入りをして寝こんでしまったものはいないか、何かあやしいそぶりの登山者はいなかったか、――と、聞き込んでまわったのだった。が、何一つ手がかりになるような情報は得られなかったのだ。

そこで、小野塚と船坂刑事は、ふたたび沼山峠休憩所へ引き返すと、ジープで御池から七入《なないり》へ下った。そのあとまた田代山スーパー林道へもどると、千田係長らといっしょに、田代山の太子堂まで登ったのである。

それゆえ、この二人の刑事が、この山頂一帯の捜索にくわわっていたのは言うまでもない。

誘拐犯人らがひそんでいたと推定される太子堂の捜索は徹底したものだった。鑑識課員らは、犯人の指紋を検出しようとして、板の間に舐《な》めるような視線を這わせたし、床板をはがして、縁の下まで捜索した。小屋のまわりのササヤブや灌木の茂みまで、くまなく捜索した。

「三億円の札束は重荷になる。三億円入りのトランクを、いったんどこかへ隠しておいてから、逃走したのではないか？」

こう言い出したのは、千田係長であった。

「その可能性は大きいですね」と、小野塚もうなずいて、「三億円の札束を背負って、尾根を縦走するのは容易じゃありません」

そこで、福島県警捜査一課の竹村係長の指示で、それぞれ手分けをして、山頂一帯のササヤブや灌木の茂みをかきわけ、捜査しはじめたのだった。

小野塚と船坂刑事は、太子堂のわきから、登山道を帝釈山に向かって、目を光らせながら歩きはじめた。

——孫兵衛山に至る縦走路でも、七入の林道でも、そして沼山峠でも、犯人らと出会わなかったのは、もしかすると、犯人らは馬坂沢を降下したからではないか。

こうした推測が、小野塚の頭に萌《きざ》したせいであった。

三十分ほど足を運んだとき、先に立つ小野塚の視線が、左手の茂みに折れた灌木の小枝を捕らえた。

「見ろよ」

と、小野塚は足を止めて、その折れた小枝を目顔で指す。船坂も立ちどまり、覗きこむように目をやって、

「うーん」と、小さく唸った。

鞍部になっている地点である。南側に馬坂沢が、ジャクシ沢、オオイデ沢、それから名のない小沢を二本分けて、樹枝状に稜線《りょうせん》めがけて突きあげていた。その名のない枝沢の一本が、この鞍部へ這いあがってきているのだ。

こうした地形を、小野塚はよく心得ていた。それゆえ、ここで、登山道を左へそれた。矮小《わいしょう》灌木《かんぼく》やササヤブを漕《こ》いで、急斜面を降下しはじめる。後ろに船坂がぴったりと付いてくる。五十メートルほど降下すると、突きあげてきている小さな沢に出た。二メートルあまりの幅の涸《か》れ沢である。苔《こけ》の生えた岩が露出し、石がゴロゴロしている。一つ大きな岩がオーバーハング状に張り出していた。

この岩の下に目をはしらせたとき、

「おっ」と、小野塚が小さく声をあげた。

背後の船坂も息を呑《の》む。

そこに、男が俯《うつぶ》せに倒れていた。

ジーパンにキャラバンシューズ、ブルーのワイシャツの大柄な男だ。右手を頭上に伸ばして指

先を苔の密生した岩に食いこませている。左手は脇腹《わきばら》を押さえるように、くの字に曲げていた。下肢は六十度ほど開いて、右足を這いずるような形で膝《ひざ》を曲げている。

ブルーのワイシャツの背中は血で染まっている。が、その血は乾いて、どす黒く、布地はノリを付けたようにゴワゴワになっていた。

顔面を露岩と枯れ葉に押しつけている。

泥のついたキャラバンシューズの底から一メートルほど下に、ジュラルミン製の大きなトランクが、ぽっかりと口を開けていた。トランクの下には、グリーンの布製のシートがひろげられていて、切りほどかれた七ミリのナイロンザイルが、そのシートのわきに散らばっている。シートの右裾《みぎすそ》の灌木の茂みには、背負い子が一つ立てかけられていた。

「背中を刺されているな」

小野塚が、しずかに石を踏んで歩み寄ると、男の死体に視線を這わせた。それから、その目をトランクに向ける。船坂も、トランクにするどい目をそそいで、

「空《から》っぽだ。三億円の札束が消えている」

「誘拐の犯人《ホシ》たちは、仲間割れをしたんだ。ここでこの男を刺し殺して、馬坂沢を下って逃走したものにちがいない」

小野塚はこう言いながら、小型のアタックザックから肩を抜き、

「おれが知らせる……」

船坂に山シャツの背中を向けると、強引にヤブを漕いで登りはじめた。

5

田代山の山頂一帯を捜索していた捜査員や鑑識課員らが、この男の死体のまわりにあつまったのは、それから一時間あまり後であった。

「うん、たしかに犯人らの仲間割れだね」

男の死体と口を開けたトランクを目にしたあと、警視庁捜査一課の長瀬係長が確信ありげにこう言った。

鑑識課員三人が、死体の背中を綿密に調べて、「後ろから刺されていますね」と、顔をあげて一人が言った。

「刃物で心臓をねらって二度突き刺している。刃物の種類も、死亡推定時刻もはっきりしませんが……」

「殺されたのは、七月十四日の朝じゃないのかね。身代金が投下されたあの日の朝ということになるが……。犯人たちは、身代金を受け取ってから、トランクをかついで、ここまで逃げてきた。ところが、ここで仲間割れして、この男を刺殺すると、三億円の札束を別のザックに詰めて、この沢を下った……」

こんどはおなじ一課の阿部係長が口をはさむ。

「背後から心臓をねらって突き刺した手口は、道行沢殺人事件とおなじですね」

上司の千田係長に顔を向けて、唐突に小野塚が言い出した。

「うん、そうか。……たしかに道行沢事件の被害者の赤池も、背中を三度刺されていた。この三つの刺創《さしきず》のうち二つが心臓に達して致命傷になっていたが……。そう言われると、たしかに犯行の手口はよく似ているね」

千田係長も死体を見おろして、顎を引いた。

「道行沢事件というのは？」

と、長瀬係長が訊く。阿部係長らの目も、いっせいに千田にそそがれる。

そこで、千田は、「七入から尾瀬に至る沼田街道ぞいの道行沢で、六月十三日に発生した殺人事件ですが……」と、話しはじめた。そして詳細に話したあと、「もう一か月以上経つのに、いまだに有力な容疑者が浮かびあがってきません。被害者赤池の義理の息子の酒井亀一だけが、手がかりらしい手がかりといえますが、しかし、詐欺の前科のあるこの酒井の行方は、いまのところわかっておりません」

「わたしは、この誘拐事件の主犯は、酒井亀一だと考えます」

小野塚が、長瀬の顔に目を当てて、はっきりと言う。それから視線を阿部に移した。

「ほう」と、長瀬の目が大きくなって、「この誘拐事件と道行沢事件とは関連があるというんだね？」

「そうです」と、小野塚は長瀬に目をもどして、

「あくまでわたしの推測ですが……。詐欺師の酒井がこの誘拐事件の犯行を計画したとき、逃走経路の下見に道行沢へやって来たものと考えます。ところが、下見にきたとき、偶然、義理の父

親の赤池と出会ってしまった。そこで酒井は、この誘拐を自分の犯行と知られたくないために、赤池を背後から刺した。おまけに酒井は、中学を卒業するまで檜枝岐村で赤池といっしょに暮らしているから、このへんの山には土地カンもあります。田代山の山頂に身代金を投下させるという計画は、この山の地理にくわしいものじゃないとおもいつきませんからね。ですから、わたしは、この誘拐事件も道行沢の殺人も、酒井の犯行ではないかと推定するわけです」

「なるほど」と、長瀬は唸《うな》るように言って、「いい話を聞かせてもらった、酒井亀一か。……ところで、この地点だが、ここは栃木県側になるね？」

「そうです。稜線が県境になりますから、この南側の斜面は、わたしどもの管内になります」

と、今市署員の一人が答えた。

「しかし、道行沢殺人事件と関係があるとなると……」

と、奥只見署の千田が口を出す。

「いずれ、合同捜査になるだろうが」と、福島県警本部の竹村係長も口を入れる。「ここから死体を降ろすのは、奥只見署がいちばん近いね」

「それでは、このホトケは、奥只見署へ運ぶことにしてはどうかね」

長瀬係長が今市署員に目をそそぐ。今市署員らがうなずいた。

そこで、この沢を捜索するために半数の捜査員たちと鑑識課員を残して、あとの課員たちは男の死体といっしょに下山することになった。

死体はビニールシートに包まれ、急造担架に乗せられて、猿倉登山口まで降ろされると、ここからジープで田代山スーパー林道を下って、奥只見署へ運ばれていった。

検視がはじまったのは、死体が奥只見署へ運ばれてから、四十分ほど後であった。所轄署の警察医も顔をそろえた。

検視の結果判明したのは――。

やはり、背中の二つの刺創が心臓に達し、それが致命傷になったものと推定された。頭部や四肢には異常は認められなかった。死体の身長が計られた。百七十六センチ。体重も計られた。七十二キロ。年齢の推定は、二十二歳から二十七歳。血液型はB型。

指紋も採られた。この指紋は、即刻、警視庁へ送られて照会されることになった。

この検視のあと、死体は司法解剖を受けるために、会津若松市内にある県立T病院へ運ばれていった。

解剖の所見がわかったのは、あくる七月十七日の午前九時過ぎであった。

「死因は背中の刺創です。二つとも心臓に達して、左の心室の中に入っており、どちらもそれ一つで十分に死亡の原因となる致命傷です。凶器は、刃の長さ約十三センチ、刃の幅約三センチのナイフ状のものと推定されます。たとえば登山刀のようなものです。それから死亡推定時刻ですが、解剖の時点で死後約三日。ですから、十四日の午前七時から九時ごろ死亡したことになります」

執刀医は、こう所見を述べた。

奥只見署の捜査本部で、この解剖所見を聞いたとき、

「刺創から凶器まで、道行沢の殺しとそっくりおなじじゃないか」

小野塚はおもわず声を大きくした。

6

――この日。

野辺山高原の別荘では、九鬼や麻美ら誘拐犯チーム六人と、人質の岩之淵は、夜明けとともに起き出した。簡単な朝食をとったあと、九鬼の指示で、横山、芋田、美々津、猪熊、これに麻美もくわわって、別荘内の掃除をした。

「指紋を残すな」と、九鬼はきびしい顔で指図した。「おれたちが、ここにいた痕跡《こんせき》を何も残すな」

岩之淵の監禁されていた十畳ほどの板の間も、隣の部屋もアトリエも、台所も、風呂場《ふろば》も、きれいに掃除をし、きちんと片付けた。指紋を消すために、雑巾《ぞうきん》がけもした。そして最後に落度がないかどうかを、九鬼が丹念に見てまわった。

横山、芋田、美々津、猪熊の四人が、この別荘を発《た》ったのは、午前七時過ぎだった。野辺山駅七時四十二分発の小淵沢行に乗るためであった。この列車に乗ると、小淵沢着は八時二十八分で、小淵沢駅八時五十分の急行アルプス四号に乗れる。そうして新宿駅着は十一時四十五分だった。

「きみたちの住所はわかっている」と、四人を玄関に送り出したとき、九鬼は言った。「佐土原から金を取りもどしたら、連絡して、約束どおり分配する」

「おねがいします」と、横山が頭を下げた。

猪熊も美々津も、九鬼におじぎをした。

「おれも兄貴を探すよ」

ちょっと気負いこんで、芋田が言った。

「無理をするなよ。気をつけて行け」と、九鬼は四人に順ぐりに目をやって、「きみたちは、よくやってくれた」

「リーダーも、気をつけて」と、猪熊は名残《なご》り惜しげに言った。「麻美さんにも、よろしく」

このとき、麻美は、板の間で岩之淵と向かい合っていたのである。

こうして四人は去っていった。

九鬼と麻美、岩之淵の三人が、この別荘を発ったのは、それから二時間ほど後であった。

玄関のドアを内側から閉めて、廊下のガラス戸を開けて外へ出た。それから裏の雑木林の陰に駐車してあった薄いクリーム色のローレルに乗りこんだ。この乗用車は、岩之淵を誘拐したあくる日、七月十一日の日に、佐土原と芋田が立川市内の砂川町の路上で盗んできたものだった。

九鬼と麻美は登山姿で、背負い子とザックを助手席に積みこんだ。九鬼がハンドルを握った。リア・シートに、麻美と岩之淵が並んですわった。岩之淵は紺の背広を着、ガラスの裏側に紙を貼りつけたサングラスをかけさせられた。

麻美の膝の上の白革のハンドバッグには、ワルサーＰＰＫがおさまっていた。リア・シートに

並んで腰をおろしたとき、麻美はハンドバッグの口を開けて、銃口を覗かせると、

「助けを呼ぶと、撃ちますわよ」

真顔でこう言った。岩之淵は、サングラスの下から、ちらっとその銃口に目をくれて、

「いまさら、じたばたしないさ」と、苦笑を浮かべた。「お嬢さんのほうはとにかく、わたしはリーダーの人柄を信じるよ。きっと無事に釈放してくれるだろうとね」

ローレルは、しずかに佐久甲州街道へすべり出た。九鬼は慎重に車を走らせる。小海線ぞいに走って、清里《きよさと》を抜ける。韮崎《にらさき》市内を通過した。甲府市の町並に入ったとき、「ここまで来たら、もうこのサングラスをはずしてもいいだろう」

と、岩之淵が言い出した。

「いいでしょう、はずしてください」

行手を見やりながら、九鬼が言葉を返す。

岩之淵は、サングラスをはずすと、大きな目をしばたたいた。麻美は、そのサングラスを受取ると、ハンドバッグに入れる。

「わたしは他人《ひと》に強制されるのは、何事においても好まない。とくに拳銃《けんじゆう》を突きつけられてはね」

岩之淵は、大きな目を細めて窓の外を眺めやりながら言う。が、屈託のない声だった。「何年かぶりに、ゆっくりと休ませてもらったよ。経営団連の会頭になってからは働きづめだったからね。……ところで、わたしの身代金の三億円のうち、あの裏切りもののチンピラは、いくら持ち

逃げしたんだね？」

「それはお話しできません」

ハンドルをあやつりながら、九鬼がきっぱりと言った。

「まあ、とにかく、三億円はいずれそのうち警察が取りもどしてくれるだろう」と、岩之淵は確信ありげにそう言ってから、「しかし、山ヤや釣り師には悪人はいないというんだがねえ」と、小さく吐息を洩らして、麻美に一瞥《いちべつ》を投げると、

「女はこわいよ、このお嬢さんでもね」

このとき、九鬼は、ちらっとルーム・ミラーをあおぎ、その鏡の中に岩之淵の顔をとらえて、

——さすがに日本経営団連の会頭だけあって、炯眼《けいがん》だ、そうおもったのである。

麻美はだまっている。やはり佐土原の裏切りが痛手になっているのか、尾瀬でも、野辺山高原の別荘へもどってからも、表情が沈みがちで、そして、いつもの潑剌《はつらつ》さが消えて、口数もめっきり少なくなっていた。

車は笹子《ささご》トンネルを抜けて、笹子、初狩《はつかり》を過ぎると、まもなく、大月インター・チェンジから中央自動車道へ入った。九鬼は、十分に車間距離をとって慎重に車を走らせる。八王子を通過し、多摩川を渡ると、国立府中のインター・チェンジで高速道路を降りた。料金所を出てから二百メートルほどすすんだとき、九鬼が車を止めた。

「ここで降りていただきます」

ルーム・ミラーを見あげて九鬼が言った。丁寧に言葉をついで「会頭にはご迷惑をおかけしま

した」

「うむ」と、岩之淵は髭の生えた肉付きのいい顎を引いて、「きみたちとは、いずれそのうちまた会うことになるだろう」

きっと逮捕されるぞ、そういう言葉が言外に含まれている。

「ご機嫌よう、会頭さん」

と、首をまわして麻美が言った。

「ご機嫌よくはないがね」

岩之淵は苦笑を洩らしてドアを開けると、歩道に降りた。

歩道の先には青田のひろがりがあった。その向こうに谷保《やぼ》天神の森が強い陽射しを浴びて横たわっている。

7

薄いクリーム色のローレルは、左に折れて、甲州街道を走り、谷保天神の前を過ぎて、日野橋の手前で右折すると、立川市内へ入った。中央線のガードをくぐって左へ曲がると、市営の駐車場へ入り、九鬼は、ここで車を止めた。エンジンを切ると、ザックを開けて、タオルで包まれた札束を取り出し、

「おれの取り分の三百万円と佐土原の三百万だ」と、振りむいて、麻美に差し出した。「六百万ある。これを持っていくがいい」

「でも研さんの分は？」

と、麻美が逡巡《しゅんじゅん》すると、

「いいから持っていけ」

いつになく九鬼の語気がきびしくなる。

「でも……」

「いいんだ」と、九鬼は手を伸ばして、タオルにくるまれた札束を麻美に押しつけると、「おれは、金が欲しくてやったわけじゃない」

「それじゃ」と、麻美は受け取ると、「わるいわねえ、研さん……」そう言いながら、赤い中型のアタックザックの中にそれをおさめた。

ふたりは、背負い子とザックをかついで駐車場を出ると、その足で、立川駅北口へ歩いていった。


日本経営団体連合会の会頭、岩之淵信平の誘拐事件を、新聞とテレビがいっせいに報じたのは、七月十八日の朝であった。

被誘拐者の岩之淵の人命尊重がまず第一だったから、警視庁とマスコミ関係は報道協定を結び、岩之淵の身柄の安全が確認されるまで、マスコミは、この重大ニュースの報道をさしひかえていたからである。

どの新聞も、この日の朝刊は、この事件を一面と社会面で大きく取りあげていた。そしてどのテレビ局でも、朝のニュースで、この事件を知らせた。

『――会津田代山と帝釈山の中間の鞍部で若い男の他殺死体発見。誘拐犯人の仲間割れか』

という記事も社会面に載っていたし、これはテレビニュースでも報じられていた。

「――誘拐犯の一味らしい男の死体の身元は不明」

と、新聞もテレビも報道していたが、しかし、この十八日の朝の時点では、もうすでに死体の身元は割れていたのである。

この死体の指紋の照会の結果が判明していたからだった。

それによると、死体の男は、佐土原十吉（二十四歳）であった。佐土原には傷害の逮捕歴があったから、警視庁刑事部に指紋が登録されていたのである。

そして、この日の午前十時過ぎに、麻美の住居へ、九鬼から電話がかかってきた。

「話があるから、おれのアパートへ来てくれ」

受話器を通して聞こえる九鬼の声は冷たかったが、

「わたしも研さんに会いたかったの……」と、麻美の声はあまったれ気味で、心細げでもあった。

「いまからすぐ出かけます」

「ああ、待っている」と、九鬼は電話を切った。

12　もう一人の容疑者

1

　麻美は、西武国分寺線の恋《こい》ケ窪《くぼ》駅で下車した。

　この駅で降りるのは、きょうで三度目だった。小広い駅前から車の行交《ゆきか》いのはげしい通りへ出ると、左に折れて、すぐ踏切を渡る。

　日盛りだった。薄茶色のトンボメガネのレンズを透かして見る舗装路は灼《や》けて、ほのめくように強い陽射《ひざ》しを照り返している。

　麻美は、襟ぐりの大きな半袖《はんそで》のオレンジ色のワンピースを着ていた。縦に白い縞《しま》が入っている。こんがりと日灼《ひや》けした肌に、そのオレンジ色がよく似合っている。ゆたかな胸の隆起や、腰から臀部《でんぶ》の曲線をくっきりと描き出していた。下肢もすらりと伸びている。

　――六月八日の日に、はじめてここを訪れたときと、おなじ装いであった。けれども、髪だけはあの日のようにセミロングではなく、きりっとしたショートカットにし、それをいくらか赤く染めていた。

　まもなく通りを右に曲がる。一方通行のせまい道だ。きゅうに家並《やなみ》がまばらになる。緑が多くなった。五分ほど歩くと、左手に雑草で埋められた小さな空地《あきち》があった。

——あの日、ここに黄色いシビックが駐車していたんだわ。あれが勝又勇の車だった……。

麻美はおもい出し、目をその空地にはしらせて、ムンムンする草いきれを嗅《か》いだ。が、そのまま足をすすめる。やがて右手に雑木林が見えてくる。ナラやクリの緑の向こうに三階建ての白い大きな建物があった。鴨下《かもした》医院という白い看板が覗《のぞ》いている。

——佐土原、芋田、勝又のチンピラグループは、わたしをあの病院のひとり娘とまちがえて、ここで車の中へ引きずりこんで、誘拐しようとしたんだわ。

あのおりの様子をまざまざと脳裡《のうり》に描き出しながら、雑木林の前を通り抜けた。

タンポポ荘というかわいい名前のアパートは、ここから二百メートルほど先にあった。茶畑とナスビ畑にはさまれた閑静なところだった。まだ新しいモルタル造りの二階屋である。

九鬼研八の住居は、二階の南端だった。麻美は階段をあがると、廊下を歩いて、南端の部屋のドアを静かに叩《たた》いた。

「おう!」と、野太い声が聞こえて、「カギはかかっていない」

麻美はノブをまわすと、ドアを引いた。

せまい玄関に立つ。三畳ほどの板の間と、その奥が六畳間の小ぢんまりとした住居だ。九鬼は板の間まで立ってきていた。が、その九鬼の顔をあおいだとたんに、麻美は目を大きくして、

「あっ」と小さく声を洩《も》らした。

九鬼が顎鬚《あごひげ》をきれいに落としていたからだ。おまけに長髪も短くスポーツカット風に刈りこん

でいる。頬の肉が締まり、まっ黒に日灼けしたその顔は、いっそう精悍《せいかん》さを増している。

「あがってくれ」

「別人かとおもったわ」

麻美は吐息といっしょにそう言いながら、白革のハイヒールを脱いだ。

「せまくて殺風景な男所帯だが……」

と、九鬼は白いランニングシャツの逞《たくま》しい背中を見せて、六畳間を二、三歩奥へ歩き、振りむいて、

「まあ、すわれ」

「ええ」

と、麻美は畳の上に膝《ひざ》をそろえて、ハンドバッグを膝のわきに置くと、部屋を見まわした。大きな机と椅子《いす》、それに本棚が二つ並んでいるだけだ。物理学の専門書や山の本がびっしりと詰まっている。

九鬼はショートパンツから逞しい毛臑《けずね》をむき出しにして、麻美の前にあぐらをかいたが、すぐに板の間へ立っていくと、ビール瓶二本とグラスを二つ持ってもどってきた。畳の上にじかにコップを置く。それからビールの栓を抜いた。

「暑かったろう」と、九鬼の声音《こわね》は意外に乾いている。「まあ、飲んでくれ、ツマミはないが……」

「いただくわ」

と、麻美がコップを持つ。九鬼が注《つ》いだ。

麻美は一息に半分ほど飲み干すと、「ああ、おいしい……」

媚《こび》を含んだ眼差《まなざ》しを九鬼の顔にそそいだ。

「佐土原は死んだ、殺されたんだ」

コップを膝の前に置きながら、唐突に九鬼が言った。麻美を見返す目には、刺すようなきびしい光が萌《きざ》しはじめている。

「ええ、知ってます」

麻美の目がひるみ、瞳《ひとみ》が横に流れた。

2

「鷹《たか》ノ巣《す》小屋で、ふたりでスキヤキをつついたことがあったね」と、ビール瓶を置くと、九鬼が顔をあげた。麻美の目にじいーっと視線を据えて、「あの晩のことをおぼえているね？」

「ええ、おぼえているわ」と、麻美は翳《かげ》りのある眼差しで九鬼を見返しながら、「雨が降っていたわねえ」

「あのとき、きみは、新聞の一面から切り抜いた記事をおれに見せたね？」

「ええ、お見せしたわ……」

こんどは声まで翳りをおびてくる。語尾がかすれた。

九鬼はコップを置くと、あぐらをかいた膝を組みなおした。麻美を見つめる目が冷徹な頭脳の

持主らしく澄んで、

「たしか去年の五月九日のことだったね。——自衛隊機が住宅地に墜落、燃料爆発、二棟焼く、住民一人が死亡、二人が重傷、乗員二名死亡、という大きな見出しの八段組の記事だったが……」

「…………」

麻美はだまって息を呑《の》んだ。

「この記事について、もっとくわしく言うと、——埼玉県の航空自衛隊入間《いるま》基地を飛び立ったT33Aジェット練習機が、この基地の北およそ四キロの狭山《さやま》市上富《かみとみ》の住宅地に墜落して炎上、乗員二人が死亡、アパート二棟が全半焼し、住民一人が死亡、二人が重傷を負ったということだった。そして、住民の死傷者は、会社員、綾部友彦さんの妻、紀久子さんが死亡、長女の知子さんと次女の恭子さんは全身に火傷《やけど》を負って重傷、——こういうことになっていたね？」

「ええ……」

麻美は小さくこたえて、また瞳を横にそらせた。額にうっすらと汗が滲《にじ》み出してくる。九鬼は麻美に冷たい視線を据えたままで、

「きみは、この被害者の綾部友彦さんの妹で、死亡した紀久子さんは、義理の姉で、重傷の知子さんと恭子さんは姪《めい》だと、そうおれに言ったね？」

「ええ」

麻美の返事はますます小さくなる。

「知子さんは十四で恭子さんは九つということだった。この姉妹は全身に火傷を負ったが、とくに顔がひどかった。顔は第三度の火傷で、真皮層が冒され、瘢痕《はんこん》収縮して、ひどい引きつれができ、ケロイド状になってしまった。もちろん皮膚の色も変わり果てて、かわいそうにお化けみたいな顔になってしまった。――そして自衛隊は、焼けた家を建てなおしてくれたし、焼け死んだ紀久子さんの慰謝料も出した。ふたりの娘の手術もして、目もあいたし、口もあいて、どうにか人間として最低の機能だけは取りもどすことができた。……ところが、この娘たちの美容整形まで、自衛隊はやってはくれなかった。女の子の大事な顔をめちゃめちゃにしておいて、完全に元どおりにしないなんて、ひどい話だ、戦争もしていないのに、ジェット練習機が落ちて、ふたりの娘の一生を台無しにするなんて、ほんとにひどい……、たしかきみは、おれにこう話したね？」

「…………」

麻美はもう声もなく小さくうなずいている。

「日本の国、防衛庁、つまり自衛隊が、ふたりの姪の顔を元どおりにしてくれないのなら、きみは自分の手で完全になおしてやろう、そう肚《はら》を決めた。そこで美容整形の実状を調べた。すると、美容整形のすすんでいる国はアメリカだとわかった。マサチューセッツ病院に、チーフ・プロフェッサーで、アーサー・キャプラという先生がいて、この先生が美容整形の世界的権威者だということを知った。しかし、この先生の手術を受けるには莫大《ばくだい》な金が必要だ。何度も何度も手術を繰りかえすことになるから、時間もかかるし、滞在費もかかる。おまけに航空運賃だってばかにならない。——そこで、きみは、この莫大な金を捻出《ねんしゅつ》するために、誘拐を計画した。日本経営団連会頭の岩之淵信平の誘拐をね。そして、おれをこの犯行に誘いこんだ……」

「…………」

「ところが——、この事故の被害者の綾部友彦さんには妹はいない。おれは狭山市まで出かけていって調べてみた。その結果わかったのは、綾部友彦さんには弟が一人いるだけで、妹はいないということだ。娘の知子さんと恭子さんの火傷はひどくて、いまだに病院通いをしているそうだがね」

九鬼は麻美の目に視線を据えたまま、ちょっと間を置き、

「だから、きみは綾部麻美ではない」

「笠取小屋で、おれが無理矢理にきみを犯したあと、あのときも、きみは綾部麻美と名乗ったね」

「ええ」

と、麻美の頬《ほ》っぺたに赤みが射す。

「ところが、きみは綾部麻美じゃない」と、九鬼は、いま一度きっぱりと言って、「——年は二十六で、職業はイラストレイター、あちらこちらの雑誌に書いている。宝飾品のデザイナーもやっている、……そうおれに話したね？」

「…………」

「おれの高校時代の友だちに雑誌の編集者がいる。で、その男に、あちらこちらの雑誌社を当た

ってもらった。すると、どの雑誌にも、綾部麻美というイラストレイターは書いていないことがわかった。芦原《あしはら》麻美というイラストレイターならいるそうだがね。年のころは二十七、八の……。ところが、この芦原麻美の住所も、きみとおなじ杉並区南阿佐谷二丁目だ……」

「知ってらしたのね、研さんは……」と、麻美は大きな吐息といっしょに言った。「東京K大学の理学部物理学科のオーバードクターだけあって、やっぱり頭がいいのね。……ごめんなさい、ウソをついて……、わたしは芦原麻美です」

「うむ」と、九鬼が鬚のない顎を引く。

「ごめんなさい、ほんとにごめんなさい、研さんにウソを言ったりして、――でも、わたしのウソを見抜いていながら、それでもわたしに協力して、誘拐犯のリーダーをつとめてくださったのは、どうしてなの？」

「きみに惚《ほ》れていたからさ」

「いまは、どうなの？」

と、麻美の声が熱っぽくなると、

「いまも惚れている」

九鬼が、ぶっきらぼうに言った。

3

「笠取小屋できみに乱暴したあと、おれはあやまった。警察へ突き出されてもかまわない、どんな償いでもする、おれはそう言った。きみがお金が欲しいと言ったら、おれにできるだけの都合はするし、盗んでくれときみにたのまれたら、盗んでやる、とおれは言った。あのとき、おれは真剣だった。きみのためなら、なんでも聞いてやろう、してやろう、たとえそれが犯罪であろうと、……心底から、おれはそうおもった。ほんとにきみのためなら、どんな償いでもする気になっていた。もっとも、おれ自身にしてみれば、大学の研究室に残っても、助手にもなれないオーバードクターという宙ぶらりんであわれな存在だから、たえず胸の底に鬱積《うっせき》したものがあって、そのイライラやムシャクシャしたものをおもいきり爆発させて、何かでっかい事でもやってみたいという願望もたしかにあったがね。——そして、あのおり、誘拐は？……ときみは訊《き》いた。誘拐でもなんでもやる、とおれはこたえた。ただ人殺しだけは嫌だがねと……」

九鬼は、麻美の顔に食い入るように視線を据えたまま、ビールを一口飲んで小さく喉《のど》を鳴らした。麻美も目をそらさずにじいーっと見返している。

「ところが、佐土原が殺された。——横山と芋田は、人質の岩之淵といっしょに野辺山高原の別荘にいた。美々津と猪熊は木賊《とくさ》温泉にいて、あの日の朝、野辺山に向かっている。田代山の山頂にいたのは、おれときみ、佐土原の三人だ。これで七人、つまりチームの全員だ。それなのに佐土原が殺されて、二億七千九百万円の金が消えたとなると、まだだれか七人のほかに、この誘拐計画をくわしく知っているやつがいたにちがいない。いうなれば、八人目の犯人だ……」

「すみません、ごめんなさい、わたしが馬鹿だったの」

麻美がうなだれて、指先で目頭を押さえた。

「いくらきみにあやまられても、おれは納得できない。人殺しだけは嫌だとことわっておいたはずだからねえ。たとえチンピラの佐土原でも命は大事だ、人間の命は、だれだって金には替えられない。おれは、佐土原を殺したやつが許せない。絶対に許せない……」

　九鬼の目がまた冷たく、するどくなって、

「トランクにおさめたままのあの二億七千九百万円を馬坂沢の枝沢の岩の下に隠すことを提案したのは、きみだった。ほとぼりが冷めてから、三か月後に取りにこよう、と言い出したのも。……だが、ようく考えてみると、この三か月のあいだに、だれかが裏切って、ひそかに運び出してしまえば、それまでだ。だけど、おれは、きみの提案どおりに、あの大金をあそこの岩陰に隠すことにした。不審にはおもったがね。おれの目的は金じゃなかったからだ。――いや、不審な点はまだある。身代金をヘリコプターから投下させるというアイデアを出したのも、きみだったし、田代山を舞台にえらんだのも、きみだった。ところが、田代山から帝釈山へ下見に行ったとき、きみは、あの帝釈山系の山々にあまりくわしくなかった。ということは、田代山の山頂を投下地点にえらんだのは、きみではなくて、きみ以外のだれか、ということになる。いったい、だれなんだね、きみの黒幕は？……きみの後ろで糸を引いているやつは？」

「財田《ざいだ》大助《だいすけ》という男です」

　麻美は肚を決めたように顔をあげると、はっきりと言った。

「どんな男だね、その財田大助というのは？」

と、九鬼の眼差しがますますするどさを増す。麻美はハンドバッグを取りあげると、止め金を

はずして、一枚のカラー写真を抜き出した。それを九鬼に手渡す。九鬼は手に取り、その写真にじいーっと視線を這《は》わせて、

「うーむ、この男か……」

と、唸《うな》るような声を出した。

「財田は写真嫌いだったけれど、ふたりで熱海《あたみ》へ行ったとき、一枚だけ撮っておいたの」

凪《な》いだ青い海を背景にグレイのスーツを着た男の半身像が写っている。三十四、五だろうか、がっしりとした体軀《たいく》だ。黒く艶《つや》やかな頭髪をきちんと七三に分けている。額が広く、面長で、鼻すじが通っていて、一見、育ちも家柄もよいインテリ風な容貌《ようぼう》である。目も大きかった。サラリーマンというよりは、少壮実業家に見える。

「この男は？」

目をあげて、九鬼が訊いた。

「銀座六丁目にある財田宝飾の社長です」

「この財田ときみは、どんな関係だね？」

「わたし、結婚するつもりでいたんです。――一年ほど前、財田宝飾の銀座の事務所へ、宝飾デザイナーとして訪ねていったの。それが財田との最初の出会いで、それから、ペンダントやブローチ、リングやブレスレットのデザインをたのまれるようになって、……親しく付き合うようになりました。事務所はビルの三階にあって、男の社員が三人と女事務員が二人いて、そのほかにセールスマンもいて、わたしには、財田が立派な宝石商に見えました。宝石類の飾られたショー

ケースもあったわ。おまけに財田は、メキシコまでオパールの原石を買い付けに行ったときの話もするし、で、わたしは、すっかり信じこんでしまったんです。プロポーズをされて、結婚する気になってしまって……」

「うん、なかなかいい男だからね」と、九鬼はまた写真に目を落として、「銀座に事務所をかまえる宝石商らしく見える……」

「でも、もし、財田に会うまえに、研さんと出会っていたら、わたし、こんなことに……」と、麻美は指先で目頭を押さえて、涙声になり、「あんな男にだまされやしなかったわ。わたし、もう二十八なの。だから結婚にあせっていたのかもしれない。宝石商の奥さんになれると信じこんでしまって……」

「もう、いい」と、九鬼がおさえて、またその目を麻美の表情に据えると、「誘拐の計画を持ち出したのは、財田だね？」

「ええ、そうです。――あの自衛隊のジェット練習機の墜落事故をわたしに話して、死亡した綾部紀久子さんは、自分の姉だ、そう財田は言いました。だから二人の姪の顔の整形手術のために莫大なお金が必要なのだと……」

「きみが、おれに話したのとおなじことを、財田はきみに言ったわけだね？」

「ええ。それでわたしは財田の話を真に受けてしまったの。経営団連会頭の岩之淵を誘拐して、三億円の身代金を取ろうという計画に乗っかってしまった。そして、そのうち、二億円は、二人の娘の美容整形の費用に当てて、残りのお金で、事件のほとぼりがさめるまで、新婚旅行のつもりで、ふたりでスイスあたりで暮らそうって……」

「身代金の投下地点に会津田代山の山頂をえらんだのも、財田かね？」

「ええ、そうよ。お金もヘリコプターから投下させるというアイデアを出したのも、財田です。それからふたりで相談して、共犯者をあつめることにしたの」

「それで、まず最初におれをえらんだわけか」

「そうなの、ごめんなさい」

「財田は、山をやるのか？」

「いいえ、あまり好きじゃなかったみたい。財田の趣味はゴルフだけだったから」

「それなのに、財田は田代山の地理を知っていた。もしかすると、あの地方の出身者かもしれないね」

と、九鬼は思案をまとめるように、ちょっと間を置いてから、

「やつは詐欺師じゃないのかね？」

「ええ、いまになってみると、わたしもそうおもいます」

「で、財田は、いまどこにいるんだ？」

「蒸発してしまったんです」

「蒸発？……やっぱり逃げたか」

「そうなの。――きのう、野辺山高原からもどって、会頭を釈放したわね。そして研さんと国分寺の駅で別れて、わたし、まっすぐにウチへもどったわ。着替えると、すぐ四谷三丁目にある財

田のマンションへ出かけていったの。野辺山からもどると、財田と会う約束になっていたから。ところが、財田はいなかった。マンションの管理人に訊くと、十日の日に引っ越したと言うのよ。だから、今朝、銀座の財田宝飾へ電話したわ。するとね、男のひとが電話に出て、……中年の男の声だったわ、——社長は十一日から出社していない、と言ったわ。おまけに、その返事がなんだかおかしいの。横柄《おうへい》で、あんただれだね、とわたしに訊いたわ。で、わたしはデザイナーの芦原です、とこたえた。すると、その男は、きみが芦原麻美なら、社長の居所を知っているだろう、そう高飛車に言うのよ。わたし、知らないって言って電話を切ったわ」

「うん、そうか」と、九鬼はうなずき、宙を見据えた。それから視線を麻美にもどすと、「おそらく、財田は、銀座の事務所の金や、宝石類を持ち出して行方をくらましたものだろう。支払いも溜《た》めたままでね。おまけに貴金属類や宝石を取り込んで逃げたとすると、財田は詐欺で訴えられることになる。もしそうなると、警察の手は、きみにまでまわるだろうね」

「どうしよう?」と、麻美が心細げな声を出し、すがりつくような眼差しになって、「どうしたらいいの、研さん、どうしたらいいの?」

「しっかりしろよ、麻美」と、九鬼の語気が強くなって、「ばかに意気地がなくなったじゃないか」

「財田と出会うまえに、もし研さんに会っていたら、こんなことにはならなかった。それをおもうと、わたし、くやしくてくやしくて、自分で自分が嫌になってしまう。……でも、財田は紳士的で、宝石商だったし、わたしの目には、いっぱしの実業家に見えたのよ」

「もう、そのことはいい、言うな」と、九鬼はおさえて、「佐土原を殺して、二億七千九百万円を奪ったのは、財田だ。やつは、馬坂沢を下って、林道へ出、川俣湖《かわまたこ》ぞいの道を逃げたものにちがいない。――金のことはとにかく、人殺しだけは絶対に許せない。財田を探し出し、追いつめて、おれの手でつかまえてやる」

4

――おなじこの日の午後。

岩之淵信平は、誘拐犯人グループのモンタージュ写真の作成に協力していた。

丸の内二丁目にある経営団連ビルの最上階の一角を占める会頭室であった。

警視庁の鑑識課員四人が、この会頭室にモンタージュ写真の合成装置を運びこんでいたのである。

新聞社やテレビ局など報道関係者らは、この経営団連ビルの八階のロビーと応接室にいっぱい詰めかけていた。

きのう、人質から解放されたばかりなのに、きょうの午前九時には、岩之淵は、もうこの会頭室のデスクに就いていた。大きな目をギョロッと光らせ、禿《は》げあがった広い額をテラテラと艶やかにかがやかせて、血色がよく、疲労の翳りは微塵《みじん》も見られなかった。

K銀行頭取の兵頭友作と経営団連副会頭の宗川徹三が見舞いにやってきたのは、九時半過ぎであった。三十分ほどして、この二人が帰ったあと、総理大臣から電話がかかってきた。

「心配したが、無事でなによりだった」と、総理は言った。「からだのぐあいは、どうかね？」

「久しぶりに、いい空気を吸って、のんびりと休養をとらせてもらったよ」と、岩之淵は屈託のない声でこたえて、「三億円がもどったら、政治献金でもさせてもらうかね、はっはっははは……」

と、豪快に笑った。

このあと、内村法務大臣と森山警視総監から電話があった。「捜査にご協力をおねがいしたい……、お忙しいでしょうが」と、森山は言った。

しかし、総監の森山もそうだが、この事件の捜査の指揮をとる神保副総監をはじめ、石井刑事部長、中藤一課長ら捜査陣の空気は沈鬱《ちんうつ》だったし、焦躁《しょうそう》にも駆られていたのである。人質の岩之淵は無事だったものの、これは犯人側が釈放したものだったし、身代金の三億円は奪われたままなのである。身代金の受渡しが、事件捜査のポイントと睨《にら》んで、できうるかぎりの手は打ったものの、その受渡しの場所が会津田代山の山頂で、広大な帝釈山系だったから、福島県警や栃木県警の応援を得たにもかかわらず、みすみす犯人たちに逃げられてしまっているのだ。それゆえ、今後の捜査の如何《いかん》によっては、捜査陣の黒星になりかねない。

だから、経営団連ビルを訪れた中藤一課長、三田村管理官、長瀬係長ら捜査員の表情は暗かった。この三人が会頭室へ入ったのはちょうど十一時であった。

岩之淵は、自分のデスクにすわったまま、事情聴取を受けた。

――週刊ニュー・ウーマンの編集部員、大川恵美と名乗る若い女に拳銃《けんじゆう》を突きつけられたときの様子、千鳥ガ淵水上公園のわきの路上で、白いセドリックに拉致《らち》されたときの状況、そして釣り師の姿になって、中央自動車道をマイクロバスで走り、監禁されていた別荘に至るまでの道程を、記憶しているかぎり克明に、岩之淵は捜査員らに話して聞かせた。

「犯人らに殺意はなかった。わたしは大事な人質だからね。丁重にあつかってくれたよ。スキヤキや高原野菜のサラダ、イワナの塩焼きまで食わせてくれたからねえ」健啖家《けんたんか》らしく、岩之淵はこう言った。

「とくにリーダーと呼ばれていた主犯の男は紳士的だった。共犯の若い娘も人柄はわるくなかった、風呂場では、わたしの背中まで流してくれたからねえ」

「すると、会頭は身に危険を感じたことはなかったわけですか」

中藤が訊いた。

「うむ、なかったね、恐怖感なんて、ぜんぜん感じなかったよ」と、岩之淵は不敵な顔で、野太い声で言葉をついだ。「野辺山高原あたりの別荘だとおもう。アトリエがあったから、だれか絵描きの別荘じゃないかね」

「主犯はこの男でしょうか？」

と、長瀬が一枚の写真を岩之淵に差し出した。

詐欺の常習犯、酒井亀一の顔写真であった。

しかし、岩之淵は、酒井の顔写真を一目見ただけで、

「いや、この男じゃない」と、きっぱりと言った。

中藤と三田村が会頭室を出たのは、もう十二時をまわっていた。長瀬だけはまだ残ることになり、昼食をとりに外へ出た。

岩之淵は、デスクにすわったまま、昼食のウナ重を食べた。ウナギの上に生卵を一つ落として、御飯といっしょにひっかきまわして食べるという、この男らしい豪快な食べ方であった。

そして午後、鑑識課員四人が、モンタージュ写真の合成装置をこの会頭室に運びこんだのである。この作成には、長瀬も立ち会った。

「リーダーは、年のころは三十くらい、身長は百八十センチほどだったね、体重は七十五キロぐらいで、がっしりとした体軀だ。頭髪は長く襟首のあたりまで伸ばして、わずかにウェーブがかかっていた。顎鬚を生やしていたね。顔は面長《おもなが》、額は広く、眉《まゆ》が濃い、目は一重まぶたで光がある。鼻すじが通っていて、口は意志が強そうにきりっとした感じだ」

岩之淵は、九鬼について、こう述べた。記憶力のいい男だ。だから、九鬼の容貌や体つきにしても、その描写は正確であった。そして的確に九鬼に似た髪型、目、鼻、口、顔の輪郭などの写真をつぎつぎに選び出した。鑑識課員らは、この写真を手際よく合成した。

「共犯の娘は、二十四、五に見えたが、気丈でしっかりしていたから、もう二つ三つ年がいっているかもしれないね。身長は百六十センチぐらい、すらりとして均整のとれた体つきだ。髪の毛はセミロングというのかね、肩まで垂れていた。面長で鼻すじは通っている。二重まぶたで切れ長の大きな目、唇はちんまりとして形がいい……、とにかく美人だったよ。おっぱい、いや、バストも大きかったね」

麻美については、岩之淵はこう述べた。それから、猪熊、美々津、横山、芋田ら四人についても、それぞれに似た写真を的確に選び出していった。こうして誘拐犯一味のモンタージュ写真は作られたが、犯人の名前に関しては、

「名前は正確に記憶していない」と、岩之淵は言った。「わたしの前では、おたがいに名前を呼び合わなかったからね。二、三度は耳にしたこともあったが、はっきりしない。偽名とも考えられるし、わたしが、ここで、いいかげんな名前を言ったりすると、かえって混乱するだろうからね」

5

九鬼、麻美、猪熊、美々津、横山、芋田ら六人のモンタージュ写真が、新聞やテレビでいっせいに発表されたのは、あくる七月十九日の朝であった。

とくに主犯の九鬼の場合は、長髪を短く刈って、顎鬚を落とした写真までそえられていた。

と同時に、馬坂沢源流の枝沢で刺殺された佐土原の身元が割れたことも報じられた。――「身代金三億円の奪い合い、犯人一味の仲間割れの凶行か?」ほとんどの朝刊には、こういう見出しがつけられていた。

マスコミの大報道に比べて、捜査は遅々としてすすまなかった。

むろん、この時点では、すでに佐土原十吉の身辺捜査がはじまっていた。しかし、この捜査に専従している捜査員のほかに、この新聞報道から、

——誘拐！　あのときの男ではないか、と気づいた所轄署の巡査がいた。

五日市署の警邏係《けいらがかり》、高田巡査であった。

——六月八日のことだった。

「国分寺の恋ヶ窪で、通りがかりの娘が、チンピラ風の若い男二人に車の中へ引きずりこまれて連れ去られた……」と、一一〇番へ通報があった。車は練馬《ねりま》ナンバーの黄色いシビック、——通報者はこう告げた。この通報を受けた警視庁指令室では、重要事犯に発展するおそれがあると判断して、これを管内の警察署へ連絡したのである。

このとき、高田巡査と青木巡査も、この連絡をパトカーの無線通信で受けた。そして、秋川渓谷ぞいの道で、練馬ナンバーの黄色いシビックを発見し、本宿《ほんじゆく》の駐在所へ連行したのだった。

この車に乗っていたのは、三人の男と娘が一人であった。「ふざけて誘拐ごっこでもしていたのかね？」と、高田巡査は四人に訊いているのである。「ごめんなさいね、お手間をかけちゃって……」娘は、にこっと笑って言った。で、高田巡査は事件にはならないとおもったが、念のために、三人の男の名前や住所、生地、年齢や職業を訊き、それを手帳に控えておいたのだった。

それゆえ、高田は、この朝刊の記事を目にしたとき、この一件をおもい出したのである。そこで、手帳を取り出してページを繰った。

——佐土原十吉、二十四歳、住所は、新宿区住吉町一〇三番地、元トラック運転手、いまは無職。生地は千葉県飯岡町。

——芋田光雄、二十歳。住所は、国分寺市日吉町五丁目。生地も同じ。無職。

――勝又勇。二十一歳。住所は、新宿区北新宿九丁目二五番地、職業は代々木のガソリンスタンド店員。生地は山梨県石和《いさわ》町。

三人の男については、ボールペンでそれぞれこう記入されていた。娘については、何も書かれていなかった。あのとき、「あたしは、いいわね」と娘が言い、まぶしそうに娘の顔を見ただけで、高田は訊かなかったからである。しかし、高田は、この三人の男の顔まではおぼえていなかった。ところが、娘の顔だけは、美人だな、といくらか記憶に残っていた。そこで、いま一度、新聞のモンタージュ写真に注目した。すると、あのときの娘の顔とモンタージュ写真の女の犯人の顔とが、よく似ていることに気付いたのである。

即刻、高田はこれを上司に報告し、手帳を提示した。五日市署は、ただちにこれを警視庁刑事部へ連絡した。

この連絡を受けた捜査一課は、芋田と勝又の住所へ捜査員を急行させた。三人の捜査員とともに捜査専用車に乗りこんで、北新宿九丁目の勝又勇の住居へ走ったのは、長瀬係長であった。

捜査専用車は、靖国《やすくに》通りから青梅《おうめ》街道に入ると、まもなく右折した。長瀬ら四人は、通りに車を止めると、せまい路地へ入っていった。二五番地には、木造モルタル造りの二階建てのアパートが二棟あった。南側の棟の二階に勝又の部屋があった。階段のあがり口と南側の窓の下に二人を張り込ませておいてから、長瀬がドアを叩いた。が、返事はない。長瀬は隣の部屋のドアをノックした。

「はあーい」と、女の声が聞こえて、ドアが細めにあき、若い女の顔が半分覗《のぞ》いた。

「隣の勝又さんは留守のようですが？」

長瀬はおだやかに訊く。

「勤めに行っているんですよ」と、女が気さくに声を返す。「ガソリンスタンドで働いているそうよ」

「どこのガソリンスタンドだか、わかりませんか？」

「たしか甲州街道ぞいだと聞いたわねえ」

長瀬は女に礼を言って、階段を降りた。

捜査員一人を残して、長瀬ら三人は、ふたたび車に乗りこんだ。こんどは甲州街道に向かう。

それからこの街道ぞいのガソリンスタンドを、つぎつぎに当たっていった。四軒目で、勝又の勤めているガソリンスタンドを突き止めた。黒塗りの乗用車を洗っていた男が、振りむくと、目尻《めじり》のさがった目を大きくして、長瀬を見、

「ぼくが勝又ですけど……」

怪訝《いぶかし》げな顔になった。

「警視庁のものだ」と、長瀬は警察手帳を見せて、「訊きたいことがあるんだが、同行してくれるかね？」

「ああ、いいですよ」

勝又は、おどろいたり、ひるんだりする気配も見せずに素直にうなずいた。

こうして勝又勇は重要参考人として警視庁へ連行されると、地下の調べ室へ通された。訊問《じんもん》に当たったのは、長瀬係長である。捜査員二人が立ち会った。

「佐土原十吉という男を知っているね？」

長瀬が訊いた。

「ああ、知っているよ」

平気な顔で、勝又がこたえる。

「芋田光雄は？」

「知っているよ。新宿で遊んだ仲間だからね」

「佐土原が殺されたのも知っているね？」

「ああ」と、勝又は短く刈りこんだ頭髪に手をやって、「新聞で見たからね。……経営団連会頭の誘拐事件の犯人と書いてあったけど、おれは、あの事件とは関係ないよ」

「今月（七月）の十三、十四、十五日と、きみはどこにいたね？」

「働いていたよ。あのガソリンスタンドで……。訊いてもらえばわかるけど……」

「六月八日の日に、きみは黄色いシビックを運転して、秋川ぞいの道を走ったね？」

「何日だか、はっきりおぼえていないけど、あの道を走っていて、パトカーの訊問をくらったよ」

「そのとき、車に乗っていたのは？」

「佐土原と芋田、それに通りがかりにハントした若い女がひとり……」

「どんな女だったね、その若い女は？」

「いい女だったよ」

「女の名前は？」

「おぼえていないよ。通りがかりにハントして、数馬《かずま》でいっしょに山菜料理を食っただけだから」

ここで、長瀬は、誘拐犯の女のモンタージュ写真を勝又に見せて、

「この女じゃなかったかね？」

「よくおぼえていないんだ。おれ、頭がわるいから、一度会っただけじゃ、おぼえきらないんだ」

勝又の答えは、これだけであった。これ以外には、もう口を割ろうとしなかった。そしてこの訊問のあいだに、捜査員二人が、勝又の勤務先のガソリンスタンドで、勝又の勤務ぶりを捜査していたのである。すると、勝又は、今月になってから、一日も休んでいないことがわかった。もっとも、日曜日は定休日になっていたが。

「誘拐事件に関しては、やつはシロだ」

勝又が調べ室を出たあとで、長瀬が言った。

「しかし、勝又は、なぜか口をつぐんでいる。まだ何かある、芋田と連絡をとりあっているのかもしれない」

そこで、勝又に尾行が付けられた。

6

油照りの通りを、国分寺市日吉町五丁目の芋田光雄の家に向かって、捜査専用車を走らせたのは、阿部係長と捜査員ら三人であった。

日吉町は恋ケ窪と隣接している。まだ緑の多い閑静な通りに、芋田の住居があった。農家風の佇《たたず》まいの瓦屋根《かわらやね》の大きな二階屋だった。門から覗くと、庭も広く、その庭の奥にナスビ畑があって、あざやかな紫色の花がいくつも強い陽射しに照り映えていた。

若い捜査員のひとりが門を入っていった。玄関のガラス戸はあいている。

「ごめんください」

と、捜査員は土間を覗いて声をかけた。すると、土間の奥から小肥《こぶと》りの中年女が出てきて、白い前掛けで手を拭きながら、

「どなた？」と、捜査員をあおいだ。

「光雄さんいませんか？」

捜査員は気さくに問いかける。

「出かけていて、いないわ」と、女は言った。「あんた、光雄の友だち？」

「はあ」と、捜査員は返事をし、「どこへ行ったかわかりませんか？」

「さあ、どこへ行ったのかしらね、いつも遊びあるいているんだから……」

「何時ごろ、もどるかな？」

「きっと夜にならないと、もどらないわね」

「いや、どうも……」

捜査員はかるくおじぎをすると、女に背中を向けて門を出た。

それから、道端へ目立たぬように捜査専用車を止めて、阿部係長ら四人は張込みをはじめた。

芋田光雄がタクシーで帰ってきたのは、もう午後十一時をまわっていた。芋田がタクシーを降りて、門に入ろうとしたとき、足早に歩み寄って、阿部が声をかけた。芋田は立ち止まり、振りむいて、阿部を見た。酒臭い息を吐いていたが、門燈の明かりで映し出されたその顔は、もう血の気が引いて、こわばっている。

「警視庁のものだ」と、おだやかに阿部は言った。

「いっしょに来てくれるかね？」

「…………」

声もなく、芋田は、がくっとうなずいた。それから小刻みにふるえる指先で長い髪をかきあげた。

警視庁へ連行されて、調べ室に入り、阿部係長と机をはさんで向かい合い、椅子に腰をおろしたときも、芋田は膝に置いた両手の指先をまだふるわせていた。肉の薄い頬をピクピク痙攣《けいれん》させている。

「まずポケットの中の物を出してもらおうか」

と、阿部が切り出した。

芋田は、痩身《そうしん》を、ブルーとグレイのストライプの真新しいスーツで包んでいたのである。顔を伏せたまま、両手を上着のポケットに突っこむと、ケントの箱と金張りのダンヒルのライターを取り出した。それから上目でちらっと阿部を見てから、右手をおずおずと内ポケットに差し入れると、二つ折りにした札束を取り出し、机の上に置いた。一万円札ばかりだった。

「ほう、金持ちだねえ」と、阿部は札束を取りあげると、不器用な手つきで数えて、「二十七万円もある。――さあ、正直に話してもらおうかね？」

「おれは誘われて、やっただけだ……」

芋田は顔をあげると、語尾をふるわせながら、堰《せき》を切ったようにしゃべりはじめた。

「おれは、会頭の見張りをしていただけだ。あの高原の別荘でよ。それから、佐土原の兄貴といっしょに、白いセドリックとクリーム色のローレルと、トランシーバーを盗んだだけだ。おれのしたことは、たったこれだけだ……」

「だれに誘われて、犯行にくわわったんだね？」

言葉つきはおだやかだが、阿部の目に光が射す。

「女だよ。誘拐をやろうと言い出したのは……」

「どんな女だね？」

「二十五、六の、すらっとして、いい女だよ」

「その女の名前は？」

「たしか……、麻美、――そうだ、綾部麻美と自分でそう言っていた……」

と、芋田の声が甲高くなった。

13　詐欺師の軌道

1

芋田光雄は、犯行における自分の果たした役割、そして自分の知っているかぎりのことを詳細に自供した。

阿部係長に、誘拐犯五人のモンタージュ写真を突きつけられると、それぞれの顔を指して、

「こいつは美々津、痩《や》せてひょろっとしていたよ。年は二十二か三だ。——この男は美々津の友だちで、横山だ。わりかし小柄で短足だったな。二十ぐらいだ。——こいつは猪熊、大きくはないけど、色が黒くて、がっしりとしたやつだった。二十三か四だとおもうな。——だけど、この三人とも苗字《みょうじ》だけで名前までは知らない。おたがいに訊《き》かなかったからね。——それから、この女は綾部麻美。すらっとして締まったいい体をしていたよ。しゃきっとしているくせに色っぽくて、いい女だった。年は二十四、五だとおもうよ。この顎鬚《あごひげ》を生やしているのが、リーダーだ。あねご、いや麻美も、この男だけは、リーダーと呼んでいただけで、名前は呼ばなかった。だから、みんなリーダーの名前は知らないんだ。とにかく、でっかい野郎だよ、腕っぷしも強そうでね。年は三十ぐらいに見えた……」

芋田は、こう供述した。

「みんな山登りをやるのか？」

まだ調書をとらずに、簡単なメモをとりながら、阿部が訊いた。

「佐土原の兄貴とおれはやらないが、美々津と横山はやっていたらしい。どこかの山岳会にいたことがあると話していたからね。猪熊は、麻美と大菩薩《だいぼさつ》で知り合ったと言っていたから、あいつも山登りをやるんだろう。リーダーと麻美は山のベテランみたいだったけどね」

このとき、立ち会っていた長瀬係長が、酒井亀一の顔写真を芋田に見せると、

「リーダーは、この男かね？」

唐突に訊いた。すると、芋田は首を横に振って、

「いや、ちがう。この男じゃないよ」

はっきりとこたえた。

こうして芋田の供述が終わったときには、もう七月二十日の午前三時をまわっていた。

警視庁捜査一課は、中藤課長の指示で緊急逮捕手続きをとると、芋田を逮捕した。

このあと、捜査員らは芋田の自供の裏をとるために、芋田の住居、山岳画家古藤田岳彦の野辺山高原の別荘、会津田代山の麓《ふもと》にある木賊《とくさ》温泉、トランシーバーを盗んだ秋葉原の電機店、盗難車の捜査などに手分けして走った。そして、夜明けには、芋田の部屋の押入れの中から、二百五十六万円の札束を発見し、これを押収した。

リーダーの九鬼のモンタージュ写真には名前は付けられなかったが、麻美、猪熊、美々津、横

山らのそれにはそれぞれ名前が付けられた。もっとも、猪熊、美々津、横山の三人は苗字だけだったが。そしてまたそれぞれの年齢や体つきまで記されて、新聞に報道されたのは、この日の夕刊であった。もちろん、各テレビ局も、これを夕刻のニュースでいっせいに報じた。

「誘拐犯の綾部麻美という女は、イラストレイターの芦原麻美によく似ている……」

と、週刊ニュー・ウーマンの編集部から、この捜査一課へ電話がかかってきたのは、あくる二十一日の朝であった。

麻美は、岩之淵を拉致《らち》したおりに、週刊ニュー・ウーマンの編集部員と騙《かた》っているのである。それゆえ、週刊ニュー・ウーマンの編集部では、この事件に関心を持ち注目していたものにちがいない。編集長と名乗った男の声は、

「一年ほど前になりますが、わたしどもの雑誌では三度、芦原麻美のイラストを使ったことがあります。で、わたしも一度、芦原麻美に会っておりますが、モンタージュ写真とひじょうによく似ております。おまけに名前も麻美ですからね」

確信ありげにこう告げたのである。

この電話を受けた捜査員は、芦原麻美の住所を訊き、礼を述べて、受話器を置いた。この直後に、また一本電話があった。こんどは月刊の婦人雑誌の編集部からで、やはりおなじように、犯人の綾部麻美はイラストレイターの芦原麻美によく似ている、という通報であった。

この報告を捜査員から受けたとき、中藤一課長の顔が、はじめてあかるくなった。

「芦原麻美を重要参考人として連行してくれ」

即刻、長瀬係長以下五人の捜査員が、二台の捜査専用車に分乗して、芦原麻美の住所へ走った。

芦原麻美の住所は、南阿佐谷二丁目××番地、葵《あおい》マンション――、となっていた。二台の捜査専用車は、青梅街道を右に折れた。葵マンションは、寺院の木立の裏手にあった。車を降りたとき、捜査員らは、松の木立の中から、油蟬《あぶらぜみ》の声を聞いた。

白い三階建ての建物である。芦原麻美の部屋は三〇八号であった。通りに面した階段の上がり口に二人を、そして裏手の非常階段の下に二人を配置してから、長瀬はその一人といっしょに三階まで階段をあがっていった。薄いブルーの鉄のドアの上に、芦原と表札が出ている。長瀬は、ドアのわきの呼鈴を押した。長く三、四度も押しつづけたが、ドア越しにチャイムの音が小さく聞こえるだけで、返事はない。

「逃げられたか」

長瀬は呻《うめ》いた。それから、捜査員一人をドアの前に残して、階段を一階まで降りると、管理人室と書かれたドアを叩いた。ドアの隙間《すきま》から顔を覗《のぞ》かせたのは、六十がらみの頭髪の薄い小柄な男だった。長瀬が警察手帳を見せて、

「三階の芦原さんは、留守のようですね？」

「また山へ行っているんじゃないかね」と、管理人は上目で長瀬をあおいで、「山登りの好きな娘さんだから……」

「いつ出かけたか知りませんか？」

「さあーてね」と、管理人は小首をかしげた。

「芦原さんは、この娘かね？」

長瀬は、綾部麻美のモンタージュ写真を取り出して訊いた。管理人はメガネをかけ、じいーっと視線をそそいでから、

「うーん、芦原さんに似ている……」

そう言って唸《うな》った。

そこで、長瀬は捜査員二人とともに、管理人の立会いで、芦原麻美の部屋に入った。

ドアを開けて、せまい玄関に入ると、廊下が奥へ通っていた。右手がすぐ四畳半になっている。その奥が四畳半ほどの広さのキッチンルームだった。突きあたりが六畳の間で、この部屋が仕事場らしく、窓辺に大きな机が置かれていて、机の上には絵筆やエンピツが何本も立っていた。壁際の本棚には、山の本や美術書などが詰まっている。押入れを覗くと、下の段に折りたたんだキスリングやナップザックが見えた。どの部屋もきちんと片付けられている。キッチンルームの流しにも、汚れ物は見当たらない。玄関の下駄箱の中に、赤いキャラバンシューズと革の軽登山靴、それに地下足袋《じかたび》を目にしたとき、

「芦原麻美と綾部麻美は、やっぱり同一人物らしいな」と長瀬は小さくうなずきながら言った。

「しかし、あわてて逃げ出した形跡はない……」

2

「誘拐犯の美々津と横山は、ぼくらの山岳会にいた男だとおもいますが……」

若い男の声で、一一〇番へかかってきたのは、あくる二十二日の午後七時過ぎであった。

この電話は、すぐ捜査一課へつながれた。受話器をとったのは、阿部係長である。

「きみの名前は?」と、阿部は訊いた。

「奥多摩ケルンPのリーダーの大高というものです」と、若い男の声が答えて、「美々津と横山は、今年の三月に入会して、六月の中ごろにはもう脱会したんですが、二人ともモンタージュ写真とよく似ているんですよ。――それから、顎鬚を生やした主犯の男と、綾部麻美という女も、六月の一日だったとおもいますが、あの日、奥秩父縦走路の飛竜山の巻き道で出会った男と女の山ヤにそっくりです。美々津がバテていたとき通りかかったのが、この二人ですが……」

「きみの山岳会に所属していたという二人の名前は?」

「美々津末男と横山芳久です」

「二人の住所もわかるかね?」

と、阿部が訊くと、大高と名乗ったその男は、美々津と横山の住所、それに自分の住所を告げて電話を切った。

美々津と横山の住所は、ともに国立市西六丁目××番地の武蔵野アパートであった。

そこで、中藤一課長の指示を受けた阿部係長は、捜査員六人とともに二台の捜査専用車を駆って、国立市へ急行した。

中央自動車道を国立府中のインター・チェンジで降りて、甲州街道へ出ると、谷保《やぼ》天神の前で右折して、国立市の通りへ入った。西六丁目は緑の多い住宅街であった。一方通行のせまい道に面して、武蔵野アパートは建っていた。木造モルタル造りの古びた二階屋であった。

阿部は、四、五段階段をあがると、とっつきの部屋のドアを叩いた。ドアが細めに開けられて、若い女の白い顔が覗き、

「どなた？」と、訊いてくる。

「美々津さんと横山さんの部屋は？」

と、阿部は問い返した。

「お二階の南の端とつぎの部屋だけど、二人ともいないわよ」

「出かけたの？」と、気さくに阿部が訊く。

「ええ、一昨日《おととい》の朝だったわね。二人とも、大きなザックをかついで出ていくのを見かけたから……」

「山へ行ったんだね。……どこの山へ行くのか、聞いていないかね？」

「聞かなかったわ。あまり話をしないもの」

そうこたえて、女の顔が怪訝《いぶかし》げになると、「いや、どうも」と、阿部は笑みを見せて背中を向けた。それから捜査員二人と、二階へ階段をあがっていった。南端の部屋にもその隣の部屋にも明かりはなかったし、表札も出ていなかった。

そこで、阿部は捜査専用車を一台残し、捜査員三人を張り込ませると、この武蔵野アパートから引き揚げた。

捜査一課では、この夜遅く、捜査会議が開かれた。

「奥多摩ケルンPという山岳会のリーダー、大高の通報や、阿部係長の報告から、美々津と横山は、まずまちがいなく犯人《ホシ》と推定される。また犯人の綾部麻美はイラストレイターの芦原麻美と同一人物と推定される。だから、この三人については、住居の張込みをつづけ、身元を洗い出し、身辺の捜査をやる。とくに交友関係を洗う。麻美の場合には、男関係を徹底的に洗い出す。……それから、まだ身元も所在も判然としない、猪熊とリーダーと呼ばれる男については、全管内にモンタージュ写真を配布して、手配の強化をやる」

この席で、中藤一課長はこう捜査方針を述べた。

こうして、つぎの日から、この捜査方針どおり、三人の住居の張込みがつづけられ、身元や身辺の捜査がはじまった。

——美々津末男（二十二歳）。岩手県M市の出身で、地元の私立高校を卒業して上京。スーパーマーケットの店員やスナックのバーテン、キャバレーのボーイなど職業を転々としたあと、自衛隊に入隊、四か月ほどまえに自衛隊を辞めて、いまは無職。

——横山芳久（二十歳）。千葉県C市の出身で、地元の中学を卒業して上京。飲食店の店員や料理屋の板前見習いなどをしたあと、食品加工工場へ勤めたが、この工場が三か月ほどまえに倒産、いまは無職。

美々津も横山も、交友関係はせまく、おたがいに武蔵野アパートに隣り合わせに住むようになってから知り合ったものとわかった。そして二人とも、山登りはハイキング程度で、山歴は浅く、ともに前科や犯歴はなかった。

――芦原麻美（二十八歳）。三重県S市出身。地元の県立高校を卒業して、東京のT女子美術大学に入学、二年で中退。中退の理由は、郷里のS市で小企業を経営していた父親が病没したためである。現在、母親と兄は名古屋市に在住、兄は生命保険会社に勤めるサラリーマンで、すでに結婚し、一子をもうけている。

で、捜査本部では、麻美が母親と兄の家へ立ちまわることも推測して、捜査員を名古屋へ出張捜査させたが、その気配は見られなかった。

麻美の交友関係は広かった。T女子美大の同級生たちは、「活発で情熱家だわねえ」「勝気なところもあったけれど、才能もあったわねえ」「美人だから、もてたわよ。ボーイフレンドも何人かいたみたいよ。大学を辞めてからまもなく、同棲《どうせい》したって聞いたけど……」このように証言した。

麻美が同棲した相手の男は、武蔵野市緑町に在住の細川元《ほそかわはじめ》という絵描きであった。そこで、四人二組の捜査員が、細川の住居へ走った。

細川は、細面で色の白い三十がらみの男だった。

「麻美と同棲したのは、一年たらずですがねえ」

細川は長い指で長髪をかきあげながら言った。

「ぼくは売れない絵描きで、こんなアパート暮らしで、アルバイトしながらほそぼそと暮らしている始末だから、麻美に逃げられたんですよ。ぼくの才能に見切りをつけたのかもしれないが……。美大を中退してから、麻美は大手町にあるM商社の広報課に勤めていたんだが、そこを二年ほどで辞めて、イラストレイターとして独立したんです。個性の強い、いい絵を描きますからねえ。……情熱的で、いつも胸に炎を燃やしているような、おまけに肉体的にもすばらしいし、とにかく、いい女ですよ。ぼくは、いまでもたっぷり未練はあるんだが……」

「最近、芦原に会いましたか？」

と、捜査員が訊いた。

「三月《みつき》ほどまえに、新宿の歌舞伎町で、ばったり会って、ぼくが誘って、お茶を飲んだんだが、そのとき、フィアンセができたと言ってました……」

「ほう、婚約者が……、だれです、相手は？」

「ぼくとちがって金持ちですよ。銀座六丁目で宝飾店を経営している財田という男だそうです」

細川は白い顔に自嘲をうかべて、こう言った。

3

九鬼研八は、縦に細長い七階建てのビルをあおいだ。三階の窓に、――財田宝飾、と金色で書かれた大きな文字が見える。

舗道は灼《や》けていた。頭上の強い陽射《ひざ》しだけではなく、足もとにも熱気を感じながら、九鬼が、ここに佇《たたず》んで、財田宝飾の窓を見あげるのは、これで三度目であった。

昨日も一昨日も、ここを訪れて、三階まで階段を上がっていったのだったが、財田宝飾のドアは閉ざされていたからである。

自分のモンタージュ写真が報道されたからといって、九鬼は手をこまぬいて、じいーっとひそんでいたわけではない。捜査の進展の様子も、だいたいは摑《つか》んでいたのだ。麻美の住居の南阿佐谷のマンションに、刑事が張り込んでいるのも知っていたし、また美々津と横山の住居の国立市の武蔵野アパートにも警察の手がまわっているのも知っていた。何気ない素振りで出かけていって、ちゃんと目に入れていたのである。

と同時に、財田大助を追っていた。財田の住んでいた四谷三丁目のマンションも訪ねているのだ。財田は、麻美の言葉どおり、七月十日にマンションを引き払っていた。

「古道具屋を呼んで、家財道具を始末して出られましたよ」と、マンションの管理人は九鬼に告げたのだった。

「わたしには、郷里《くに》に帰ると言っておられたが、財田さんが出たあと、何人も借金取りのような人が押しかけてくるし、刑事さんもやって来るし、財田さんは、いったいどうなすったんでしょうかね。わたしには、いいひとにおもえたんですが……」

——財田にまで、すでに捜査の手がまわったのか。

九鬼は、こう推測したが、それでも、財田宝飾のこの事務所に、財田の行方をつかむ手がかりが、なにか残されているようにおもわれて、あえて危険を犯して訪ねてきているのだった。

九鬼は、ガラスのドアを押して、ビルの玄関に入ると、上着を着た。まっ白いワイシャツにブルーグレイのストライプのスーツを着て、紺地に小紋のネクタイをきりっと締めていた。日灼けした顔には、黒縁のメガネをかけている。

正面にエレベーターがあったが、九鬼は左手の階段を三階まであがっていった。ひんやりとした廊下を歩いて、財田宝飾のドアをノックした。

「どうぞ」と、男の声が返ってくる。

九鬼は、ドアを引いて中へ入った。

入口の右手に、ソファとテーブルがあった。そこに四人の男が腰をおろしていた。少し離れて、デスクのわきに二人の男が立っている。室内は宝石商の事務所とはおもえないほど殺風景であった。空っぽのショーケースが並び、机の上には、書類や帳簿類が乱雑に積みあげられている。

六人の男たちの目が、いっせいに九鬼にそそがれた。が、九鬼は落ちついた物腰で、

「財田さんはいらっしゃいませんか?」

と、問いかけた。

「財田はいないが」

と、デスクのわきの頭髪の薄い中年男が、九鬼に視線を据えたままでこたえて、

「あんたは?」と、問いかけてくる。

この男も、隣に立っている二十七、八の体格のいい男も、九鬼は一目で刑事と察した。

「わたしは、財田さんと知り合いのものです」

九鬼は、中年男に目を当てながら、動ずる気配も見せずにおだやかに言った。

「どういう知り合いですか？」

中年男が訊いてくる。

「財田さんに金を貸していたんですが、……この様子じゃ、財田宝飾はうまくないらしいですね」

「すると、あんたも債権者か」

ソファにすわっている一人が大きな声を出した。

「わたしは、西銀座警察署のものです」と、中年の男が言った。「一週間ほど前に、署へ、財田宝飾の財田が逃げたのは、詐欺ではないか、という申告がありましてね、そこで内偵をしていたんだが、やっぱり詐欺ということになった……」

「詐欺ですって、財田さんが！」

九鬼は大形《おおぎょう》におどろいて見せた。声も大きくなる。

「取込み詐欺ですね」と、その中年の刑事が言葉をついで、「ここにおられる方たちも、地金屋さん、宝石の卸商、貴金属の卸屋さん、宝石の加工屋さんたちで、みんな被害者ですよ。きょうは、事情をお訊きしようとあつまってもらったんだが、……あんたも被害者ということになると、財田にいくら貸しましたか？」

「百五十万円です」と、九鬼は、すぐはっきりと言った。「ちょうど二か月前に、三月《みつき》ほど用立てほしい、と財田さんにたのまれましてね。財田さんの手形を預かったんだが……」

「金融関係ですか？」

「いえ、わたしは、大手町の商社に勤めているものです。しかし、アルバイトに金貸しをしているのがバレると、まずいな」と、九鬼は短い頭髪に手をやって、「昼休みにちょっと立ち寄ったものですから、また出なおしてきます。財田さんの詐欺がはっきりとしたら、被害届を出すことも考えます。財田さんの行方はわかりませんか？」

「いまのところは、わかりませんな。……ところで、あんたのお名前は？」

「西島《にしじま》です」と、九鬼はとっさに偽名を言って、

「百五十万か、えらいことになった……」

いま一度、頭を掻《か》いた。それから、がっかりして困惑した様子を見せながら、「財田さんは詐欺をするようなひとには見えなかったんだが……。あの手形が落ちないと、たいへんだ。被害届は、西銀座警察へおうかがいすればいいんですね？」

「そうしてください」

「じゃ、失礼します」

九鬼は、二人の刑事と四人の債権者たちに、かるく会釈《えしゃく》すると、ドアを押した。

4

九鬼の広い背中をだまって見送ったのは、西銀座署の刑事課、知能犯係の本間《ほんま》係長と若い捜査

員であった。

この財田宝飾株式会社が不渡り手形を出したのは、今月七月の十五日であった。その手形の金額は六百五十万円だった。そして、二十日の日にも、八百二十万円の不渡りを出していた。

財田宝飾の社長、財田大助の詐欺ではないか、と所轄の西銀座署へ届け出たのは、日本橋の田中商事という貴金属工芸の卸商だった。最初の六百五十万円の不渡り手形をつかまされたのが、この田中商事である。そこで、ここの社員が、この財田宝飾へ駆けつけてみると、すでに社長の財田は、七月十一日から出社していなくて、行方がわからなくなっていた。仕入れられた宝石や地金、貴金属類なども、持ち出されていて、金庫の中に残っていたのは、書類だけだった。男子社員三人と女子事務員二人、それにセールスマンたちも、社長の財田の行方を知らず、ただおろおろしているだけであった。おまけに財田は、住居の四谷三丁目のマンションからも十日の日に消えていた。

で、田中商事は、財田の取込み詐欺ではないか、と届け出たのである。それが一週間前で、この届出を受けた西銀座署は、さっそく内偵しはじめたのである。

すると、この田中商事のほかにも、地金屋、宝石の卸商、貴金属の卸問屋、宝石の加工業者などにも被害のおよぶことがわかってきた。金融業者からも多額の金を借りていることも判明した。

その被害総額は、およそ八千万円であった。

そこで、所轄の西銀座署は、この財田宝飾の一件を本部（警視庁）の捜査二課（知能犯担当）へ報告したのである。

そして、きょう、この財田宝飾へ、本部の捜査二課の課員らが捜査にやって来る手筈《てはず》になっていたのだった。

捜査二課の清水《しみず》係長ら六人と鑑識課員三人が、この財田宝飾の事務所へ入ってきたのは、九鬼が出ていってから、五分ほど後であった。

それからさらに五分ほど後に、こんどは、捜査一課の長瀬係長以下四人の捜査員が、ここへ急行してきたのである。

「いったい、どうしたわけだね、一課のめんめんのお出ましとは？」

二課の清水係長は、長瀬の顔を見るなり、目も声も大きくして、こう訊いた。

「それより、二課のみなさんが、どうしてここへ？」

長瀬が、わけがわからないといった面持ちで訊き返す。

「この財田宝飾を取込み詐欺の容疑で、捜査にきたんだ……」

「ほう、詐欺とはねえ。……すると、社長の財田はすでに姿をくらましたということか」

「うん、まあ、そういうことだが……、ところで一課のお出ましの理由は？」

「例の誘拐事件だ。……犯人の一人と推定される芦原麻美という女を追っているうちに、ここの財田とぶつかったんだ。芦原と財田とは婚約者だったらしい……」

「ふうーん」と、清水が唸って、「すると、財田とその芦原という女は、ここを舞台に取り込んだ八千万円と例の身代金三億円を持って逃げたということかね？」

「まあ、そういう推測も成り立つわけだが……」

「財田の取込み詐欺の手口だがね、所轄から事情を聞いたところによると……」

と、清水は西銀座署の本間係長にちらっと目をやり、その目をまた長瀬にもどすと、

「財田は、まず三田商事という休眠会社を二十万円ほどで買っている。それを財田宝飾と社名を替え、名義を変更して、銀行取引をはじめ、手形で多量の商品を買い入れている。もっとも、最初のうちは現金だがね。その商品も宝石や貴金属類ばかりだ。そうして仕入れた商品を半値ぐらいで叩き売って逃げるという手口だ。——去年の中ごろから今年のはじめにかけて、静岡市の時計店を舞台に、時計や宝石、貴金属類など二億数千万円取り込んだ事件があった。この詐欺グループのうち二人は静岡西署に検挙されたが、主犯はまんまと逃げている。こうした取込みをやる詐欺師を何人か、その手口から抽出してみたんだが、この中に酒井という男がいる。この男の年齢や風貌《ふうぼう》、体格などから、静岡の一件も、こいつの犯行ではないかと推測されているんだが。……しかし、財田宝飾がこの一室を借りて営業しはじめたのが、昨年の六月のはじめだから、静岡の一件とはダブるわけで、この取込みが酒井の犯行だと推測するのに無理はあるのだが……」

「待ってくれよ」と、長瀬が口をはさんで、「その酒井という詐欺師の名前は？」

「亀一だ、酒井亀一、詐欺の前科が二つある。三年ほど前にF刑務所を出所していて、その後も取込みグループで活躍しているという証拠もある……」

「うーん、酒井亀一か」

こんどは長瀬が唸った。清水を見返す目に光が射す。清水も、きらっと目を光らせて、

「知っているのか、一課が酒井を？」

「今回の誘拐事件の主犯が、その酒井ではないか、こう睨《にら》んでいる刑事《デカ》がいるんだ。福島県警、奥只見署の小野塚という男だがね。——六月十三日の日に、尾瀬に至る沼田街道ぞいの道行沢《みちぎざわ》で、檜枝岐《ひのえまた》村に住む大工の赤池朝吉という男が刺殺されている。この赤池の義理の息子《むすこ》に当たるのが、酒井亀一だ。そして、いまのところ、この事件の有力な手がかりは、酒井だけだそうだ。しかも、酒井には、尾瀬や、身代金の投下地点となった会津田代山一帯に土地カンもある。中学のころ、檜枝岐村で育っているそうだからね。だから、酒井は、誘拐を計画したとき、田代山から尾瀬まで下見に来て、たまたま義理の親父の赤池と出会い、誘拐を自分の犯行と知られたくないために、赤池を刺し殺したのではないか、——こう小野塚は推測するわけだ。おまけに誘拐犯らは、仲間割れをして、佐土原というチンピラが殺されている。赤池の刺創《さしきず》と佐土原の刺創がひじょうによく似ているところから、この佐土原を刺したのも、酒井ではないか、小野塚はこう言っている……」

「すると、酒井は詐欺だけではなく、誘拐や殺人《コロシ》もやっているということか」

「まあ、そういう推理も成り立つわけだ。もっとも証拠はないがね」

「もし静岡市の取込みの一件が、酒井の犯行ではないと仮定した場合、これもたしかな証拠はないわけだからね、そう仮定した場合には、この件は、酒井の犯行という可能性もありうるわけだ。そこで、二課では、酒井が財田大助という偽名を使っているのではないかと考えてみた。——債権者、いや被害者のみなさんに、酒井の写真を見てもらえば、はっきりするとおもうんだがね」

　そう言いながら、清水は胸のポケットから酒井亀一の顔写真を取り出すと、ソファに歩み寄って、その写真を四人の被害者たちに見せた。

「年は三十五、身長百七十五センチ、体重七十三キロだから、大柄でがっしりとした体つきです」

　すると、四人のうち二人は、「この男が財田ですよ、まちがいありません。体格も立派でしたからね」と、証言した。あとの二人は、「よく似てますねえ、財田だとおもいますが……」と、言葉尻を濁した。

　このあと、捜査員らは、四人からくわしい事情を聞いた。鑑識課員らは、残留指紋の検出をはじめた。すると、財田のデスクの引出しに入っていたホチキスから、親指と推定される鮮明な指紋を一個検出したのである。そこで、この指紋は、酒井亀一の指紋ではないかと、本部（警視庁）の刑事部へ指名照会《さしな》がなされた。この結果がわかったのは、この日の午後四時過ぎであった。それによると、この指紋は、酒井亀一の右手の親指の指紋とぴったり一致したのである。

「酒井は財田という偽名を使っていたのか」

　この報告を受けたとき、長瀬は、ようやく得心がいったように顎を引いた。

「これで、誘拐事件の主犯は酒井亀一で、主な共犯者は酒井の婚約者の芦原麻美と推定されるわけだが、そうなると、あのリーダーと呼ばれていた男は、いったい何者なのかねえ」

　この日の捜査会議の席で、中藤一課長はこう言って考えこんだ。

「しかし、今回の誘拐は、酒井の犯行と、まだはっきりしたわけじゃありません。証拠はありませんからねえ」

と、長瀬は発言した。

この捜査会議のあと、あらためて酒井亀一の全国指名手配をした。酒井は、この時点ではまだ、誘拐の容疑ではなくて、詐欺の容疑であった。

5

急行佐渡《さど》四号の上野駅着は、十八時五十三分であった。

上野駅で、この列車を降りた奥只見署の小野塚と船坂刑事は、ラッシュアワーの人込みを縫って東口に出た。

この二人の刑事は、酒井亀一の捜査のために上京してきたのである。

小野塚は、「道行沢殺人事件」の犯人が酒井であるという推定を変えてはいなかった。そしてまた、あの誘拐事件の犯人佐土原を刺殺したのも、背後から刺した手口と刺創の類似から、やはりこれも酒井の犯行と最初から決めてかかっていた。

しかし、いまはある程度まで証拠をつかんでいたのである。佐土原の死体を発見したあと、またあらためて檜枝岐村、尾瀬、木賊《とくさ》温泉と聞込みにまわったとき、木賊温泉で、酒井と推定される男の足どりをつかんだのだった。

この温泉宿の娘に酒井の顔写真を見せたとき、「このひとなら、おぼえている。ハンサムで体が立派だったから」と、娘が証言したからである。

「この男が泊まったのは、いつだね？」と、そのとき小野塚は訊くと、娘は宿泊者名簿をひろげて、「六月十二日です。わたしが二階の西の端のお部屋へ案内して、夕飯も運びましたから……。あのとき、たしか帝釈山から降りてきたって言っていました。そして、つぎの日の朝、七時にタクシーを呼んでくれと言われて、タクシーを呼んであげましたわ」

このあと、小野塚が、宿泊者名簿を見ると、その男の名前は、橘《たちばな》貴之《たかゆき》と記入されていた。檜枝岐村には、この橘姓は多い。それゆえ、中学のころに、檜枝岐村で育った酒井なら、ふっと橘の姓をおもい出して、こういう偽名を使ったのではないか、そう小野塚は考えたのだった。で、さっそく只見町のタクシー会社へ走った。すると、ここで六月十三日の朝、木賊温泉から檜枝岐村の七入《なないり》まで、客を乗せたという運転手を見つけたのである。その運転手に、酒井の顔写真を見せると、「顔まではよくおぼえていないが、とにかく体の大きな登山者だったね。リュックザックも大きかった。年は三十ぐらいに見えたが……」こういう証言を得たのだった。

七入は、実川から道行沢ぞいにたどる沼田街道の入口である。この七入に着いて、その客を降ろしたのは、八時前だった、と運転手は言っている。

赤池の死亡推定時刻は、六月十三日の午前九時ごろとなっている。ということは、酒井と推定されるこの客が、タクシーを七入で降りて、それから沼田街道を登りはじめたとすると、ちょうど九時ごろに、道行沢のあの木橋のあたりでイワナ釣りをしていた赤池と出会うことになるのだ。

――犯行の日時もぴったりとくる。

小野塚が、この事実をつかんだのは、三日前であった。そこで、さっそく、東京へ出張捜査させてくれ、と上司の千田係長に申し出ると、許可を得て、船坂と二人で上京してきたのだった。けれども、東京は広いし、人も多い。この大都会で酒井を探し出すのは、容易なことではない、と小野塚も心得ていた。おまけに、酒井が東京にいるとはかぎらないのだ。こうした場合、警視庁の捜査一課に事情を話して、応援をもとめるのが、いちばん妥当な捜査方法であることも承知していた。けれども、小野塚には、田舎刑事の意地があった。だからどうしても自分の手で、酒井を逮捕したかった。

だが、目標もなく、ただ漫然と東京へ出てきたわけではない。もしそうだとしたら、千田係長やその上司の藤巻課長は、小野塚の出張捜査を許可しなかったろう。

小野塚は、酒井の中学時代の同窓生に当たっていたのである。

酒井は、檜枝岐村の中学を卒業している。そしてこの中学のころに、窃盗の補導歴があって、卒業すると同時に檜枝岐村から姿を消しているのである。この酒井の同窓生は二十一人であった。男十人と女十一人だった。このうち、現在東京に在住しているのが、男二人である。

平野《ひらの》年久《としひき》と秋葉《あきば》成次《なりつぐ》の二人だ。

――もし酒井が東京に長くいるなら、同窓生のこの二人と何か接触があるのではないか?

小野塚は、こう考えた。しかし、出張捜査の目標は、ただこの二人きりであった。平野年久の場合は、自宅の電話番号がわかっていた。

そこで、小野塚は、船坂といっしょに、上野駅の近くの商人宿風の旅館へあがって、一風呂浴びたあと、平野の自宅へ電話をかけた。

「はい、平野です」と、受話器を通して聞こえてきたのは、若い女の声であった。「ご主人をおねがいします」と、小野塚が言うと、すぐに替わって男が出た。「檜枝岐村の出身の平野さんですね?」と、小野塚は念を押してから、自分の身分を告げて、ぜひお目にかかりたい、と言った。「奥只見署の方が、わたしになにか?」と、平野は怪訝《けげん》な口ぶりで、「電話ではいけませんか?」と、訊いてきた。「ぜひお目にかかりたい」と、小野塚は繰りかえした。

「それじゃ、あした会社のほうへ来てください。Y海上火災の日本橋支店です」

平野はこう答えて、上野からの道順をおしえた。小野塚は丁寧に礼を言って、電話を切った。

あくる日の午前八時過ぎに、二人の刑事は、荷物をあずけて手ぶらで、旅館を出た。

七月二十七日である。

二人の刑事は、上野駅から地下鉄銀座線に乗って、三越前《みつこしまえ》で降りた。大通りを渡り、車とビルの間をすり抜けるようにして、しばらく歩くと、昭和通りへ出た。高速道路をくぐると、目の前の角に七階建てのY海上火災のビルが見えた。

二人の刑事は、大理石の階段を四、五段あがっていって、大きなガラスのドアを押した。小野塚が先に立って、受付のカウンターに歩み寄ると、「平野さんにお目にかかりたいのですが」と、丁寧な口をきいた。

受付の若い女が受話器を取りあげる。二言三言話したあと、「いま、ここへ降りてきますから」

と、白い顔をあげて、小野塚に告げた。

まもなく左手のガラスのドアが開いて、中肉中背の三十四、五の男が入ってきた。紺色のスーツをぴったりと着ている。面高で色が白かった。男は、ちょっと緊張した面持ちで、二人の刑事の前に立つと、

「平野です、奥只見署の方ですね」

小野塚に視線を当てて、はっきりと口をきく。それから先に立って、カウンターに入り、二人を応接室へ請じた。

「どういうご用件ですか」

テーブルをはさんで向かい合わせにすわるなり平野が訊いた。「郷里《くに》で何かあったんですか?」

平野の両親は、檜枝岐村で民宿を経営しているのである。

「いや、郷里で何もあったわけじゃありません」

と、小野塚はおだやかに言う。それから、じいーっと目を平野の表情に据えて、

「酒井亀一という男をご存じありませんか?」

「酒井……」と、平野はおうむ返しに言ってから、目をあげ、視線を宙で止めて、「酒井ねえ」

と、考えこみながら、また目を小野塚にもどした。それから、ちょっと間を置いて、

「中学で同級だった、あの酒井ですね?」

「そうです」と、小野塚は小さくうなずいて、「酒井は中学のときは、どんな生徒でした?」

「勉強はよくできましたよ、よく遊びまわっていたわりには……。頭がよかったんですね」

「何か問題を起こしたことはなかったですか？」

「さあ、よくおぼえておりませんね」

「東京へ出てから、酒井に会ったことは？」

「いえ、一度も、……あの酒井が、どうかしたんですか？」

「ある事件に関係しているとおもわれるので、探しております。……酒井が、どこにいるか、心当たりはありませんか？」

「いえ、なにしろ、中学を出てから、一度も会っていませんのでね」

「いや、どうも」と、小野塚は腰をあげた。「お手間をかけまして、どうも……」

6

秋葉成次の住所は、——杉並《すぎなみ》区高円寺《こうえんじ》南六丁目××番地、コーポ南、となっていた。

そこで、小野塚と船坂は、日本橋のY海上火災を出ると、途中で二度道を訊いて、汗を拭き拭き、神田《かんだ》駅まで歩いた。ここから中央線の立川行に乗車して、高円寺駅で降りた。

「やっぱり東京は広いなあ」

高円寺の駅を出たとき、船坂はこうしみじみと嘆声を洩らした。

しかし、この二人の刑事が、東京へ出張してきたのは、これで二度目であった。この前は六月二十七日の日に、やはり酒井の捜査で警視庁捜査二課を訪ねて、詐欺犯の名簿の閲覧をさせてもらい、そして係官から、酒井のくわしい犯行の手口について聞いているのである。だが、この出張のときは、上野と警視庁のあいだを往復しただけだったから、船坂にも東京の広さがわからなかったのだろう。

ともあれ、二人はまた道を訊いて、環状七号線を渡った。それから一方通行のせまい通りを何度も曲がって、とうとうコーポ南、を探し当てた。コーポというけれど、路地の突きあたりの、古びた木造モルタル造りの二階屋であった。二階に五戸、下に五戸のアパートだ。階段をあがると、すぐの部屋に、――秋葉、と表札が出ていた。

小野塚が、ドアをノックした。まもなく、ドアが細めに開けられて、女の顔が半分覗いた。奥から赤ん坊の泣き声が聞こえてくる。

「どなた？」

と、女が上目で小野塚を見た。

「秋葉成次さんのお宅ですね？」

小野塚が念を押す。

「ええ、そうですが……」

「ご主人はおられますか？」

「ええ、いますけど、……どなたかしら？」

「郷里《くに》から来たものだと伝えてください」

女はドアを半開きにしたまま、奥へ退《さが》っていった。赤ん坊の泣き声が高くなる。小野塚は中を覗いた。二間のアパートのようだ。奥の畳の部屋から板の間へ出てくる男の姿が見えた。男は、

ドアに手を伸ばし、大きく開けて、

「郷里の方ですか？」

怪訝な表情になっている。白いランニングにステテコだけの痩《や》せて小柄な男だ。三十四、五のはずなのに、もう頭髪が薄かった。目が大きくギョロッとしていて、頬の肉が落ちている。

「秋葉さんですね」と、小野塚はもう一度念を押してから、「奥只見署のものです」

とたんに秋葉の表情がこわばった。目がギョロッと船坂にはしる。

「ちょっとおたずねしたいことがありましてね」

小野塚はおだやかに口をきく。

「お待ちください、ここではなんですから……」

秋葉は狼狽《ろうばい》した気配で、こう言うなり、奥へ入っていったが、二、三分でもどってくると、サンダルをつっかけて、廊下へ出てきた。白いポロシャツとブルーのズボンに着替えている。

「うちは赤ん坊がうるさくて……、お話は近くの喫茶店でうかがいます」

秋葉は、せかせかと先に立ち、階段を降りた。路地から通りへ出、しばらく歩くと、また先に立って、小さな喫茶店のドアを押した。三人は奥のテーブルの席についた。

「東京は暑いでしょう」

そう言いながら、秋葉は落ちつかない風情《ふぜい》で、おしぼりでしきりに汗を拭いている。

三人は、アイスコーヒーを注文した。グラスが運ばれてくると、秋葉はストローで一口すすって、おずおずと顔をあげ、

「酒井のことですか？」

と、訊いてきた。

「そうです」

そう返事をして、小野塚はストローを使わずに喉《のど》を鳴らすと、顔をあげた。船坂はグラスを手にしたまま、じいーっと目を秋葉の表情にそそいでいる。

「やっぱり、酒井が何かやったんですか？」

と、秋葉の語尾がふるえる。

「最近、酒井に会いましたか？」

小野塚が訊き返す。

「申しわけありません……」と、秋葉は両手を膝《ひざ》に置いて、頭をさげた。それからまた顔をあげると、「わるいことは承知していたんですが……、金に困って……」

「…………」

小野塚はだまって、秋葉の目を見つめた。船坂も無言だ。秋葉は、ズボンのポケットから、せわしげにハイライトの青い箱を取り出すと、一本引き抜いてくわえ、マッチで火を点《つ》けた。指先がふるえている。ふうーと烟《けむり》を吐くと、

「酒井に偶然会ったのは、去年の九月の中ごろでした。新宿の小料理屋で飲んでいると、カウンターの隣の席にたまたま酒井がすわったんです。……秋葉じゃないか、と酒井のほうから声をかけてきました。酒井と東京で会うのは、はじめてでした……」

秋葉は、肚を決めたように話しはじめた。

「すると、中学を出てから、はじめて酒井と会ったということですか？」

「ええ、そうです。酒井はもともと体格はよかったし、何年か見ないうちに、見ちがえるように立派になっていました。ダブルの背広を着て、貫禄もついていてね。銀座で宝石商を経営している、そんなことを言ってました。わたしも、そのころは、電機メーカーに勤めていて、まあ景気もよかったから、香港《ホンコン》やグアムに旅行に行ってきた、と酒井に話したりしました。そうしてその小料理屋を出てから、二人でバーを飲み歩きました。その晩、わたしは名刺の裏に住所を書いて、酒井に渡しました……」

「酒井の名刺はもらわなかったのかね？」

「そういえば、酒井は名刺を出しませんでしたね。……その晩はそれで別れたんですが……。去年の暮れに、わたしの会社が倒産しましてね、電機メーカーとしては名が通っていたから、わたしの会社の倒産は新聞にも出ました。で、わたしは、涙ほどの退職金をもらっただけで、失業してしまいました。そして、いまだに職が見つからずに、失業保険で細々と食べている始末です」

「その後、酒井に会ったのは？」

「今年の三月の暮れでした。酒井が、わたしのアパートへやって来たんです。……その日も、この喫茶店で酒井と話をしたんですが、そのとき、パスポートを売ってくれないか、酒井はそうわたしに言いました。香港やグアムに旅行したのなら、パスポートを持っているだろう、そう言って……。旅券の有効期間は五年ですから、わたしのは、まだ三年あまり使えます。それを売ってくれと……」

「酒井は、いくら出したかね？」

「五十万です。あのときは、家内のお産をひかえていて、ほんとに金に困っていたものですから、わるいことだと知りながら、とうとうパスポートを酒井に売ってしまいました。……申しわけありません」

「酒井は、パスポートの必要な理由を話しましたか？」

「いいえ、何も言いません。ただパスポートを売ってくれと、ただそれだけで……」

「酒井の住所は？」

「それも言いませんでした」

「しかし、銀座で宝石店を経営しているとだけは、たしかに言ったんだね？」

「ええ、そうです、そう聞きました」

秋葉は話し終わると、肩を落としてうなだれた。青白い顔にじっとりとこまかい汗を吹き出させている。

「銀座で宝石店をねえ……」

唸るように言って、小野塚は目を船坂に移した。船坂も見返す。

14　山男再会

1

――酒井亀一が今年の三月の末に秋葉成次から旅券を買っている事実を、警視庁捜査一課に連絡するのが、やはり捜査の常套《じょうとう》だろう、と小野塚刑事は心得ていた。

けれども、そうしないで、「あらためて事情聴取をすることになるから、旅行などで東京をはなれないように……」と言っただけで、秋葉と別れたあと、「とにかく銀座へ出てみよう」船坂刑事にこう言い出したのは、やっぱりまだ意識の底に多分に田舎《いなか》刑事の意地があったからだろう。

――酒井が、秋葉の旅券を使って国外逃亡を計ったか、また計っているとわかれば、警視庁は大勢の捜査員を繰り出し、機動力を駆使して、おれたちより先に酒井の行方《ゆくえ》をつかむにちがいない。そうなると、酒井はもうおれたちの手からはなれてしまう。ところがいまの段階なら、おれたちのほうが警視庁より一歩先んじているはずだ。

南会津の山猿刑事《デカ》が、花のお江戸の警視庁の鼻を明かしてやる、そうした気負いと意気込み《ホ》が小野塚と船坂にあったのだ。しかも、この二人の場合は誘拐事件ではなく、道行沢《みちぎざわ》殺人事件の犯人《シ》を追っているのである。

二人は高円寺駅にもどり、中央線の上りの快速に乗って東京駅で下車した。八重洲口《やえすぐち》に出ると、地下街の蕎麦《そば》屋でザルソバを二枚ずつ食べた。「やっぱり檜枝岐《ひのえまた》の裁ちソバのほうがうまいな。東京のソバはつなぎばかりで、ソバの香りがない」食べ終わったとき、憮然《ぶぜん》とした顔で小野塚がこう言った。それから二人は、通行人に道を訊《き》いて、右に折れると、汗を拭《ふ》き拭きキョロキョロしながら、中央通りを銀座のほうへ歩き出した。

——このおなじ七月二十七日の午後。

九鬼研八と芦原麻美も、銀座の街を歩いていた。

有楽町の駅で山手線を降りると、N劇場のまわりを歩いて、高速道路のガードをくぐった。左手の小さな公園の角に交番があった。制服の警官が二人立って、行き交う人込みに目をそそいでいる。交番の横の掲示板には、九鬼と麻美、美々津と横山、猪熊の公開手配書が貼《は》りつけられていた。五人のモンタージュ写真が横に並んで、「——この顔にピンときたらすぐ一一〇番」という大きな文字が見えている。

だが、二人は、自分たちの手配書には一瞥《いちべつ》も投げなかった。まっすぐに銀座四丁目の交差点に向かう。九鬼は黒縁のメガネをかけて、ブルーグレイのストライプのスーツを着、紺地に小紋のネクタイをきりっと締めていたし、麻美は、薄茶色のトンボメガネをかけて、淡いピンクの地に萌黄色《もえぎいろ》の花柄の半袖《はんそで》のワンピースを腰の曲線もあらわにぴったりと着ていた。ショートカットの髪の毛を赤く染めていたし、化粧も濃かった。

　この二人は、七月二十日の日に、それぞれの住居を引き払っていたのである。九鬼が、立川市羽衣《はごろも》町の住宅街に二DKの手ごろなアパートを見つけてきたのは、この前日の十九日であった。そして二十日の朝には、麻美は身の回り品に登山用具を持って、九鬼のタンポポ荘へやって来たのだった。で、それから二人はレンタカーを借りてくると、九鬼の机や書籍類、所帯道具などをその車に積みこみ、新婚所帯を装って新居のアパートへ引っ越したのである。この引越しが、もう一日遅れていたら、麻美は逮捕されていたにちがいない。

　ともあれ、二人が、この新居を出たのは、きょうの昼過ぎであった。

　二人は、財田大助を追っているのである。しかし、容易に財田の足どりはつかめない。九鬼はひとりで、銀座六丁目の財田宝飾を訪れたが、そこにいたのは、西銀座署の捜査員と、地金屋や貴金属の卸業者など債権者たちであった。

　――財田は詐欺師だ、と九鬼にもはっきりとわかった。――詐欺した宝石や貴金属類と、あの身代金《みのしろきん》の二億七千九百万円を持って高飛びしたのではないか、と容易に推測できる。

「財田は国外へ逃げたのではないか」と、九鬼は言った。「わたしといっしょにスイスへ行くと言っていたから、ヨーロッパへ飛ぶ可能性は大いにあるわね」と、麻美も言う。

　そこで、この銀座界隈《かいわい》の旅行代理店を片っぱしから当たってみることにして、二人はこうして出向いてきたのである。

　九鬼の手には、麻美から得た財田の写真があった。その写真を旅行代理店の店員に見せると、

「わたしは、この男にお金を貸してありましてね。ところが、この男の居所がわからなくって、

国外へ逃げたのではないか、そんな噂《うわさ》も流れているんです。だから、わたしは困ってしまって、こうして訊いて歩いているわけです」と困惑しきった表情で九鬼は言った。「名前は財田大助ですが、別の名前で渡航の手続きをしていることも考えられます。この写真の男に渡航手続きをたのまれたことはありませんか。ご面倒でしょうが、調べていただけませんか？」

銀座四丁目から八丁目まで、一軒一軒旅行代理店を訪れて、九鬼は丁重に訊いてまわった。九鬼が旅行代理店に入っていき、麻美は外で待っていた。「だめだな、だれも財田をおぼえていない、財田は渡航手続きもしていないし、航空券も買っていない」八丁目まで当たったとき、九鬼は麻美に残念そうにこう言った。

ふたたび銀座の中央通りへ出、足を新橋に向けたときには、もう街並には強い西陽《にしび》が射《さ》していた。二人が、高速道路をくぐって、右に曲がり、新橋駅のほうへ歩道を歩いていくと、行手から黒塗りの乗用車が滑るようにやって来て、二人のわきを通り抜け、十メートルほど行きすぎてから歩道の際に止まった。ドアがあくと、がっしりした体軀《たいく》を紺のスーツで包んだ男が、歩道に降り立った。

「おいおい、きみたち、待ちたまえ」

男は、いきなり二人の背中へ声をかけた。

九鬼と麻美は同時に足を止めて振りむいた。とたんに麻美の表情がこわばる。一瞬、九鬼も、さっと緊張した面持ちになったが、すぐに平静な顔にもどると、ゆっくりと歩み寄ってくるその男のほうへ体を向けた。

坊主頭が西陽を浴びていた。禿《は》げあがった広い額も、肉付きのいい頬《ほお》も、血色がよくテラテラ光らせている。日本経営団連会頭の岩之淵信平であった。

2

岩之淵は、虎《とら》ノ門《もん》のホテルオークラで、鉄鋼事業連合の会合に出席し、その帰途、この新橋を通りかかったのである。車の流れは緩慢だった。車窓から歩道に目をはしらせていると、九鬼と麻美が、いきなり視界に飛びこんできたのだ。そして炯眼《けいがん》なこの男は、二人を見逃さなかった。

岩之淵は、きょうも、ボディガードや要人警護のSPを従えていなかった。当然、人質から釈放されて帰宅した直後に、石井刑事部長から、「今後はSPに護衛させていただきたい」と申し入れがあったが、「そう何度も誘拐されることはあるまい」こう言って笑いとばしことわっているのである。

で、岩之淵はひとり、歩道の人の流れにさからうようにして、二人と対峙《たいじ》するなり、

「見まちがえるところだったが、やっぱり、リーダーとお嬢さんだね」

濃い眉毛《まゆげ》の下の大きな目をギョロッと光らせて、麻美を見やり、それからその目を九鬼に移して、

「世の中は、ひろいようでせまいね」

ちょっと皮肉な口調でこう言うと、ニヤッと笑った。

「しばらくです、会頭」と、九鬼はわるびれもせず肚《はら》を据えたように、にこっと笑いかえして、

「あの節は、ご迷惑をおかけしました」

「うむ」と、岩之淵はうなずいてから、いま一度、ギョロッと目に光が射して、「このまま、わたしといっしょに来るかね、それとも逃げ出すかね？」

麻美はまた表情をこわばらせ、さっと不安げな眼差《まなざ》しになって、九鬼を振りあおいだが、

「お供します」

九鬼は岩之淵から視線をそらさずに、はっきりと言った。

「うむ」と、岩之淵はうなずくと、振りむいて、歩道の際に止まっている自分の車を見やり、先に行けというふうに手を振った。黒塗りの乗用車が走り去ると、二人の先に立って歩き出す。国電のガードをくぐって左折し、しばらく歩いてから、ヤキトリ屋の縄のれんを坊主頭で割った。

まだサラリーマンの退社時刻には少し間があった。カウンターに数人の男たちの背中が並んでいるだけだが、パタパタと団扇《うちわ》の音だけはせわしげで、店の中いっぱいにヤキトリのいい匂《にお》いがこもっている。

「赤坂や新橋の料亭で飲むより、わたしは、こんな店が好きでね」

奥のテーブルに腰をおろしながら、岩之淵がはじめて顔を和ませる。麻美が、ほっとした様子で腰をかけた。九鬼は麻美と並んで、岩之淵と向かい合う。

「おーい、ビールをくれ、それから、ヤキトリを三十本ばかり適当にたのむ」

岩之淵は傍若無人《ぼうじゃくぶじん》といった感じで、大声を出す。ビールが運ばれてくる。麻美がお酌をした。ヤキトリが来ると、「さあ、食べなさい」と、岩之淵は二人に言い、自分もハツの串《くし》をくわえ、

横にしごいて、唇をタレで濡《ぬ》らし、

「ホテルのオードブルよりは、ずうーっとうまい。もっとも、こう油っこいモツは高血圧にはよくないんだが……」

と、目をほそめて、「野辺山高原のイワナの塩焼きもうまかったがね」こう言い、それから声を低めて、「ところで、リーダー、きみはいったい何者だね？」

九鬼はビールのコップを置いて、はじめて名乗った。麻美が、はっと息を呑《の》んだ。

「職業は？」

「東京K大学、理学部物理学科のオーバードクターです」

「うーむ」と、岩之淵はレバの串を置いて唸《うな》った。「なるほどね、はじめからインテリだとはもっていたんだが。……しかし、東京K大学のオーバードクターのきみが、またどうしたわけで誘拐という大それた犯罪をやろうとしたんだね？　三億円を必要とする動機は、いったいなんだね？」

と、岩之淵の質問は核心を衝《つ》いてくる。

九鬼は、じいーっと岩之淵の目を見返してから、——奥秩父の縦走路で麻美と出会い、そして笠取小屋で、麻美を犯したいきさつから、洗い浚《ざら》い隠さずに話しはじめた。麻美は、ちらっと九鬼を見やり、頰を赤らめて目を伏せた。岩之淵は、九鬼から麻美に目を移すと、

「うん、この芦原麻美くんは、なかなか魅惑的だからね」と、はじめて麻美の名前を口に出して、「わたしも若かったら、そんなけしからん気を起こしたかもしれん。……そこで、きみは麻

美くんに罪の償いをしようとしたわけだね？」

「そうです。麻美の言うことなら、なんでも聞いてやろうと……」

と、九鬼は答えた。それから言葉をついで、――埼玉県狭山市で発生した自衛隊のジェット練習機の墜落事故、そして被害者の二人の娘の火傷《やけど》、この娘たちの顔の整形手術が必要だと考えたこと、ところが、この犯行の計画が、その事故とは何の関係もなく、麻美が財田大助という男にだまされて、真に受けたことなどを、くわしく話した。

「なるほど、財田という男は、自衛隊機墜落の被害者を騙《かた》って、きみと麻美くんの義憤を駆り立てるようにしむけ、犯行に誘いこんだというわけだね」

「わたしが馬鹿だったんです。あんな男の話を信じて、研さんを、だましたりして……」

麻美が顔をあげて口をはさんだ。

「その話はもういい」と、九鬼がおさえ、また言葉をついで、会津田代山での犯行の過程などを克明に話した。

「こんなわけで、許せないのは財田です。財田は佐土原を殺している。殺人だけは絶対に避けたかったのですが、結果的には殺人が起こってしまった……」

「で、きみたちは、その財田を追いかけているわけだね？」

「そうです」

「きのう、中藤という捜査一課長が、わたしのところへやって来てね」岩之淵はこう言って、ごくっとビールで喉《のど》を鳴らしてから、「捜査の中間報告だが、……この芦原麻美くんの身辺の捜査、男関係を洗っているうちに、財田という男にぶつかったと言う。ところが、この財田というのは偽名で、本名は酒井亀一という詐欺師だそうだ。詐欺の前科もある。もちろん、酒井はすでに逃げている。だからいま、酒井を詐欺で指名手配しているそうだ」

「よくわかりました。話していただいて……」

「うむ。……ところで、酒井をつかまえたあと、きみたちはどうするつもりだね？」

「酒井に出会ってから考えます」

「ぜひ自首したまえ。……もっとも、きみたちの手ではなく、警察が酒井を逮捕することになるかもしれんが、その場合でも、かならず自首しなさい。きみたちは若い、まだまだ人生のやりなおしがきく。……いくら金を積んだところで、たとえそれが三億円であろうと、若さだけはぜったいに買えないからね。本音を吐くと、わたしは、きみたちの若さがうらやましいよ。わたしの場合は、モウ先が見えているからね、棺桶《かんおけ》に片足突っこんでいるようなものだ」

「いいえ、会頭さんはお若いわ。カクシャクとしていらっしゃる……」

と、麻美が真顔で言って、ビールのお酌をすると、

「しかし、わたしにはもう、きみのようなチャーミングな娘さんにおそいかかる精力も気力も情熱もないからねえ、はっははは……」

と、岩之淵は愉快そうに笑ってから、また声を低めて、「とにかく、きみたちは若い。これから先まだ無限の可能性がある。自首して、やりなおすことだ。……しかし、こうして誘拐の指名手配中の犯人と被害者が仲よくヤキトリを食っていようとは、オシャカさまでも気がつかないだ

ろうね。……わっはっはっははは……」と、こんどは豪快に笑って、「おーい、ビールをくれ。それからタンの塩にレバ十本ずつだ」

3

美々津末男と横山芳久が、住居の国立市西六丁目の武蔵野アパートで、張込みをつづけていた捜査員らに逮捕されたのは、この二十七日の午後十時過ぎであった。

二十日の朝、武蔵野アパートを出た二人は、中央本線で松本駅へ至り、松本電鉄の新島々《しんしましま》から上高地《かみこうち》入りをして、槍沢、槍ガ岳、北穂高岳、奥穂高岳、前穂高岳と縦走すると、ふたたび上高地にもどって、ゆっくりと遊び、北アルプスの山々を満喫してから帰宅したものだった。二人は中央線の立川駅を発ってから、一度も新聞を読まなかったせいで、自分のモンタージュ写真に、美々津、横山と名前まで付けられて報道されていることを知らなかったのだ。

しかし、正式にいうと、この時点ではまだ、二人は重要参考人として警視庁へ連行されたのである。だが、二人とも事情聴取がはじまると、じきに岩之淵誘拐の犯行に加担したことを自供した。しかも、面通しをした芋田の証言もあって、緊急逮捕手続きがとられて、あらためて二人は逮捕され、留置された。

——あくる七月二十八日。

九鬼と麻美は、この日も銀座へ出た。有楽町駅で降りたのは、午前九時半過ぎであった。それから、二人は、まず有楽町界隈の旅行代理店をまわって訊いて歩いた。尋ねることは、きのうとおなじだったが、「酒井亀一とか財田大助とか名乗っていましたが、まだほかにも名前を使っているかもしれません」九鬼はこう言葉を付けくわえた。

しかし、有楽町近辺から、西銀座、東銀座と足を伸ばしたが、どの旅行代理店でも、酒井の足どりはつかめなかった。

「酒井は、銀座の旅行会社で渡航手続きをしていないのかもしれないわねえ。旅行会社は、どこにだってあるんだから……」

麻美は気落ちのした様子で弱音を吐いたが、九鬼はあきらめずに、こんどは銀座三丁目、二丁目と片っぱしから旅行代理店を当たっていった。

すると、銀座一丁目の、銀座トラベルコンパニオンという旅行代理店で、ようやく酒井の足どりをつかむことができたのである。ここは海外旅行専門の代理店だった。

カウンターで応対に出た若い店員は、酒井の写真にじいーっと視線を据えたあとで、

「このひとなら、おぼえています。背の高い体格のいいひとでしょう」

「そうです。わたしより少し背は低いが、がっしりとした男です」

と、九鬼の声音《こわね》が強くなった。

このときも、麻美は店の外で待っていた。もう午後三時をまわっていた。

「酒井とか財田という名前じゃなかったですね」

と、若い店員は言った。

「で、渡航手続きをしたのですね？」

「ちょっと待ってください」と、店員は奥へ退《さが》っていき、まもなくもどってくると、カウンターの上に帳面をひろげて、

「名前は、秋葉成次となっていますね。パスポートも、たしかそうでした。……査証《ビザ》や予防接種などは自分でやる、そう言われて、航空券だけお世話しましたが……」

「いつですか？」

「航空券の購入は、二十日の日ですね。そして、フライトは七月二十九日、つまり、あしたの十三時、成田空港発。アエロフロート、ソ連航空、モスクワ経由、パリ行です」

「あしたの十三時ですね」

こう念を押すように言うと、九鬼は、ふうーっと大きく吐息を洩《も》らした。それからその店員に丁寧に礼を言ったあとで、「間に合ったか」と、小さく独り言を洩らしながら、ガラスのドアを押して歩道へ出ると、足早に麻美の前へ歩み寄っていった。

——あくる七月二十九日。

九鬼と麻美が、京成《けいせい》上野駅から空港専用特急スカイライナーに乗って、空港駅で降り、それから連絡バスに乗り継いで、新東京国際空港の旅客ターミナルビルに入ったのは、十一時十分前であった。

きょうの麻美は、白い半袖のワンピースをぴったりと着て、そして濃いグリーンのサングラスをかけている。いっぽう九鬼は、きのうとおなじスーツで、黒縁のメガネをかけていた。このま

ま旅行カバンを持てば、二人は新婚旅行に飛び立つ似合いのカップルに見えるにちがいない。

「十三時までに、まだ二時間ある……」

九鬼の声音は落ちついている。

中央ビルのロビーから北ウイングへ、二人はゆっくりと歩いていった。この一階は、到着階となっている。だが、ロビーは意外に人が少なくて広々としていた。到着便を表示する文字盤の下に立って、着飾った三人の若い女たちが振りあおいでいる。見学者らしい中年女の十人ほどの一団が、二人の前をエスカレーターのほうへぞろぞろと歩いていく。制服の空港警察官も目立つ。

その警官の前へきたとき、麻美が手を伸ばして九鬼の腕にすがった。

二人はエスカレーターで四階まであがっていった。

四階は出発階である。ここには、チェックインカウンターや出発ロビー、特別待合室や有料待合室などの出発に関係した施設が配置されている。

出発客は、まずこの出発ロビーに入ると、それぞれ利用航空会社のチェックインカウンターで、手続きをし、手荷物をあずける。このあと、階段を三階へ降りて、検疫、税関、出国審査の順に手続きをすませる。それからハイジャック防止のための検査をすませると、フィンガーを通り、サテライトに着いて、搭乗案内を待つことになる。

それゆえ、――酒井を見つけるのは、チェックインカウンターだ、と九鬼はちゃんと心得ていた。

二人は、フライトボードを見上げて、アエロフロート、ソ連航空のモスクワ経由、パリ行の十三時発の便が定刻に発《た》つのをたしかめてから、出発ロビーをゆっくりと歩きまわった。

九鬼は物腰も表情も平静だったが、麻美は、おもいつめたような緊迫した面持ちになっている。目はサングラスに隠れていたけれど、頬から首すじをいくらか赤く上気させていた。

六つの島型に並んだチェックインカウンターの前を歩いて、一まわりし、チケットロビーの窓辺に立つと、滑走路や誘導路が見えた。左右にフィンガーとサテライトが張り出しているから、滑走路と誘導路の一部しか視界に入らないが、それでも、貨物ターミナルビルの白い建物の向こうが、茫洋《ぼうよう》と照りかすみ、銀翼を横たえているジャンボ機やDC―8型機が小さく望まれた。

二人は、ふたたび、チェックインカウンターのほうへもどって、ベンチに腰をおろすと、アエロフロート、ソ連航空のチェックインカウンターを見張りはじめた。

ロビーは混雑していない。しかし、ここには、出発客と見送りの人々のかもし出す、はなやいだ雰囲気があった。

十三時発のモスクワ経由、パリ行のチェックインのアナウンスがあったのは、ちょうど十二時であった。出発客たちが、アエロフロート、ソ連航空のチェックインカウンターに歩み寄っていく。そのカウンターの前に数人が並んだ。それから人だかりがしはじめる。

「来ないわね、酒井は……」

声は低いが、いらだたしげに麻美が言って立ちあがる。メガネ越しにチェックインカウンターとそのまわりを見据える九鬼の眼差しにも光が増して、

「酒井が見えても、ここにすわっているんだ。あとは打合わせどおりだ。酒井はおれがやる

……」

「ええ、わかってます」

と、麻美はまた腰をおろした。

「あっ」

麻美が小さく声を洩らしたのは、そのチェックインがはじまってから、十分ほど経ったときであった。

ひとりの若い男が、赤いフレームザックをかついで、二人のすわっているベンチの五、六メートル先を通り過ぎたのだ。浅黒い丸顔で、目が細くて、鼻が低かった。ずんぐりとした体軀を白いポロシャツとジーパンで包んでいる。

「あら、猪熊さんよ」

麻美が、また小さく声を洩らして腰をあげた。

たしかに猪熊庄平だった。だが、猪熊は、ベンチの二人に気づかずに、麻美が立ちあがったときには、もう背中の赤いフレームザックをこちらに向けて、短い足でせかせかとチェックインカウンターに歩み寄っていくところだった。

「声をかけるな」と、目を猪熊の後ろ姿にそそいで、九鬼がおさえる。「だまって見送ってやれ」

麻美は、だまって小さくうなずいて、腰をおろし、

「パリへ行くのかしら？」

「あの恰好《かっこう》じゃ、パリからチューリッヒあたりへ飛ぶんだろう。スイスの山でも歩きまわるつも

りにちがいない」

「だけど、猪熊さんにスイスの山は似合わないわねえ」

「うん、あいつには、ネパールあたりのほうが似合いそうだね」

「大菩薩じゃ、まっ暗闇《くらやみ》の登山道をライトなしで歩いて、熊《くま》みたいにヤブの斜面をころがり落ちたくせに、スイスの山だなんて……」

おかしそうにこう言って、はじめて麻美の表情がゆるむ。

まもなく、猪熊はチェックインをすませると、鼻の低い横顔を見せて階段に向かう。こんどはフレームザックをこちらに向けて、三階へ降りていき、姿を消した。

この階段の降り口に、三十分ほど前から二人の男が佇《たたず》んでいた。

ひとりは小柄だが、がっしりとした体軀で、あとのひとりは中肉中背の男だった。二人とも、三十がらみで、顔がよく日に灼《や》けていた。おなじようなグレイの地味なスーツを着、ネクタイを締めてはいるが、なんとなく垢抜《あかぬ》けのしない風体《ふうてい》であった。

それから、また十五分ほど過ぎた。

「モスクワ経由、パリ行、十三時発のアエロフロート、ソ連航空にご搭乗のお客さまは、チェックインをお急ぎねがいます」

アナウンスのあったのは、十二時三十分だった。

このとき、九鬼と麻美の視界の隅へ、ひとりの男が入ってきた。二人は、ほとんど同時にその男に気付いた。

明るい紺のスーツにブルーのワイシャツを着、銀色をおびたシックなネクタイを締めた大柄で恰幅《かっぷく》のいい男だ。三十四、五に見える。黒く艶《つや》やかな頭髪をきちんと七三に分けて、額が広く、面長で鼻すじが通っている。一見育ちも家柄もよさそうなインテリ風な容貌《ようぼう》である。いかにも少壮実業家らしい貫禄もあった。そして右手には黒いトランクをさげて、左肩に航空会社のマークの入った白いショルダーバッグをかけている。

男は、麻美と九鬼に一瞥も投げなかった。視線をチェックインカウンターのほうに向けたまま、足早に二人の前を通り過ぎていく。

麻美が、九鬼の袖を引っぱった。語尾がうわずり、

「財田、いえ、酒井よ……」

が、そのときにはもう、その男――酒井亀一は、いちばん手前のチェックインカウンターの前を通り過ぎて、背中を見せていた。

九鬼が、さっと立ちあがる。フロアをすべるように走ってあとを追い、酒井の前へまわりこむ。

酒井は、ぎくっと足を止めた。大きな目が、いっそう大きくなって、九鬼を見返し、一瞬、逃げ場をもとめるように、視線が横に流れた。

「酒井だな?」

低いが気迫のこもった声で、九鬼が念を押す。メガネ越しの目が突き刺すようにするどくなっている。

酒井は、九鬼の顔を知らなかった。で、この目つきのするどい大きな男を刑事と見たにちがいない。つかの間は立ちすくんだものの、ぱっと跳ねるように右に動いた。

このとき、階段の降り口に佇んでいた二人の男が猛然と駆け寄ってきたかとおもうと、一人は酒井の後ろへまわり、いま一人は右から迫った。

小野塚と船坂刑事であった。

この二人の刑事も、九鬼とだいたいおなじ過程をたどって、旅行代理店の銀座トラベルコンパニオンを尋ね当てたのである。二人は、酒井が、秋葉成次の旅券を手に入れた事実をつかんでいた。だから、酒井が国外へ高飛びするだろうと推測するのは容易だった。おまけに酒井は銀座で宝石店をやっていると、秋葉の口から聞いている。そこで銀座界隈の旅行代理店を、秋葉の名前で渡航手続きをしたものはいないか、訊いてまわったのである。こうして銀座トラベルコンパニオンを探し当てたのは、きのうの午後四時ごろであった。で、きょう十二時前から、このチェックインカウンターの近くの階段の降り口に張っていたのである。

「奥只見署のものだ……」と、小野塚は酒井の右から迫りながら声をかけた。「酒井、殺人容疑で逮捕する」

酒井の顔は、もう血の気が失せて、表情は凝固している。さっと体を小野塚に向けた。つぎの瞬間、黒いトランクを横に振って、はげしく小野塚に叩きつけた。トランクの角が小野塚の右肩にぶつかる。にぶい衝撃音とともに、小野塚は上体をのけぞらせて、横へふっ飛び、あおむけに転倒して、背中でフロアをすべった。

いま一度、酒井は振りむきざまに、薙《な》ぐようにトランクを振った。すると、背後から組み付こうとしていた船坂が、そのトランクを両手で抱き止めて横ざまにフロアに叩きつけられた。

この直後に、九鬼が、さっと体を沈ませると、酒井の胸元へ飛びこんだ。右手が酒井のズボンのベルトにかかると同時に、腰を入れる。

「ああーっ」

喉からしぼり出す小さな悲鳴といっしょに、大柄な酒井の体は、九鬼の腰を軸に一回転した。ピカピカに磨かれた黒い革靴が宙に抛物線《ほうぶつせん》を描いたと見る間に、酒井はあおむけに、はげしくフロアに叩きつけられていた。

「ううーん」と呻《うめ》きながら、酒井は両手を後ろへ突っ張って起きあがろうとする。そこへ、立ちなおった小野塚が飛びつき、ねじふせて、酒井の右手に手錠をかけた。

遠巻きに人垣ができはじめている。その背後へ、制服の空港警察官が駆け寄ってくる。

小野塚は、酒井を引っぱりあげて、立たせると、はじめて目を九鬼に向けた。九鬼の視線も小野塚にそそがれる。このとき、とっさに、九鬼は、この小柄な刑事をおもい出していた。――七月十五日の日に、尾瀬の沼山峠休憩所で張り込んでいたあの山ヤの刑事だと。

そしていま、また二人は視線を合わせた。

「警視庁のものです」と、九鬼は小野塚に目を合わせたまま、はっきりと言った。「本部へ連絡をとりますので、おねがいします」

「はあ」と、小野塚は九鬼をあおいで答えた。「おかげでたすかりましたよ」

九鬼は小さくうなずき返し、それから刺すような一瞥を酒井にくれたあと、船坂にかるく会《え》釈《しゃく》をすると、人垣を割って大股《おおまた》にエスカレーターに向かって歩き出した。

このとき、麻美は、エスカレーターの降り口に立っていた。

警視庁捜査一課の長瀬係長ら捜査員六人が、この四階の出発ロビーへエスカレーターであがってきたのは、九鬼と麻美がエスカレーターで降りていってから、三分ほど後であった。

このとき、小野塚と船坂は、酒井を中にし、制服の空港警察官二人に付き添われて、階段の降り口に向かっていた。

警視庁捜査一課もまた、酒井が国外へ高飛びの可能性があると見て、九鬼や小野塚らと同じような捜査方針をとっていたのである。酒井の顔写真を手にした捜査員らは、東京駅周辺、新宿、池袋、銀座界隈などの旅行代理店を、しらみつぶしに当たっていたのだった。そして、銀座トラベルコンパニオンを探し当てたのは、きょうの十時三十分過ぎであった。

この報告を受けた捜査一課は、即刻、長瀬係長ら六人を、成田空港へ走らせると同時に、千葉県警本部を通して、空港警察署へ連絡をとり、酒井の逮捕協力を依頼した。これを受けた空港警察署では、私服の署員らを三階の出国検査場に張り込ませていたのである。

長瀬は、小野塚の顔を見るなり、

「やあ、これは奥只見署の……」

意外といった顔で、絶句した。

小野塚は、ほっとした顔になり、わずかに笑みをうかべた。船坂は、右手に黒いトランクをさげ、白いショルダーバッグを左肩にかけて、目を和ませた。酒井は、もうふてくされたように傲《ごう》然《ぜん》とつっ立っている。

「小野塚さんに先を越されましたな」

二呼吸ほど間を置いてから、長瀬が言った。

「いえ、警視庁の方のほうが先でしたよ。わたしたちは、あとから飛び出して……」

と、小野塚の顔が怪訝《いぶかし》げになると、

「わたしたちより先に本部（警視庁）のものが来るわけはないが……」

と、長瀬も合点のいかない顔になる。

「あっ」と、とたんに小野塚が小さく声をあげて、目を光らせると、「そうか、あいつだったか……あいつは、――沼山峠休憩所で見かけた男だ、リーダーですよ、誘拐犯の！」

こう言いながら、小野塚は、九鬼と視線を合わせたときの様子を鮮明におもい起こしていた。

「そうか、あいつだったか」いま一度唸るように言って、九鬼の精悍《せいかん》な顔、一重まぶたの切れ長の目をまざまざと脳裡《のうり》にうかべた。

「なにっ、リーダー、誘拐犯の」と、長瀬は目も声も大きくなって、「すると、この酒井を逮捕したのは、誘拐犯のリーダーということかね？」

「そうです。髪の毛を短く刈りこんでいたし、鬚《ひげ》を落として、メガネをかけていたから、すっかり見ちがえてしまいましたが……」

「着衣は？」

せきこんで長瀬が訊く。

で、小野塚と船坂は九鬼の服装を説明した。

「緊急手配だ」

と、長瀬は捜査員らに言った。

「誘拐犯のリーダーは、成田から逃走している。成田からの主要道路、東関東自動車道、京葉道路、首都高速七号線、それに京成上野駅などに検問を設けるよう、本部へ連絡してくれ」

4

警視庁地下の調べ室で、酒井亀一の取調べがはじまったのは、午後六時をまわっていた。

もうこの時点では、酒井が所持していた黒いトランクや航空会社のマーク入りのショルダーバッグの中身の捜査は終わっていた。その結果、トランクの中の下着類のあいだから、ハンケチで幾重にも包まれた数十個のダイヤモンドが発見されたのである。その大部分が二カラットから四カラットほどの大きさで、いずれも蒸留水のような透明度を持つ良質のダイヤばかりだった。むろん全部、裸石である。リングなどの枠はついていなかった。

さっそく、中藤一課長の指示で、宝石の鑑定人を呼び、これらのダイヤの鑑定をさせた。すると、この数十個のダイヤモンドは、卸値にして、約二億五千万円という査定が出たのである。

酒井の取調べに当たったのは、長瀬係長と捜査員二人、これに小野塚がくわわった。

長瀬は、机をはさんで酒井と向かい合って席についた。小野塚は、酒井の右にすわった。左には、二人の捜査員が並んでひかえた。

酒井は、ネクタイをはずし、上着も脱いで、ブルーのワイシャツだけになっていた。胸を張って態度だけはまた傲然としていたが、もう顔には翳《かげ》りが出て、血色もわるくなっている。うっすらと汗を滲《にじ》ませた広い額に頭髪を垂らしていた。この調べ室に入って手錠をはずされたときから、瞳《ひとみ》が定まらずに、ときどき逃げ場をもとめるようにキョトキョト左右に動いた。

「煙草《たばこ》が欲しいね」

両手を机に置いて横柄に酒井が言った。長瀬がマイルドセブンの箱を取り出すと、一本抜いて、手渡した。それからライターで火を点《つ》けてやる。酒井は、短くなるまで、ゆっくりと吸った。

小野塚と捜査員二人は、だまって、酒井の横顔に視線を当てている。

「さあ、ぼつぼつ話してもらおうかね」

おだやかに長瀬が切り出した。

「きみの持っていたトランクから、数十個のダイヤモンドが発見された。卸値にして、二億五千万円だそうだ。いったい、このダイヤは、どうしたんだね？」

「買ったのさ」

酒井は顔をあげたまま、平然とこたえる。

「きみは銀座で財田宝飾という店をやっていた。こいつは詐欺だ。被害金額は、およそ八千万円だという。八千万円の宝石や貴金属類を取り込んで、半値で叩き売ったとしても、四千万円だ。おまけに店を張っていると、いろいろ費用もかかるし、人件費も馬鹿にはならない。そんなに儲《もう》かるわけはないのに、きみは二億五千万円のダイヤモンドを持って、パリへ飛ぼうとしていた。……このダイヤを買った金は、日本経営団連会頭の身代金の三億円じゃないのかね？　おまけに誘拐犯の芦原麻美ときみの関係も割れている、どうだね、誘拐をやったのは、きみだろう？」

長瀬の口調は、あくまで物静かで、おだやかである。酒井は目を落とした。それから、じいーっと机を見つめ、ややあってから目をあげると、

「ああ、誘拐の計画はしたよ。実行したのは、おれじゃないがね」

こう言って、ふうーっと小さく吐息をついた。肩の力がいくらか抜けたようだ。

「じゃ、最初から、くわしく話してもらおうか」

「会津田代山の山頂へ、身代金をヘリコプターから投下させるというアイデアは、おれが考えた。この誘拐に、芦原麻美を利用してやろうとおもいついて、麻美を宝飾デザイナーとして使い、くどき落として、婚約者となった。つぎに大金を必要とするもっともらしい動機だが、これには去年の五月に埼玉県狭山市で発生した自衛隊の墜落事故を使った。この事故で全身に火傷《やけど》を負った二人の娘は、おれの姪《めい》で、この娘たちの顔の整形手術に大金が必要なことにした。自衛隊は、娘たちの美容整形まで面倒みてくれないし、またこの美容整形をやるには、アメリカまで出かけていって、有名な先生の手術を何度も何度も受けなければならない、そのためには、どうしても大金が必要だ、とおれは麻美に話して聞かせた。……麻美は、おれの話を信じて、かわいそ

うな二人の娘の顔を元通りにしてやろうとおもったんだろう、誘拐の片棒をかつぐ気になった……」

「F刑務所を出所したとき、看守をだまして無銭飲食をやったおまえさんのことだ、女をだますぐらいわけはないだろうからね」

「ああ、ちょろいもんだったね。取込み詐欺より、結婚詐欺のほうが、はるかに楽だとおもったね」

酒井は引きつったように顔をゆがませて、にやっと笑った。もう下卑た犯罪者の顔になっている。

「さあ、つづけてくれ」と、長瀬がうながす。

「五月の暮れだった。……おれは麻美といっしょに田代山へ登って、山頂の太子堂で一泊し、馬坂沢を降下した。この途中の枝沢の岩陰へ身代金を隠すことにして、麻美と打ち合わせをした。三か月ほど、ほとぼりが冷めるまで、三億円をこの岩陰へ隠すことにして、あとでおれが盗りにこようと考えたわけだ。この三億円の金額を言い出したのも、おれだ。――とにかく五、六人、山に登れるヤツらをあつめろ、と麻美に言った。そいつらを、まとめて面倒みて指揮をとるリーダーも必要だ、とおれは言った。麻美が、六人の男があつまったと言ってきたのは、六月の二十日ごろだった。リーダーは九鬼という男で、東京K大学のオーバードクターだと言う。オーバードクターなら頭も切れるし、体もでかいと言うから、おれは、そいつに何もかもまかせることにして、麻美にそう言ってやった。九鬼という野郎の計画どおりに動くようにしろって……」

「リーダーは、東京K大学のオーバードクターの九鬼だね」

と、長瀬が念を押す。

「ああ、そうだ。あとの五人の雑魚《ザコ》の名前はおぼえちゃいないがね。しかし、おどろいたな、空港のロビーで、おれを投げつけやがったのが、あの九鬼だったとは……」

と、酒井の声が少し大きくなる。捜査員の一人が、目顔で長瀬にうなずくと、つと立ちあがり、ドアを開けて出ていった。

「岩之淵会頭を誘拐する際に、拳銃《けんじゅう》を使用しているが、あの拳銃はどうした？」

「あのハジキは、おれが手に入れて、麻美に渡した。刑務所仲間から買ったんだが、そいつの名前は言えないね。いまは麻美が持っているはずだ」

「誘拐の犯行には手を出さなかったのか？」

「ああ、ぜんぜん……。麻美にまかせきりでね。もっとも麻美も、リーダーの九鬼の指示どおりに動いていたわけだがね。……岩之淵の誘拐の決行は七月十日で、田代山の山頂に身代金を投下するのは、十四日の日の出のころの予定だと、麻美が知らせてきたのは、たしか九日の日だったね。——そこで、おれはレンタカーで、十二日の日に東京を発つと、鬼怒川から川俣湖《かわまたこ》へ出て、馬坂林道を走った。林道の行き止まりに車を止めて、十三日の日に馬坂沢を遡行《そこう》し、この日の夜は、あの枝沢の岩の少し下で、ツェルトをひっかぶってヤブの中で寝た。そうして十四日の朝、あの岩のところまで登り、岩陰に隠してあったトランクの中から身代金を取り出して、自分のザックに詰め替え、それから馬坂沢を下った。だけど、この沢下りは容易じゃなかったよ。重い荷を背負っているし、ものすごく険しいからね。しかし欲と道連れだ、おれは死物ぐるいで、とにかく馬坂沢を下った。やっと林道へ這《は》い上がると、レンタカーで東京へもどった……」

「身代金は、いくらあったかね？」

「正確に言うと、二億七千九百万円だったね」

「あの田代山の山頂で、三億円を受け取ったのは、リーダーの九鬼と麻美、佐土原の三人だ。ところが、佐土原は、逃走の途中で裏切り、二億七千九百万円を一人じめにしようとして、隠し場所へもどった。そしてその大金の入ったトランクを背負い子にくくりつけようとした。そこを後ろから、刃物で二度刺されて死亡している。この佐土原を刺したのは、酒井、おまえじゃないか？」

　はじめて長瀬の語気がするどくなる。すると、酒井の目がまた横に流れて、

「おれは、あの日の朝、だれにも会わなかった。佐土原なんて野郎は知らないね」

「赤池朝吉という男を知っているね？」

　小野塚がはじめて口をきいた。

「ああ、知っているさ。おれの親父だった男だからな」

　酒井の視線が、小野塚にはしる。

「きみは、もう一度、田代山へ下見に行っている。こんどは逃走ルートを調べるためだ。麻美が逃げそこなって逮捕されると、すぐにきみの身元がバレるからね」

「いや、田代山へ登ったのは、五月の末の一度きりだ」

「そうじゃない。きみは、六月十二日の日に、帝釈山から降りてきた、そう言って、木賊《とくさ》温泉で泊まっている。橘貴之という偽名でね。これは、木賊温泉の娘が証言している。そしてきみは、あくる十三日の朝、タクシーで七入《なないり》へ走っている。七入に着いたのは、八時前だった、とタクシーの運転手は証言している。……赤池が道行沢で殺されたのは、この日の九時ごろだ。きみは偶然、義理の親父さんと道行沢で出会ってしまった。そこで、岩之淵会頭の誘拐を自分の犯行と気付かれてはまずい、こう考えて、親父さんを殺した……」

「おれじゃないよ。赤池の親父を刺したのは……。おれは詐欺師だ、知能犯だ、殺人《コロシ》なんて馬鹿なことをするもんか」

「赤池が刺されたとは言っていない」

切り込むように小野塚が言う。

「新聞で読んだんだ」

「あの事件は、東京の新聞には出なかったはずだがね」

すると、酒井の目が、こんどは机に落ちて、

「殺されたと聞いて、刺されたとおもっただけだ」

「あのパスポートは、秋葉成次という名前になっていたね？」

ふっと気を抜くように、おだやかな声になって長瀬が訊いた。

「秋葉は、おれの同窓生でね。やつからパスポートを買って、おれの写真を貼《は》りつけて細工した」

「あの二億五千万円のダイヤは、どこで買ったんだね？」

「東京で買うのはヤバイから、横浜、大阪、神戸まで足を伸ばして、卸問屋をまわり、少しずつ買いあつめたんだ。二億七千九百万円の札束を持って海外旅行はできないからな。だから、手間どってしまって、高飛びするのが遅れたんだ。ドジ踏んでしまったよ」

「佐土原を殺したのは、おまえだろう？」

一転して、長瀬の語気がまたするどくなる。

「おれは、やっていない。軽金属製のあのトランクから札束を盗っただけだ。……佐土原が、あの札束を一人じめしようともどってきたのは、おれが馬坂沢を下ってからじゃないのかね。そこへ、佐土原を追っかけて、リーダーの九鬼がやって来た。ところが、トランクの中は空っぽだ。九鬼は、てっきり佐土原がどこかへ札束を隠したとおもって、言いあらそいになり、喧嘩になった。で、九鬼が佐土原を刺した。……おれはこう推理するね」

「詐欺師だけあって、口はうまいな」

「いい時計をはめているな」

唐突に、小野塚が口を入れた。その目が酒井の左手にそそがれている。

「国産だ……」

そう言いながら、酒井も自分の左手首に視線を落とした。金張りの角型の腕時計である。黒い革のバンドが付いている。

「そいつをはずしてくれ」

と、小野塚が言った。

長瀬が合点のいかない目を小野塚に向ける。酒井は、バンドの止め金をはずすと、小野塚に差し出した。

黒革のバンドの裏側には、赤い革で裏打ちがしてあった。小野塚は手にとって、その赤い革を見つめ、それから顔をあげると、

「血痕《けっこん》検査をおねがいします」

そう言って、その腕時計を長瀬に手渡した。

5

長瀬係長が、酒井の腕時計を鑑識課員に手渡したとき、

「血痕が付着しているとすれば、この革バンドの部分ですが、本人の汗がしみこんでいるから、検出はちょっと手間がかかりますよ」

鑑識課員はこう言った。

この血痕検査の結果が捜査一課に知らされたのは、つぎの日の午後二時をまわっていた。そして、このあとまもなく、酒井は留置所を出て、調べ室へ入った。

酒井は手錠をはずされると、手首を交互に撫《な》でながら、肩を落として椅子《いす》に腰をかけた。たった一晩の留置で、ひどく憔悴《しょうすい》していた。顔色は青白かったし、目の下は黒ずんでいる。髭《ひげ》がうっすらと頬と顎《あご》をうずめていた。

長瀬と小野塚は、きのうとおなじ席についた。捜査員一人がひかえた。

「その様子じゃ、どうやら眠れなかったらしいね。佐土原や赤池の親父さんが枕元《まくらもと》に立ったかね？」

まず長瀬が、ちょっと皮肉な口調で口を切った。

「やってもいないのに、夢枕に立つわけはないだろう。ホテルの豪勢なベッドで寝慣れていると、ブタ箱は寝苦しいよ」

酒井はこう言い返したが、目蓋《まぶた》の下の黒ずんだ部分をピクピク痙攣《けいれん》させた。

「きみも山登りをやるのなら、山ヤが右の手首に時計をはめるのは知っているだろう」

こんどは、しずかに小野塚が切り出した。

「…………」

酒井はだまって、ちらっと小野塚を見やったが、すぐに目を伏せた。

「山の雷はこわい。腕時計を左手にはめると、心臓に近くなる。だから落雷の場合を考えて、少しでも心臓から遠い右手にはめる。それにまた、ザックを背負うとき、右利きのものは、どうしてもザックの背負い紐《ひも》に右手から差し込む。つぎに左手を入れると、左手の時計が邪魔になって、背負い紐に引っかかることがある。だから、ザックに肩を入れるときも、右利きのものなら、右手に時計をはめているほうが都合がいい。――で、山ヤは右手に時計をはめることがある。……きみは右利きだね？」

「ああ、そうだ」

目を伏せたまま、酒井は答える。痰《たん》がからまったように声がかすれた。

「きみの腕時計のバンドから、血痕が検出された。血液型はB型だ。——きみの血液型は？」

「AB型だ」

小さく咳《せき》をしてから、酒井が答える。

「B型は佐土原の血液型でね」

口調は静かだが、小野塚の声音に迫力がこもって、

「きみは、佐土原を後ろから刺したとき、時計を右手にはめていた。背中から心臓をねらって二度刺しているから、吹き出した血が、きみの右手に飛んで、腕時計の革バンドに付着した。当然、犯行のあと、それに気付いて拭きとったことだろう。ところが、革バンドの裏側には赤革の裏打ちがしてあった。付着した血が目立たない。だから革バンドの血をよく拭きとったつもりでも、裏革の部分にまだ残っていて、血痕が検出された……」

「まあ、そういうことだ。証拠も出た」と、長瀬が言葉をついで、「どうだ、酒井、佐土原も赤池も、おまえがやったんだろう？……吐くと楽になる、眠れるようになるぞ。どうだね？」

「………」

酒井は無言で目を閉じた。また目蓋の下がピクピク痙攣しはじめる。もう顔からすっかり血の気が引いている。がくっと首を折るように顔を伏せたかとおもうと、喉の奥から絞るように、「くくうーっ」と嗚咽《おえつ》を洩らしはじめた。それから両手で握り拳《こぶし》をこしらえると、顔を伏せたまま、はげしく机を叩いて、

「おれがやったんだ、……やったんだよ、おれがぁ……、赤池の親父も……あのチンピラも、おれが刺したんだ……」

と、嗚咽の合間に呻くように言葉を洩らした。

こんどは、両手で机の縁を押さえると、指先も腕も肩もブルブルふるわせて、苦しげに嗚咽を洩らしつづけた。ふるえが止《や》むと、がっくりと肩を落とし、両手を椅子のわきにだらりと垂らして、顔をあげた。まっ赤な目が虚《うつ》ろになっている。表情も呆《ほう》けていた。

「どうだね、茶でも飲むかね？」

長瀬の声がやさしくなる。

小野塚は、酒井から目をそらした。捜査員が立って、茶を運んでくると、酒井は両手ではさむように茶碗《ちゃわん》を持って、熱い茶をすすった。わずかに顔に血の気が射してくる。茶碗を置くと、長瀬からもらった煙草をせわしげに吸った。

「さあ、落ちついたところで、話してもらおうかね」

長瀬も、煙草を灰皿に押しつけながら言う。

酒井の赤い目にようやく表情がもどって、

「おれは二度、田代山へ登っている。二度目は、逃走ルートを調べるためだ。中学のころは、檜枝岐で育っているが、もう十何年もあのへんの山に登っていないからね。で……、田代山から帝釈山を越えて馬坂峠まで歩いてみた。孫兵衛山まで縦走して、七入へ降りるつもりだったが、気が変わって、帝釈山へ登り返すと、木賊温泉へ降りた。……奥只見署の旦那が言ったとおり、六月十二日の日だ。この日は、橋貴之という偽名で木賊温泉に泊まった。あくる朝、タクシーで七入まで走った。七入で降りたのは、八時ごろだった……」

と、淡々としゃべりはじめた。小野塚は吸いつくような目を酒井の横顔に当てている。

「それから、おれは実川林道を四十分ほど歩いて、実川を渡ると、道行沢を遡行しはじめた。あの木の橋までやって来たとき、イワナ釣りをしていた赤池の親父と、ばったり顔を合わせてしまった。すると、おれの顔をじぃーっと見てから、親父のほうから、……亀一じゃないか、こんなところで何をしているだ……と話しかけてきた。十何年も会っていないのに、おれとわかったんだ。おれのほうは、親父とすぐわかったがね。で、……ハイキングに来たんだ、とおれは言って、しばらく親父と話をした。しかし、こいつは、ヤバイことになった、とおれはおもった。岩之淵を誘拐して、田代山の山頂で身代金を受け取った、と親父が知ったら、おれの犯行だと疑ってかかるにちがいない。それをもしだれかにしゃべったら、警察《サツ》はきっとおれに目を付けるだろう、こう考えて、おれは親父の口をふさぐことにした。別れ際に後ろから刺した。……なにしやがる、と親父が大声でわめいたので、おれは夢中で二、三度刺した……」

「刃物はなんだね？」

「登山ナイフだ」

「そのナイフは、どうした？」

「あのときは、沢の水でよく洗って拭《ふ》いて、ザックに入れた。それから沼山峠へ登って尾瀬沼へ降りた。下田代十字路から長沢新道を登り、この日は、富士見峠の小屋に泊まった。あくる朝、富士見下に降り、バスで沼田に出て、東京へもどった……」

「佐土原をやったときは、どうだったね？」

「七月十四日の朝、野宿したところから枝沢を登って、あの岩の隠し場所に着いたのは、八時ごろだったね。そのときちょうど、ジーパンにキャラバンシューズの野郎、いや佐土原が、トランクを背負い子にしばりつけているところだった。佐土原は大あわてで夢中になっていたから、おれが近づいたのに気づかなかった。——こいつは、麻美を裏切りやがったな、とすぐにピンときたから、おれは後ろからそっと忍び寄って、いきなり背中を刺した。一度刺すと、唸り声をあげてのけぞったから、もう一度刺した。このとき、たしかに時計は右手にはめていたよ。おれは山ヤじゃないから、時計を右手にはめる理由《わけ》なんかわからないが、ザックを背負うとき、左手の時計が引っかかって邪魔になったから、右手にはめかえたんだ。……それからあとは、前に言ったとおりだ」

「そのときの刃物も登山ナイフか？」

「ああ、そうだ。赤池の親父を刺したのと、おなじナイフだ」

「そのナイフは、どうした？」

「馬坂沢を下っているときに捨てたよ」

「どのへんだね？」

　と、小野塚が口をはさむ。

「だいぶ下って、サル沢の出合いの近くだったね。ヤブの中へ投げこんだ」

こう言うと、酒井は大きく吐息をついて、「いかんな、もう……」と、力のない声を出し、また虚ろな目を宙に這わせた。

酒井が、ふたたび手錠をかけられ、捜査員に付き添われて、調べ室を出ていくと、

「残るは、リーダーの九鬼と芦原麻美だけか」

長瀬が、大きく煙草の烟を吐いた。

6

この日は、東京も雨だったが、奥秩父にも雨が降っていた。まるで梅雨《つゆ》をおもわせる細い雨が、朝からしとしと降りつづいていた。

九鬼と麻美は、この雨の中を笠取山に向かって登っていた。多摩川源流の本谷ぞいの登山道である。

本谷の水は、いくらか黄土色をおびていた。水量も太く、白い転石をなめて泡立ち巻き返して、岸辺の灌木《かんぼく》の小枝をゆさぶりながら勢いよく流れていた。

二人は二度木の橋を渡った。まもなく杉木立に入る。ほの暗く陰気になった。ササヤブが無数にしたたる雫《しずく》に打たれてふるえている。本谷の流れが、しだいに細くなり、やがてササヤブにさえぎられて見えなくなる。

「ゆっくり行こうぜ」

エンジ色の雨ガッパを着、赤いアタックザックを背負った麻美の背中へ、九鬼が声をかける。

麻美は足を止めて振りむき、フードの中に覗く濡れた顔に笑みをうかべた。

――きのう、二人は、成田空港の旅客ターミナルビルの前でタクシーに乗りこむと、東京とは反対方向の千葉県旭市《あさひし》に走ったのである。それから旭駅で総武本線に乗って、東京駅へ帰り着いたのだった。そして中央線に乗り接《つ》いで、立川駅で下車すると、羽衣町の新居へもどった。もどるとすぐ、登山支度をととのえて、ふたたび立川駅へ出、青梅線に乗って、終点の奥多摩駅で降りた。駅前からはタクシーで、青梅街道、一瀬林道を走って、一ノ瀬に着いた。

一ノ瀬は、多摩川源流の山間《やまあい》にある人里はなれたひっそりとした集落である。二人が、ここでタクシーを降りたのは、もう午後九時をまわっていた。それから本谷にかかるコンクリートの橋の袂《たもと》にある民宿に入ると、瀬音を聞きながら、一泊したのだった。

そして今朝、この民宿を出たのは、もう午前九時を過ぎていた。

いま、二人は一休坂の登りにかかっていた。ササヤブと広葉樹林の中の登山道である。もう本谷の瀬音も聞こえない。一時間ほど、ゆっくりと登ると、また本谷にぶつかる。けれども、本谷はもう一跨《ひとまた》ぎほどの小沢になっている。ここから急登となる。岩肌は濡れているし、黒い土はぬかるんでいた。九鬼の前を行く麻美の山靴の踵が泥まみれになっている。しばらく登ると、本谷の源流がとぎれて、二本の竹の樋《とい》から清水が吹き出していた。ここからまた五分ほどの急登で、ようやく笠取《かさとり》小屋の前の台地へ出た。

二棟の笠取小屋は、ひっそりと侘《わび》しげに雨に打たれていた。入口のガラス戸に、――土曜日の午後登ってきます、管理人、という貼紙《はりがみ》があった。その貼紙も濡れて、黒い文字が滲んで流れている。

麻美が、ガラス戸を開けて、雨ガッパの裾から雫をしたたらせながら土間に立った。つづいて九鬼も泥んこの山靴で土間を踏む。

小屋の中は、ほの暗い。空気は湿っぽかった。土間のまん中に薪《まき》ストーブがあった。まわりの板の間には古びたうすべりが敷いてある。

木と土の匂《にお》い、汗の臭い、そして黴臭《かびくさ》いような山小屋独特の臭気がこもっている。

「この前来たときと、何もかもすっかりおなじね、雨も降っているし……」

雨ガッパのフードをはねると、麻美が九鬼の顔をあおぐ。濡れた頬が赤く上気している。

「ちがっているのは、おれが無理矢理に麻美を犯そうとしないだけだ……」

見返す九鬼の目が笑うと、

「あら、いやだ」

麻美の眼差しが艶っぽくなる。

「はやく着替えないと、風邪《かぜ》を引くぞ」

「あら、いやだ」と、麻美が嬌声《きょうせい》をおもわせて、いま一度言った。「この前のときと台詞《せりふ》までおなじね」

二人は、雨ガッパを脱ぎ、山靴の紐をほどいて、板の間へあがった。

汗とカッパの蒸れで、麻美は下着までぐっしょりと濡らしていた。髪の毛まで濡れて、ほつれ毛が頬に貼りついている。タオルで顔と頭髪を拭くと、九鬼に背中を向けて、赤い山シャツのボタンをはずしはじめた。下の混紡のシャツも水を含んだようになって、肌に貼りついている。それも脱いで、湿ったブラジャーをはずした。

　小屋の中が薄暗いせいで、麻美の白い肌は、いっそう際立って見える。濡れた柔肌《やわはだ》は、登ってきた活力をそのまま湛《たた》えて生き生きとし、艶やかでなまめかしく、成熟しきった女の色気がその柔肌から匂い立つようだった。

　麻美がタオルで胸をこすっていると、九鬼の手が肩にかかった。麻美は、胸をタオルで押さえて、九鬼を振りあおぐ。間近に九鬼の顔があった。唇が重なると、麻美は、からだをねじった。タオルが落ちる。麻美は九鬼の首に両手をまわして、むさぼるように口を吸った。乳房が男の肌に押しつけられる。九鬼の逞《たくま》しい胸板は熱かった。九鬼の体温が乳房を通して麻美の胸の奥にまで染みてくる。

　唇がはなれると、麻美は大きくあえいで、うるんだような目で九鬼を見あげ、それから、こんどは顔を男の胸に強く押しつける。胸毛がやわらかくて、くすぐったかった。九鬼の手が、湿った麻美の髪の毛をやさしく撫でる。

「風邪を引くといかんぞ」

　九鬼の声でわれにかえると、麻美は名残《なご》り惜しげに男の胸をはなれた。

　着替えをしたあと、麻美がガスコンロに火を点《つ》けて、手際よくコーヒーを入れた。二人は窓辺で向かい合うと、熱いコーヒーをすすりはじめた。

「ごめんなさいね、研さん、とうとうこんなことになってしまって……」

麻美は頬をまだ赤くほてらせていたが、声音は湿っぽくなっている。

「後悔しているんでしょう?」

「後悔してないと言えばウソになるが……」

しかし、九鬼は意外に屈託のない声だった。そうこたえてから、ちょっと間を置き、真顔を麻美に向けて、

「この前、ここで話したように、おれはずうーっと勉強ばかりしてきた。息抜きというと、ただ山登りだけでね。高校、大学とエリートコースを歩いてきた。しかし、いま、おれにあるのはただ学歴だけだ。研究室に残ってみたものの、頭打ちでどうにもならない。だから、ムシャクシャするし、イライラするし、その鬱積《うっせき》したものが爆発して、麻美を犯してしまった。……いや、おれは知らず識《し》らずのうちに、頭打ちの枠にはめられたような自分の人生から、はみ出し、飛び出し、横にそれてみたいという欲望に駆られていたのかもしれない。冒険を望んでいたのかもしれない。何かでっかい事をやってみたい、そんな気になっていたのかもしれない。……どんな償いでもすると約束した手前もあったが、それよりも、エリートコースを歩いてきた惰性だけで生きているような、そんなつまらない生き方から逃げ出したかったにちがいない。そのきっかけが、麻美との出会いだ。だから、誘拐という犯罪をやろうと誘われると、すぐやってみようという気になった……」

この男にしては、めずらしく饒舌《じょうぜつ》になっていた。

コーヒーを飲み干すと、ザックからウイスキーの入ったポリタンを取り出した。自分のコップ

に注《つ》ぎ、麻美にも注いでやる。九鬼は一口飲んで、コップを置くと、

「人と人との出会いが、いかに大事かということが、おれにはようくわかったよ。とくに男と女の場合はね。麻美という美貌《びぼう》で、ちょっと妖婦《ようふ》じみて、情熱的な山女と、たまたま出会ったせいで、おれの人生は大きく変わった……」

「わるいほうへ変わってしまったんだわ、研さんの人生が……。わたしのせいよ、わるいのはわたしよ」

「いいんだよ」と、九鬼はやさしくおさえて、「いや、いいんだ。麻美は気に病むことはない。おれは三十だ。青春の残り火を麻美が掻《か》き立ててくれたのかもしれない。誘拐という犯行をやっているあいだは、精神的にも充実感をおぼえたし、スリルを味わうこともできたし、警察を相手にゲームをやっているような緊迫した気分にもなったし、だから、いまでもおれには、ある種の満足感がある。……ただおれが後悔しているのは、佐土原が殺されたことだ。あいつにはまだ、これから先長い人生があったはずだからねえ」

「ごめんなさい、ほんとに、わたしのせいで研さんにこんなおもいを……。おまけに山へ血生臭い犯罪を持ちこんだりして、きっと山を愛する人たちは怒っているわねえ」

麻美はウイスキーで小さく喉を鳴らして、うるんで艶のある眼差しをじいーっと九鬼の顔に当てながら、

「酒井は、もう自白しているわね」

「ああ、そうだろうな。やつの口から、おれの身元も割れているにちがいない」

「どうする、研さん？……会頭さんもすすめてたけれど、やっぱり自首するの？」

「山を降りたら自首しよう」と、九鬼は濃い眉のあたりに決意の色をはっきりと見せて、「おれと麻美、佐土原の取り分の九百万円と、あの拳銃を持って警視庁へ出頭しようじゃないか」

「わたしたち、刑務所へ入れられるわね」

「ああ、当然だね」

「何年先になるかもしれないけれど、刑務所を出たら、またわたしといっしょに山を歩いてくれる？」

「ああ、いいとも。麻美といっしょに人生をやりなおすさ」

「うれしいわ、わたし。いつまでもいつまでも研さんといっしょに山を歩いていたいの」と、麻美の目が熱っぽくなってきて、「ねえ、もう四、五日縦走してから、山を降りない？……食糧は余分に持ってきたし、ピンチ食だってあるんだから、ね」

「うん、そうするか。……甲武信《こぶし》ガ岳、国師《こくし》ガ岳、金峰山《きんぶさん》と縦走して、増富《ますとみ》へ降りてから、自首することにするか」

「ね、そうしましょう。わたし、ほんとは北アルプスにも行ってみたいんだけれど……。上高地から穂高、槍をね」

静かだ。きょうの笠取山は泣き濡れているようだ。雨の音が聞こえるだけである。

解説――犯人のキャラクターが際立つ、爽快《そうかい》な山岳推理！

フリーライター　中島政利《なかじままさとし》

この『誘拐山脈』は、壮大な山々をメインステージにして、若者達のドラマを巧《たく》みに演出した山岳ミステリーである。

初版はノン・ノベルで昭和五十五年に発行されており、ちょうど二十年まえのこととなる。

2章の冒頭に国分寺《こくぶんじ》市の〝恋ケ窪《こいくぼ》〟が出てくるが、たまたまこの頃私は、東村山《ひがしむらやま》市から友人の車に同乗し、恋ケ窪を通って府中《ふちゅう》市調布《ちょうふ》市へと走り抜けたことがある。当時は本文で描写されているように、畑や雑草の生《お》い茂った空地や林が多く「このあたりはごらんの通り田舎《いなか》っぽいところだが、地名は優雅で〝恋ケ窪〟と言うんだ」と友人に教えられ、この地名はずっと頭にしみついていた。

本書を読み返していたら、突然この恋ケ窪が出てきたので、往時のことなどと一緒に懐かしい思いにかられたが、いまの〝恋ケ窪〟はさま変わりしてすっかり都会化している筈《はず》で、名前だけが昔を偲《しの》ばせているのではないだろうか。

国立《くにたち》市はすぐそばだから、太田さんの創作活動の拠点を横目に走り抜けた、ということはあとで気がついた。

このころ太田さんは、推理小説第一作『殺意の三面《みおもて》峡谷』から『脱獄山脈』『三人目の容疑者』『顔のない刑事』(『脱獄山脈』『三人目の容疑者』を除いて祥伝社文庫)と、秀《すぐ》れた作品を相ついで世に送り出し、本書『誘拐山脈』は五作目であり、推理小説作家としての地歩がキッチリ固まってきた時期である。

ところで、ここまでの四作品――『殺意の三面峡谷』以下は、それぞれに卓抜したアイディアと創作技術で、一作ごとにまったく異なったミステリー・ワールドが形成されているが、五作目の本書『誘拐山脈』も、奇想天外とも言えるストーリー運びで、一般の誘拐ものとはまるで趣《おもむき》を異《こと》にしている作品である。〝誘拐〟という二文字につきまとう陰鬱《いんうつ》さ、非情さが、全然感じられないのがその特徴で、魅力的異色作品と言えるだろう。

ともあれ、作品の要点を見つめてみよう。

作者の太田さんは知る人ぞ知る登山家、つまり山ヤである。

本書執筆にあたって、登場する山々はすべて自分の山靴で踏破し確認している。

「一人で山を歩く会の会長」と自称していて、小説に書く山や沢は勿論《もちろん》、紅灯の街なども自分の足で丹念に現地取材するのがモットーで、それはいまも続けられているようだ。

従って、プロローグのあとの、1章――奥多摩《おくたま》から奥秩父《おくちちぶ》主脈縦走路を辿《たど》る山行、そしてずっとあとにくる帝釈《たいしゃく》山系縦走などは、その描写が細部にわたって非常に丁寧《ていねい》で、登山者の行動や心理などこまかく描かれており、読者に臨場感を与えている。

1章の〈単独行の女〉は、綾部麻美《あやべまみ》と自称する女性山ヤと、ある大学の理学部オーバードクター九鬼研八《くきけんぱち》との出会いがユニークで、早くもこの作品の魅力に惹《ひ》きこまれていくことになる。

しかし、ストーリーの流れはもう一本あった。いまや誰でもがその名を知っている、福島、群馬、新潟の三県にまたがる尾瀬、その福島県側、檜枝岐村《ひのえまた》から尾瀬に至る沼田《ぬまた》街道ぞいの道行沢《みちぎざわ》で事件がおこる。これにより……、

この『誘拐山脈』は、九鬼と麻美を主軸にした山ヤグループの動きと、道行沢事件の捜査という二元ストーリー形式で初めは進行していく。

タイトルが『誘拐山脈』だから、必然〝誘拐〟についてもちょっと触れなければならないだろう。すでに本書読了の読者には先刻ご承知のことだが、作者が知恵を絞ったであろうこのみごとな誘拐ドラマは、さすがに読みごたえがあった。

誘拐をテーマに、又はサブテーマにしたミステリーは数多いが、これほど爽《さわ》やかに、穏当《おんとう》に、そして鮮《あざ》やかに誘拐を処理したミステリーは、私は他に知らない。

誘拐される経営団連岩之淵《いわのぶち》会頭と、誘拐する側のリーダー九鬼のキャラクターが際立っているのだ。

悠然として、ものに動じない岩之淵と、あくまでも礼儀正しく節度を失わない九鬼が、みごとな設定であった。

普通、推理小説では、犯人を追いかける探偵役（捜査）のヒーローがいるものだが、この作品

にはそれがいない。強《し》いてあげれば奥只見《おくただみ》署の小野塚《おのづか》刑事が、道行沢事件に執念をもやすが、ヒーローとは言えまい。

善玉の主役がいない。それだけでも特殊な作品と言えるのだが、誘拐された大物会頭がのちに、誘拐した九鬼と麻美を街で見かけ、二人をつれてヤキトリ屋にはいり、たらふく食ったり飲んだりするところなど、常識の桁《けた》はずれで、おかしく、そしてある種の感動を誘うものがあった。

読者をトリコにする、作者の匠技《たくみわざ》を見せつけられたシーンである。

あらためて言うまでもなく、このストーリーは誘拐劇が主流であるが、その傍流で九鬼たちのグループがまったく予測しなかった事件が起こっている。それは、人間のきわめて醜悪な面をあらわにした、やりきれなさがあるのだが、現実社会で、これに類似することは絶えることなく発生している。

傍流とみられるこの唾棄《だき》すべき事件に、実は現実的視点で作者の怒りが、強く込められているように思えるのである。

この作品には捜査のヒーローがいない、と前述したが、最後に九鬼がその役をちょっとばかり受けもっている。殺人犯を成田《なりた》まで追いかけ、空港で待ち伏せる一幕である。

そのあと九鬼は麻美と二人で、思い出の奥秩父笠取山《かさとりやま》に登り、

「……あと四、五日かけて、甲武信《こぶし》ガ岳、国師《こくし》ガ岳、金峰山《きんぶさん》など縦走して、増富《ますとみ》へ降りてから

……」という、このエンディングが実に良かった。やはり山ヤの締めは、それらしく爽快である。

冒頭で、これは二十年まえに書かれた作品と紹介したが、わずかに恋ヶ窪のことだけいまの事情と違うものの、ストーリー全般を通じて、二十年という歳月の経過は殆《ほと》んど感じさせない。深い山々は荘重《そうちょう》で動かない。世塵を受けつけない。山にとってみれば二十年まえというのは、昨日のことかも知れない。

その山を愛する一人の男の、心の底にひそめられていたヒューマニズムが、「法」というものを、ちょっと破ってみようと決意させた。それはスケールの大きなドラマの始まりであった。

この作品には、一般のミステリーに現われるような、いわゆる正義の味方的ヒーローがいないことは前記しているが、本書の『誘拐山脈』独特のヒーローはいた。それは〝この男〟にまぎれもない。

即ち、九鬼というセンシブルな男の情感が、麻美というアクティブな女と出会ったことで、何かが燃えてきらめいた。――そのきらめきの中に見えたものは――作者太田さんの理念が描く、ヒューマンな山男の生きざまであった。

本書は、秀れた山岳ミステリーとして、心に残る一篇であろう。

（この作品『誘拐山脈』は、昭和五十五年十月、小社ノン・ノベルから新書判で刊行されたものです）

一〇〇字書評

切り取り線

購買動機（新聞、雑誌名を記入するか、あるいは○をつけてください）

□（　　　　　　　　）の広告を見て	
□（　　　　　　　　）の書評を見て	
□ 知人のすすめで	□ タイトルに惹かれて
□ カバーがよかったから	□ 内容が面白そうだから
□ 好きな作家だから	□ 好きな分野の本だから

●最近、最も感銘を受けた作品名をお書きください

●あなたのお好きな作家名をお書きください

●その他、ご要望がありましたらお書きください

住所	〒				
氏名		職業		年齢	
Eメール	※携帯には配信できません	新刊情報等のメール配信を希望する・しない			

あなたにお願い

この本の感想を、編集部までお寄せいただけたらありがたく存じます。今後の企画の参考にさせていただきます。Eメールでも結構です。

いただいた「一〇〇字書評」は、新聞・雑誌等に紹介させていただくことがあります。その場合はお礼として特製図書カードを差し上げます。

前ページの原稿用紙に書評をお書きの上、切り取り、左記までお送り下さい。宛先の住所は不要です。

なお、ご記入いただいたお名前、ご住所等は、書評紹介の事前了解、謝礼のお届けのためだけに利用し、そのほかの目的のために利用することはありません。

〒一〇一-八七〇一
祥伝社文庫編集長　加藤　淳
☎〇三(三二六五)二〇八〇
bunko@shodensha.co.jp

祥伝社ホームページの「ブックレビュー」からも、書き込めます。
http://www.shodensha.co.jp/bookreview/

祥伝社文庫

上質のエンターテインメントを！　珠玉のエスプリを！

祥伝社文庫は創刊15周年を迎える2000年を機に、ここに新たな宣言をいたします。いつの世にも変わらない価値観、つまり「豊かな心」「深い知恵」「大きな楽しみ」に満ちた作品を厳選し、次代を拓く書下ろし作品を大胆に起用し、読者の皆様の心に響く文庫を目指します。どうぞご意見、ご希望を編集部までお寄せくださるよう、お願いいたします。

2000年1月1日　　祥伝社文庫編集部

誘拐山脈《ゆうかいさんみゃく》　長編本格推理

平成12年2月20日　初版第1刷発行
平成22年7月20日　第3刷発行

著者　太《おお》田《た》蘭《らん》三《ぞう》

発行者　竹内和芳

発行所　祥《しょう》伝《でん》社《しゃ》
東京都千代田区神田神保町3-6-5
九段尚学ビル　〒101-8701
☎03（3265）2081（販売部）
☎03（3265）2080（編集部）
☎03（3265）3622（業務部）

印刷所　萩原印刷

製本所　ナショナル製本

ISBN4-396-32744-7　C0193

祥伝社のホームページ・http://www.shodensha.co.jp/